À PROPOS DE L'AUTRICE

Nora Roberts est l'un des auteurs les plus lus dans le monde, avec plus de 400 millions de livres vendus dans 34 pays. Elle a su comme nulle autre apporter au roman féminin une dimension nouvelle ; elle fascine par ses multiples facettes et s'appuie sur une extraordinaire vivacité d'écriture pour captiver ses lecteurs.

Le pays de la passion

La saga des O'Hurley

NORA ROBERTS

Le pays de la passion

Traduit de l'anglais (États-Unis) par
BÉNÉDICTE DUCHET-FILHOL

Harper
Collins
POCHE

Titre original : THE LAST HONEST WOMAN

© 1988, Nora Roberts.
© 2018, 2020, HarperCollins France pour la traduction française.

Ce livre est publié avec l'aimable autorisation de HARLEQUIN BOOKS SA.

HARPERCOLLINS FRANCE
83-85, boulevard Vincent-Auriol, 75646 PARIS CEDEX 13
Tél. : 01 42 16 63 63
www.harpercollins.fr
ISBN 979-1-0339-1827-1

Prologue

— Vous pouvez crier autant que vous voulez, madame O'Hurley.

La douleur la faisait haleter et serrer convulsivement les bords de la table, tandis que des gouttes de sueur coulaient une à une de ses tempes sur le drap blanc.

— Molly O'Hurley ne met pas ses enfants au monde dans les cris et les pleurs, dit-elle entre deux contractions.

Sa voix avait son timbre habituel – ferme et posé, avec un léger accent chantant –, même s'il lui avait fallu puiser dans ses réserves pour trouver la force de prononcer cette simple phrase.

Son mari venait de l'amener aux urgences, et il n'avait eu le temps ni de lui prodiguer des paroles d'encouragement et de réconfort ni de lui tenir la main pendant les premières phases du travail : après un rapide examen, l'obstétricien de garde l'avait immédiatement envoyée en salle d'accouchement.

Beaucoup de femmes auraient eu peur d'être ainsi obligées de confier leur vie et celle de leur enfant à de parfaits inconnus. Et Molly avait peur. Mais elle aurait préféré mourir plutôt que de l'avouer.

— Vous êtes une dure, hein ? observa le médecin.

La pièce était surchauffée, et il demanda d'un geste à l'infirmière de lui éponger le front.

— Tous les O'Hurley le sont, répondit péniblement Molly.

Puis elle serra les dents pour s'empêcher de crier et de poser une question dont la réponse risquait d'ajouter à ses souffrances physiques une épreuve bien pire encore : ce bébé qui arrivait avant terme serait-il viable ?

Les contractions étaient maintenant si rapprochées qu'elles lui permettaient à peine de reprendre son souffle entre deux vagues d'une douleur insupportable.

— Vous avez eu de la chance que votre train ne parte pas dix minutes plus tôt, remarqua le médecin, sinon, vous auriez accouché dans un wagon.

De la chance ? Molly proféra les uns à la suite des autres tous les jurons qu'elle avait appris en sept années de mariage avec son Frank, et autant de temps à sillonner les États-Unis pour présenter leur spectacle dans des cabarets plus ou moins bien fréquentés.

L'obstétricien se contenta de sourire.

— Ne poussez pas encore, madame O'Hurley... Respirez ! Respirez bien ! Ah ! je vois les cheveux du bébé... Prenez une grande inspiration et, à la prochaine contraction, poussez de toutes vos forces ! Parfait ! Détendez-vous... Allez, on recommence... Poussez ! Poussez !

Une sensation atroce de déchirement, d'écartèlement. Et puis, dans le silence de la salle, un vagissement...

— C'est une fille, annonça le médecin. Elle n'est pas bien grosse, mais elle m'a l'air en parfaite santé.

Molly s'autorisa alors à pleurer, parce que c'étaient des larmes de bonheur.

Une fille... Frank allait être si fier, si heureux... Épuisée, elle ferma les yeux et écouta les cris qui annonçaient la venue au monde d'un nouveau petit d'homme.

— Je n'ai même pas eu besoin de lui donner une tape sur le derrière pour qu'elle manifeste sa présence, reprit le médecin en riant. Et elle a du coffre !

— C'est normal, déclara Molly. Les O'Hurley n'ont jamais eu besoin de micro pour...

Sa phrase resta en suspens : une contraction aussi forte que celles qui avaient immédiatement précédé l'expulsion venait de lui couper la respiration.

— On dirait que ce bébé avait de la compagnie, observa le médecin.

— Des jumeaux ? s'exclama Molly en riant malgré les ondes de douleur qui recommençaient de la submerger. Décidément, Frank, tu ne cesseras jamais de me surprendre !

Pendant ce temps, dans la salle d'attente, Francis O'Hurley faisait les cent pas en consultant sa montre toutes les trente secondes. Il était en train de vivre l'une des heures les plus émouvantes de toute son existence, et pourtant sa démarche gardait la souplesse et la légèreté du danseur professionnel qu'il était.

Cette naissance plusieurs semaines plus tôt que prévu n'avait pas non plus affecté son optimisme et sa gaieté naturels. Les yeux brillants, il ébouriffa d'un geste vif les cheveux d'un garçonnet à demi assoupi sur une chaise.

— Dans quelques minutes, tu auras un petit frère ou une petite sœur, Trace ! Qu'est-ce que tu préférerais ?

— Ça m'est égal… J'ai envie de dormir, papa !

— Envie de dormir ? répéta Frank avec un grand rire. Alors qu'un nouveau O'Hurley est sur le point de naître ? Tu devrais être aussi excité qu'un soir de première !

Il souleva son fils dans ses bras et le serra contre lui. Trace posa la tête sur son épaule en murmurant :

— Combien de temps on va rester ici, sans donner de représentation ?

— Je ne sais pas, mais quelle importance ?

À l'idée du spectacle qu'il avait dû annuler, et du manque à gagner que cela représentait, Frank ressentit une pointe d'anxiété.

En homme habitué à prendre les choses du bon côté, cependant, il retrouva vite son entrain : même à Duluth, il y avait des cabarets, et il arriverait bien à en persuader quelques-uns de l'engager en attendant que sa femme soit de nouveau en état de voyager. Molly avait beau être petite et menue, elle était robuste et, comme lui, elle ne vivait que pour la scène. Leur existence d'artistes itinérants leur convenait, et même s'ils avaient encore du mal à joindre les deux bouts, ils avaient confiance en l'avenir : un jour, ils seraient célèbres, et ce serait alors dans les plus grands music-halls du pays que le « Quatuor O'Hurley » se produirait. Frank voyait déjà ce nom s'afficher en lettres lumineuses sur l'immense fronton du Caesar's Palace de Las Vegas.

— Monsieur O'Hurley ?

L'apparition du médecin dans l'embrasure de la porte le ramena à la réalité.

— Oui ? déclara-t-il, soudain rempli d'appréhension. Comment va Molly ?

— Très bien. C'est vraiment une femme extraordinaire !

Une onde de soulagement parcourut Frank. Il posa un gros baiser sur la joue de son fils et s'écria :

— Tu entends ça, fiston ? Ta mère est une femme extraordinaire !

Il se tourna ensuite vers le médecin et demanda :

— Et l'enfant ? Il est né en avance, mais il va bien, n'est-ce pas ?

— On ne peut mieux. Ce sont de beaux bébés, toniques et vigoureux.

— J'en étais sûr ! s'exclama Frank en esquissant un pas de deux. Ma Molly saute parfois une mesure, mais elle fait de beaux…

Les mots moururent sur ses lèvres. Il fixa le médecin, les yeux écarquillés, puis balbutia :

— A… attendez… Vous avez utilisé le pluriel… Ma femme a accouché de… de jumeaux ?

— Non, de triplées. Vous êtes l'heureux père de trois jolies petites filles, monsieur O'Hurley.

Les jambes molles, Frank se laissa tomber dans le siège le plus proche.

— Trois d'un coup…, murmura-t-il, abasourdi.

— Oui. Elles sont nées à quelques minutes d'intervalle, et je vous rassure : il n'y en a pas d'autre.

Comment allait-il arriver à nourrir trois bouches supplémentaires, pensa Frank, alors qu'une seule lui était déjà apparue comme un défi difficile à relever ?

Et puis, le premier choc passé, une joie immense lui inonda le cœur, et il se mit à rire. Les problèmes matériels se résolvaient toujours d'une manière ou d'une autre, et la vraie richesse, c'était ce que le destin lui accordait aujourd'hui : trois filles à chérir, à protéger, à guider dans la vie.

— Tu te rends compte, fiston ? dit-il à Trace, maintenant assis sur ses genoux. Ta mère a eu des triplées ! Trois bébés pour le prix d'un… Une véritable affaire !

Il posa ensuite son fils sur le sol, sauta sur ses pieds et courut serrer la main au médecin.

— Merci, docteur ! Vous avez devant vous l'homme le plus chanceux de la terre.

— Toutes mes félicitations, monsieur O'Hurley.

— Vous êtes marié, docteur ?

— Oui.

— Comment s'appelle votre femme ?

— Abigail.

— Alors ce sera le prénom de l'une de mes filles… Quand puis-je les voir ?

— Dans quelques minutes, le temps qu'une infirmière descende s'occuper de votre fils.

— Oh ! non, il m'accompagne ! C'est un grand jour pour lui aussi, et je veux qu'il s'en souvienne !

Le médecin commença à exposer les règles en vigueur dans son service, mais il interrompit brusquement ses explications pour demander :

— Vous êtes aussi têtu que votre femme, monsieur O'Hurley ?

— Plus !

— Dans ce cas, suivez-moi… Tous les deux.

Prenant Trace par la main, Frank emboîta le pas au médecin. Ils montèrent dans l'ascenseur, longèrent des couloirs interminables et, enfin, arrivèrent devant une grande vitre. Juste derrière, trois couveuses s'alignaient, et Frank, la gorge nouée, découvrit ses filles. Deux dormaient paisiblement, mais la troisième pleurait et s'agitait.

— Celle-là ne sera pas du genre à se laisser oublier, remarqua-t-il. Regarde, fiston : voici tes trois petites sœurs.

À présent bien réveillé, Trace observa les bébés d'un œil critique.

— Elles sont drôlement maigrichonnes, déclara-t-il au terme de son inspection.

— Tu l'étais toi aussi quand tu es né.

Les yeux de Frank se remplirent de larmes, et il ne les retint pas : en bon Irlandais, il n'avait pas honte d'extérioriser ses sentiments.

— Je vous promets de tout faire pour vous rendre heureuses, murmura-t-il, la main posée sur la vitre.

Il savait déjà que ses filles ne manqueraient jamais d'amour, et n'était-ce pas la condition essentielle du bonheur ?

1

Cette journée n'allait pas être une journée ordinaire. Les dés étaient jetés, et il se passerait maintenant beaucoup de temps avant que les choses reviennent à la normale. Elle ne pouvait qu'espérer avoir pris la bonne décision.

Abby était en train de seller son cheval dans le silence et la chaude odeur animale de l'écurie. Elle se sentait un peu coupable de partir se promener au milieu d'une matinée aussi chargée que d'habitude. Le fait d'échapper ne serait-ce qu'une heure à ses obligations était un luxe qu'elle ne s'accordait jamais, mais aujourd'hui elle en avait besoin.

Et tant qu'à pécher, autant que ça en vaille la peine ! songea-t-elle.

Cette pensée l'amusa, parce que c'était typiquement le genre de chose qu'aurait pu dire son père. Et puis, si M. Jorgensen voulait vraiment acheter le poulain, il rappellerait, non ? Elle avait les comptes du mois à faire, et des factures en retard à payer, mais elle s'en occuperait en rentrant. Pour l'instant, elle aspirait à une solitude et à une détente que seule pourrait lui procurer une longue chevauchée à travers la campagne.

Deux des chats qui avaient élu domicile dans l'écurie s'étaient approchés, mais ils retournèrent se coucher dans le foin quand la jeune femme prit Judd par la bride et le conduisit dehors.

Là, elle vérifia une dernière fois que les sangles étaient bien attachées, puis elle sauta en selle avec l'agilité d'une cavalière confirmée.

L'envie la démangeait de partir au galop, mais le terrain, à proximité de la maison, était trop glissant : un mélange de boue et de neige fondue l'avait transformé en un véritable bourbier. Elle maintint donc son cheval au pas, le temps de gagner les grands espaces où ils trouveraient enfin tous les deux ce qu'ils désiraient le plus : la liberté.

Bien que l'air soit encore froid et humide, Abby y sentait comme un parfum de printemps et de renouveau. Peut-être était-ce dû au changement que sa vie était sur le point de connaître. Un changement bénéfique, du moins fallait-il l'espérer, car les doutes qui la torturaient depuis des mois allaient croissant. Avait-elle eu raison de signer ce contrat ? Quelles en seraient les conséquences ? Arriverait-elle à garder le contrôle de la situation, de façon à en minimiser les risques ?

Les terres qu'elle aimait, sans vraiment parvenir à les considérer comme siennes, s'étendaient maintenant devant elle à perte de vue. La neige ne les recouvrait plus que par plaques. Dans un mois, les poulains pourraient s'ébattre dans les prés, elle planterait de l'avoine et de la luzerne… Avec un peu de chance, elle finirait pour la première fois l'année avec un solde créditeur.

Chuck, lui, n'aurait pas nourri ce genre d'inquiétudes. Il ne pensait jamais au lendemain. Ses projets d'avenir se limitaient à gagner la prochaine épreuve du Grand Prix automobile. Abby savait pourquoi il avait acheté ce domaine au fin fond de la Virginie rurale. Peut-être l'avait-elle toujours su, mais, à l'époque, elle avait réussi à interpréter ce geste comme un message d'espoir, et non comme un signe de culpabilité. C'était cette volonté farouche de ne pas céder au découragement qui lui avait permis de survivre pendant ces huit dernières années.

Une fois le domaine acheté, pourtant, Chuck n'y avait pas passé plus de quelques semaines au total. Il aimait trop bouger pour rester là, à regarder l'herbe pousser.

Impatient, insouciant, égocentrique... Chuck était tout cela, et Abby ne pouvait même pas lui reprocher d'avoir tenté de le lui cacher avant de l'épouser : il s'était montré dès le début tel qu'il était, mais, fascinée par l'éclat de sa notoriété et de son charisme, elle l'avait laissé sans réfléchir l'entraîner dans son brillant sillage.

Alors âgée de dix-huit ans seulement, la petite Abigail O'Hurley avait trouvé très flatteur et très excitant d'être courtisée par le célèbre Chuck Rockwell – même si elle n'avait pas su tout de suite qui il était. La presse publiait son nom et sa photo en première page à chacune de ses victoires sur le circuit de formule 1, mais elle ne lisait pas les journaux, et encore moins les tabloïds qui, eux, ne parlaient pas de ses exploits sportifs, mais de ses nombreuses liaisons.

Leurs chemins s'étaient croisés à Miami. Il l'avait charmée, éblouie, et si vite conquise qu'elle était devenue sa femme avant d'avoir eu le temps de comprendre ce qui lui arrivait.

Une petite bruine s'était mise à tomber, mais elle arrêta malgré tout son cheval. La pluie ne la dérangeait pas, au contraire : elle noyait le paysage dans une brume qui renforçait la sensation d'isolement dont Abby avait tant besoin ce matin. Cela ressemblait à une fuite, elle en avait conscience, mais elle ne s'était jamais considérée comme quelqu'un de courageux. Tout ce qu'elle avait fait – et continuerait de faire –, c'était lutter, à sa manière, avec ses faibles moyens, pour assurer son avenir et celui de ses enfants.

Judd piaffa, mais la jeune femme lui flatta l'encolure, et cela suffit pour le calmer. Elle avait séjourné à Monte-Carlo, à Paris, à Londres et dans d'autres villes réputées pour leur beauté, mais depuis plus de sept ans qu'elle vivait et travaillait ici, aucune ne pouvait se comparer à ses yeux avec cette plaine doucement vallonnée, recouverte d'un manteau de neige immaculée l'hiver, et l'été d'une herbe drue couleur d'émeraude.

Même à cette saison, quand la boue rendait les chemins de terre presque impraticables le jour et que les gelées nocturnes les transformaient en patinoire, Abby ne serait pas allée s'installer ailleurs pour tout l'or du monde.

Ce bonheur, elle le devait à Chuck, et ce n'était ni le seul, ni le plus important. Pendant sa brève existence, il avait brûlé la chandelle par les deux bouts, et leurs relations, d'abord placées sous le signe de la passion, s'étaient rapidement dégradées mais, avant de mourir, il lui avait fait le plus beau des cadeaux : leurs deux fils.

C'était pour eux qu'Abby avait finalement surmonté ses réticences. Pendant quatre ans, elle avait refusé tous les contrats qui lui étaient proposés pour participer à la réalisation d'une biographie de son mari. Cela n'avait pas empêché un éditeur d'en publier une, à la limite de la diffamation, et des articles tout aussi racoleurs paraissaient encore de temps en temps dans la presse à scandale.

Après des mois d'hésitation, elle était parvenue à la conclusion qu'un livre écrit en collaboration avec un véritable écrivain serait le meilleur moyen de mettre un terme aux médisances. Elle aurait ainsi un certain contrôle sur le produit fini, et cela donnerait à ses fils une bonne image de leur père.

Dylan Crosby était un excellent écrivain, connu pour sa rigueur et sa ténacité dans la recherche de la vérité. Abby savait donc qu'il lui poserait des questions sur des sujets très personnels et très sensibles. C'était ce qu'elle voulait, car elle pourrait lui donner les réponses de son choix, et tirer ensuite un trait définitif sur cette période de sa vie.

Il lui faudrait néanmoins faire preuve d'habileté, et elle n'était pas certaine d'en avoir la capacité. Chantel, son aînée de deux minutes et demie, avait un don inné pour agir sur les gens et les événements ; Maddy, sa cadette de deux minutes et dix secondes, était une impulsive, une battante qui obtenait généralement ce qu'elle voulait par la seule force de sa volonté. Entre les deux, il y avait Abby. La douce, la candide, la sage Abby... Ces qualificatifs qu'elle entendait accoler à son nom depuis sa plus tendre enfance lui arrachaient toujours une petite grimace de contrariété.

Son problème, aujourd'hui, n'était pas l'image que son entourage avait d'elle depuis vingt et quelques années. Ce qui la préoccupait, c'était Dylan Crosby, biographe et ancien journaliste d'investigation à la carrière jalonnée de coups d'éclat. L'une de ses enquêtes avait notamment abouti au démantèlement de l'un des plus gros réseaux criminels de la côte Est. Il avait aussi empêché un sénateur de se porter candidat à la présidence des États-Unis en révélant ses accointances avec la mafia.

C'était donc un homme résolu et expérimenté qu'Abby allait devoir affronter, mais elle aurait au moins l'avantage du terrain : en tant qu'invité, il serait obligé de se plier aux règles de la maison, et elle exercerait ainsi un certain ascendant sur lui. Il venait chercher des informations, et elle lui en fournirait, mais les secrets qu'elle voulait garder resteraient enfermés dans sa mémoire et dans son cœur.

Si ses années de scène lui avaient appris quelque chose, c'était bien à jouer la comédie. Alors, pour arriver à ses fins, il lui suffirait de déployer, au seul profit de Dylan Crosby, ses talents d'actrice.

« Toutes les vérités ne sont pas bonnes à dire », lui aurait sûrement déclaré son père s'il avait été là.

La jeune femme sourit et se promit de se répéter cet adage plusieurs fois par jour pendant les prochaines semaines.

Un peu rassérénée, elle fit demi-tour. L'heure du lever de rideau approchait.

Dylan maudit la pluie, reprit le chiffon déjà trempé posé devant lui et sortit de nouveau le bras par la vitre ouverte. L'essuie-glace côté conducteur ne marchait que par à-coups, et le deuxième ne marchait plus du tout.

Tenant le volant d'une main, il essuya le pare-brise de l'autre tandis qu'une bruine glacée transperçait sa manche. Il avait manqué de sens pratique en achetant une Corvette de 1962 : ce rêve de collectionneur devenait un vrai cauchemar dès qu'il lui était demandé de rouler.

Il avait peut-être aussi eu tort de faire par la route, en plein mois de février, le trajet entre New York et la Virginie, mais il tenait à la liberté de mouvement que procurait un moyen de locomotion autonome – aussi peu fiable soit-il. La neige qui tombait dans le Delaware avait cédé la place à la pluie quelque part dans le Maryland, c'était déjà ça, mais il la maudit de nouveau en sentant des gouttes lui couler dans le cou.

Les choses pourraient être pires, songea-t-il, même s'il ne voyait pas bien comment. Sans doute était-ce le prix à payer pour réaliser enfin un projet qu'il nourrissait depuis trois ans : Abigail O'Hurley-Rockwell avait apparemment obtenu d'un éditeur la somme qu'elle voulait pour exploiter à son profit la notoriété de son défunt mari.

C'était une petite maligne, celle-là, une intrigante qui savait flairer les bonnes affaires… À dix-huit ans, elle avait réussi à séduire le coureur automobile le plus riche et le plus célèbre du circuit. Quelques mois plus tard, elle portait des diamants, se promenait en manteau de vison et passait des soirées entières dans les plus beaux casinos d'Europe et d'Amérique… Pourquoi ne pas se faire plaisir, quand l'argent dépensé était celui de quelqu'un d'autre ? L'ex-épouse de Dylan lui avait montré de quoi une femme était capable dans ce domaine au cours d'une union dont le seul mérite avait été sa brièveté : un an et demi seulement.

Il en avait tiré une leçon : le sexe dit faible ne l'était en fait pas du tout. Les femmes jouaient les pauvres petites créatures fragiles et vulnérables pour attirer les hommes dans leurs filets, et elles ne dévoilaient leur vrai visage qu'une fois leur ruse couronnée de succès. Pour s'en libérer, il fallait encore mettre la main au portefeuille, mais, une personne avertie en valant deux, Dylan savait qu'il ne se laisserait plus prendre au piège. Il lui suffisait de repenser à ce que son mariage lui avait coûté, financièrement et moralement, pour sentir le danger – et s'enfuir à toutes jambes.

Une nouvelle bordée de jurons lui échappa quand, ayant déployé tant bien que mal la carte posée sur le siège du passager, il s'aperçut qu'il aurait dû tourner à gauche au précédent carrefour. La route était heureusement déserte, et il put faire tout de suite demi-tour. Les essuie-glaces de la Corvette marchaient peut-être mal, mais question maniabilité, elle n'avait pas son pareil.

Pourquoi diable Chuck Rockwell avait-il décidé de s'installer dans ce coin perdu de Virginie ? se demanda Dylan. Cela ne ressemblait pas au pilote flamboyant dont il avait suivi et admiré la carrière. Sans doute son épouse l'avait-elle persuadé d'acheter cette propriété comme placement. Elle avait apparemment fini par s'y plaire, en tout cas, puisqu'elle y vivait en recluse depuis sept ans.

Quel genre de femme était-ce ? Si Dylan voulait écrire une biographie sérieuse de son mari, il devait la comprendre. Elle avait accompagné Rockwell sur le circuit de formule 1 pendant toute leur première année de mariage, puis elle avait pratiquement disparu. Peut-être en avait-elle eu assez des odeurs d'essence et de pneus surchauffés… Quoi qu'il en soit, elle avait déserté les tribunes, et c'était sans elle que Rockwell avait ensuite fêté ses victoires et pleuré ses défaites. Elle n'avait donc pas assisté à sa dernière course, celle où il avait trouvé la mort, et elle avait attendu les obsèques, trois jours plus tard, pour se montrer en public. Là, elle n'avait pas prononcé un mot, ni versé une larme.

Cela prouvait qu'elle n'avait jamais aimé son mari. Elle l'avait épousé pour son argent et avait fermé les yeux sur ses infidélités afin de pouvoir continuer à profiter des fortunes que lui rapportaient ses succès en Grand Prix et ses contrats publicitaires. Maintenant veuve, elle était à l'abri du besoin jusqu'à la fin de ses jours... Pas mal, pour une petite chanteuse qui, sans cela, aurait probablement continué à gagner misérablement sa vie en se produisant dans des bars miteux...

La boue et les ornières du chemin de terre dans lequel Dylan s'était engagé l'obligèrent à ralentir. Il essuya de nouveau le pare-brise, mais, lorsqu'il entendit son pot d'échappement racler le sol après un cahot spécialement violent, ce fut contre Abigail qu'il pesta, et non plus contre le mauvais temps. L'entretien de son domaine intéressait visiblement moins Mme Rockwell que les bijoux et les fourrures !

La vue de la maison le surprit pourtant agréablement : ce n'était pas l'imposante bâtisse à laquelle il s'attendait, mais une demeure simple et accueillante. Le bleu des volets formait un heureux contraste avec le revêtement blanc des murs, une véranda ouverte était adossée à la façade, et ses piliers soutenaient une terrasse à balustrade de bois ajouré qui s'étendait sur toute la longueur du premier étage. L'ensemble aurait eu besoin d'une couche de peinture neuve, mais il n'en avait pas moins beaucoup de charme et de caractère. Un panache de fumée sortait de la cheminée, une bicyclette équipée de stabilisateurs était appuyée contre le mur, près de la porte d'entrée, et les aboiements d'un chien achevaient de donner à l'atmosphère un caractère chaleureux et familial.

Dylan avait souvent songé à acheter une maison comme celle-ci, où il pourrait écrire loin du bruit et de la foule des grandes villes. Cet endroit lui rappelait la ferme de son enfance, l'ambiance de travail et le sentiment de sécurité qui y régnaient, et dont il avait gardé la nostalgie.

Son pot d'échappement frotta une deuxième fois contre le sol, et son humeur s'assombrit de nouveau. Il se gara derrière un petit break, remonta sa vitre, et il s'apprêtait à ouvrir sa portière quand une grosse boule de poils mouillés s'élança dans sa direction.

C'était un chien d'une taille impressionnante, et même si son accueil se voulait amical, Dylan n'avait pas trop envie de le voir sauter sur lui. Ses aboiements et les deux énormes pattes qui grattaient à présent la vitre étaient suffisants pour le dissuader de sortir de la voiture.

— Sigmund !

L'animal tourna la tête vers la maison, et Dylan l'imita. Abigail Rockwell se tenait en haut des marches de la véranda. Les journaux avaient publié suffisamment de photos d'elle pour qu'il la reconnaisse immédiatement, même s'ils semblaient montrer des personnes différentes au fil du temps : la jeune mariée aux airs ingénus qui posait près de Chuck au bord des pistes ; la femme du monde élégante et sophistiquée ; la veuve assistant, les yeux secs, aux obsèques de son mari…

Aujourd'hui, pourtant, elle ne ressemblait à aucun de ces trois personnages : ses cheveux blonds retombaient en mèches désordonnées sur son front, elle portait un gros chandail de laine, un jean et des bottes, et son visage aux traits fins était dépourvu de tout maquillage.

— Au pied, Sigmund ! ordonna-t-elle.

Le chien obéit, mais Dylan attendit prudemment qu'il ait rejoint sa maîtresse pour se risquer dehors.

— Madame Rockwell ? dit-il.

— Oui. Excusez Sigmund… C'est un animal très démonstratif, mais il ne mord pas. Pas souvent, tout du moins.

— Vous me rassurez…, marmonna Dylan avant d'aller ouvrir son coffre.

Impassible mais les nerfs à vif, Abby regarda l'écrivain sortir ses bagages. Avait-elle eu raison d'autoriser cet inconnu à pénétrer dans sa maison, dans sa vie ? Peut-être valait-il mieux tout arrêter maintenant, avant qu'il ne soit trop tard…

Et puis il se tourna vers elle et, pour la première fois, elle le vit de face et en pleine lumière. Des cheveux noirs ruisselants de pluie encadraient un visage qu'elle trouva dur, marqué par les stigmates d'une trop grande expérience de la vie. C'était le visage d'un homme sans illusions, sans indulgence – un homme dangereux.

Les yeux de la jeune femme se posèrent ensuite sur ses vêtements trempés, sur ses chaussures déjà maculées de boue, et elle eut pitié de lui.

— Venez à l'intérieur ! déclara-t-elle. Vous devez être gelé.

— Oui, et fourbu, aussi : votre chemin est dans un état épouvantable.

— Je le sais. L'hiver a été rude.

Maintenant qu'elle l'avait invité à entrer, Abby ne pouvait plus reculer, et c'était mieux ainsi. D'une part, elle avait signé un contrat. Et d'autre part, les raisons qui l'y avaient poussée étaient trop importantes pour qu'elle renonce au dernier moment, et par simple lâcheté, à atteindre son but.

Dylan n'avait cependant pas répondu à son invitation : debout sous la pluie, une valise dans chaque main et plusieurs sacs sur l'épaule, il la dévisageait. Sans doute pour la jauger…

De plus en plus nerveuse, elle enfonça les mains dans les poches de son jean pour les empêcher de trembler.

Le gros pull-over d'Abigail faisait ressortir plus qu'il ne dissimulait son extrême minceur, songea Dylan, et elle avait de très beaux yeux verts, mais il y lisait une étrange expression. S'il n'avait su à l'avance que c'était une femme froide et calculatrice, il aurait pensé qu'elle avait peur.

Intrigué, il s'approcha d'elle, et ses traits lui apparurent alors dans tout l'éclat de leur beauté : elle avait des pommettes hautes, un petit nez droit, une bouche généreuse, des cils foncés qui mettaient en valeur ses prunelles claires et la blancheur de sa peau… Étonné, Dylan se rendit compte que pas plus que de maquillage elle ne portait de parfum : elle sentait juste la pluie et le feu de bois.

Il la suivit jusqu'à la porte, mais s'arrêta devant pour enlever ses chaussures.

— Je ne veux pas salir vos parquets, expliqua-t-il.

— Il n'y a que du dallage au rez-de-chaussée, déclara-t-elle en le précédant dans le vestibule, mais merci d'y avoir pensé. Laissez vos bagages ici et venez dans la cuisine. Il y fait chaud, et vous pourrez vous sécher devant la cheminée.

L'intérieur de la maison surprit autant Dylan que l'extérieur : pas de marbre au sol, comme il s'y attendait, mais des carreaux anciens ; pas de décoration tape-à-l'œil dans l'entrée, mais quelques meubles au bois patiné dont une table ornée d'un bouquet de fleurs en papier mâché qui ressemblait au cadeau de fête des Mères d'un très jeune enfant. Deux petites figurines en costume de spationaute traînaient par terre, et Abigail les ramassa au passage sans faire de commentaire, comme si c'était la chose la plus naturelle du monde.

— Vous arrivez de New York ? demanda-t-elle.

— Oui.

— La route n'a sûrement pas été facile, par ce temps.

— Non.

Dylan avait conscience qu'en répondant ainsi par monosyllabes, il frisait l'impolitesse, mais il n'était pas brusque à dessein – même s'il pouvait l'être quand cela l'arrangeait. Ce qu'il voyait l'intéressait plus qu'un échange de banalités, tout simplement.

Une fois dans la cuisine, il s'arrêta et regarda autour de lui. Il n'y avait pas de vaisselle sale dans l'évier ni de poussière sur le carrelage, mais la pièce était loin d'être en ordre : un puzzle commencé occupait tout un coin du plan de travail, un fouillis de photos, de dessins et de post-it recouvrait le réfrigérateur, trois paires et demie de baskets s'entassaient près de la porte de derrière… Mais Dylan nota surtout la bonne odeur de café et de feu de bois qui flottait dans l'air.

Si ce M. Crosby refusait de lui parler, pourquoi avait-il pris la peine de se déranger ? songea Abby. Elle l'étudia du coin de l'œil. Pour être dur, son visage n'en était pas moins séduisant : des sourcils noirs et épais, une mâchoire énergique, des yeux verts au regard intense... Elle connaissait ce regard ; Chuck avait les yeux noisette, mais le même message s'y lisait : « J'obtiens toujours ce que je veux, parce que tous les moyens me sont bons pour y parvenir. »

Cette volonté farouche de gagner lui avait finalement fait perdre la vie, mais Abby craignait maintenant d'avoir affaire au même type d'homme – fascinant, charismatique, dominateur. L'âge et l'expérience l'avaient cependant aguerrie, se rappela-t-elle. Et, cette fois, l'amour ne viendrait pas troubler son jugement.

— Donnez-moi votre pardessus, dit-elle.

Quand il eut obéi, la jeune femme se surprit à réagir devant un corps d'homme pour la première fois depuis des années. Elle resta un moment figée, à observer tour à tour les larges épaules de l'écrivain, ses hanches minces, ses longues jambes, et elle sentit un trouble sensuel l'envahir lentement, mais c'était d'autant plus ridicule que...

Cette pensée, même incomplètement formulée, suffit à lui rendre sa lucidité. Elle alla suspendre le manteau à la patère fixée près de la porte, puis déclara :

— Vous voulez du café ?

— Oui, volontiers.

— Comment le buvez-vous ?

— Noir.

Rien de tel qu'une tâche manuelle pour s'empêcher de trop réfléchir, Abby était bien placée pour le savoir... Elle sortit une tasse, la remplit et la posa sur la table.

— Où vous êtes-vous arrêté pour dormir ? demanda-t-elle.

— Nulle part. J'ai roulé toute la nuit.

— Vous devez être épuisé !

Il n'en avait pourtant pas l'air : ses joues étaient certes couvertes d'une ombre de barbe, mais il semblait en pleine possession de ses capacités physiques et intellectuelles.

— J'ai eu un moment de fatigue, vers 3 heures du matin, répondit-il, mais j'ai trouvé mon second souffle... Merci pour le café.

Sur ces mots, il s'assit et vida sa tasse en silence. Les échanges de politesses ne l'intéressant visiblement pas, Abby décida de passer aux choses sérieuses :

— J'ai lu vos livres, monsieur Crosby, et notamment celui que vous avez consacré à Millicent Driscoll. Il n'est pas tendre pour elle !

— Je me suis contenté d'exposer les faits. Je laisse le mélo aux magazines people.

— Oui, je comprends... Vous la connaissiez ?

— Pas avant son suicide.

— Que voulez-vous dire ?

— Que, pour écrire sa biographie, il m'a fallu mener une enquête très approfondie sur son histoire et sa personnalité. Cela m'a permis de réunir sur elle un ensemble d'informations dont même ses amis les plus proches devaient ignorer une partie.

— C'était une actrice et une femme exceptionnelle, mais la vie ne lui a pas fait de cadeaux... Ma sœur me parlait souvent d'elle.

— Chantel O'Hurley ? Elle aussi est une actrice formidable et une femme exceptionnelle...

— Oui. Vous l'avez interviewée pendant la préparation de votre livre, n'est-ce pas ?

— En effet.

Et il ne l'avait pas trouvée très sympathique, aurait pu ajouter Dylan, mais la seule évocation de Chantel avait amené un sourire sur les lèvres d'Abigail – le premier qu'il y voyait depuis son arrivée –, et il ne voulait pas la braquer.

— Les trois sœurs O'Hurley sont devenues célèbres, chacune à sa manière, reprit-il. Chantel mène une brillante carrière à Hollywood, Maddy à Broadway…

— Et moi, je ne dois ma modeste notoriété qu'au fait d'avoir épousé un grand pilote de formule 1… Vous me croyez jalouse de mes sœurs, monsieur Crosby ? Eh bien, détrompez-vous ! Je suis très fière d'elles, au contraire.

— Rien ne vous empêche de remonter sur les planches et de vous faire un prénom dans le show-business.

Si elle n'avait perçu une pointe de sarcasme dans la voix de son interlocuteur, Abby aurait éclaté de rire.

— J'ai d'autres priorités, déclara-t-elle d'un ton posé.

— C'est drôle… Vous ne ressemblez à aucune de vos deux jumelles.

— Vous connaissez Maddy ?

— Je l'ai souvent vue en photo, et plusieurs fois sur scène.

Habituée à être comparée à ses sœurs, la jeune femme haussa les épaules.

— Nous sommes très différentes, toutes les trois, et c'est très bien comme ça… Un peu plus de café, monsieur Crosby ?

— Non, merci… D'après ce qu'on raconte, Chuck Rockwell est entré un soir par hasard dans le cabaret où la famille O'Hurley se produisait, et il n'a même pas accordé un regard à vos jumelles : il a eu le coup de foudre pour vous.

— Ah bon ? C'est ce qu'on raconte ?

— Oui. Les gens aiment le romanesque au point de le confondre avec la réalité.

— Mais vous, vous êtes un cynique ?

— Je ne suis pas ici pour écrire un roman, ou un conte de fées, madame Rockwell. Et si l'éditeur a omis de vous exposer les règles que vous devrez respecter, je vais le faire maintenant.

— Je pense les connaître, mais allez-y… Permettez-moi seulement de commencer à préparer le dîner pendant ce temps. J'espère que vous n'avez rien contre le chili con carne ?

— Euh… non, balbutia Dylan, décontenancé.

Ainsi, Abigail cuisinait ? Il ne l'aurait pas cru, mais sans doute était-ce juste pour un soir, parce qu'elle voulait l'impressionner. Il resta un moment silencieux, à la regarder sortir de la viande hachée du réfrigérateur et la mettre à cuire dans une poêle avec des épices, puis il expliqua :

— La première règle, c'est que votre rôle dans la réalisation de cet ouvrage se limitera à celui d'informatrice : vous n'aurez aucun contrôle sur sa rédaction.

— Très bien. Et ensuite ? demanda Abigail d'une voix calme.

Sa réputation de froideur était méritée, songea Dylan. Beaucoup de gens l'avaient même taxée d'insensibilité.

— Ensuite, ce livre étant la biographie d'un homme dont vous avez été l'épouse, vous seule pouvez m'éclairer sur les aspects les plus intimes de son existence. Je vous poserai donc des questions très personnelles, et j'attends des réponses franches et complètes. Vous avez renoncé à protéger votre vie privée le jour où vous avez signé ce contrat.

— J'y ai renoncé le jour où je me suis mariée avec Chuck, monsieur Crosby ! Maintenant, arrêtez-moi si je me trompe, mais il me semble que l'écriture de cet ouvrage vous inspire quelques réserves.

— Non, c'est vous qui m'en inspirez.

Surprise, Abby se tourna vers Dylan, mais l'expression méprisante de son visage lui donna la raison de son hostilité : il pensait, comme tant d'autres, qu'elle avait épousé Chuck par intérêt.

— Je vois…, déclara-t-elle. Mais pour collaborer avec moi, vous n'êtes pas obligé de me trouver sympathique.

— Non, et réciproquement. La seule chose que nous nous devons l'un à l'autre, c'est une parfaite honnêteté, et j'aime autant vous prévenir : comme je compte écrire la biographie la plus exhaustive et la plus documentée possible de votre mari, il y aura forcément des moments où mon « indiscrétion » vous énervera.

— Je ne m'énerve pas facilement. On m'a même souvent reproché d'être trop placide.

— Je vous garantis que vous aurez de nombreuses occasions de vous mettre en colère contre moi avant la fin de mon séjour ici.

— On dirait que vous vous en réjouissez d'avance !

— Les défis me stimulent.

La jeune femme émit un petit rire sans joie, puis demanda :

— Vous avez connu Chuck, monsieur Crosby ?

— Non.

— Dommage : vous vous seriez très bien entendus, tous les deux. Son seul but, dans la vie, était de gagner, et il ne laissait personne lui dicter la façon de s'y prendre pour y parvenir. Il menait ses courses comme il l'entendait, ou pas du tout. La souplesse n'était pas son fort.

— Et vous ?

Bien que la question lui ait été posée sur un ton désinvolte, Abby y répondit sérieusement :

— L'un de mes plus gros problèmes, en grandissant, a été ma propension à me plier à la volonté des autres… Je vais vous montrer votre chambre, à présent. Vous aurez ainsi le temps de défaire vos bagages et de vous reposer avant le dîner.

Dylan suivit son hôtesse dans le vestibule. Là, elle prit d'autorité l'une de ses valises. Il la savait lourde, et ce fut pourtant sans difficulté qu'elle la souleva et s'engagea avec dans l'escalier. Cette femme était beaucoup plus forte qu'elle n'en avait l'air… Avec elle plus encore qu'avec les autres, il fallait donc se méfier des apparences… Dylan rassembla le reste de ses affaires et lui emboîta le pas.

— Il y a une salle de bains au bout du couloir, indiqua-t-elle avant d'ouvrir la porte d'une chambre et d'aller mettre la valise au pied du lit. Comme j'ai pensé que vous auriez besoin d'une table de travail, je vous en ai monté une. Il y a au rez-de-chaussée une pièce qui peut servir de bureau, mais vous serez plus au calme ici.

— Ce sera parfait.

La pièce serait même un endroit idéal pour écrire, jugea Dylan. Elle était claire, spacieuse, et l'amateur d'art qu'il était apprécia à leur juste valeur les meubles anciens qui la décoraient. Une bonne odeur de cire se mêlait aux senteurs de fleurs séchées du pot-pourri posé sur la commode, et derrière la fenêtre, qui donnait sur l'arrière de l'habitation, s'étendait un paysage champêtre de prés, de bois et de vallons.

— J'aime beaucoup votre maison, déclara Dylan. Elle est très jolie.

— Merci, mais si vous l'aviez vue quand nous l'avons achetée… Le toit fuyait de partout, et la plomberie était entièrement à refaire. Une seule visite m'a cependant suffi pour savoir que je m'y plairais.

— Vous aviez donc dès le départ l'intention de vous y installer en permanence ?

— Oui.

— Pourquoi ?

— Parce que j'avais besoin de me créer des racines.

— La vie trépidante que vous meniez aux côtés de Chuck avait pourtant des avantages, non ?

Abby ne répondit pas : elle s'était déjà laissée aller à trop parler. Il lui faudrait être plus prudente, à l'avenir.

— Je redescends surveiller la cuisson du chili, annonça-t-elle.

— Attendez ! Je voudrais que vous m'expliquiez, avant de partir, pourquoi vous avez brusquement donné votre accord à la publication d'une biographie de votre mari.

Pour que ses fils aient de leur père une autre image que les portraits brossés par des auteurs et des journalistes assoiffés de sensationnel, mais cela, Abby ne comptait pas le dire à Dylan : soit il ne la croirait pas, soit il ne comprendrait pas.

— J'ai attendu d'être prête, répondit-elle.

— Vous n'auriez pas plutôt attendu de pouvoir en tirer le maximum de profit ? Parce que, en refusant toutes les propositions pendant des années, vous avez fait monter les enchères... Je suis sûr que ce contrat va vous rapporter une fortune.

Silence.

Dylan, qui avait entrepris de déballer son dictaphone et son ordinateur portable, jeta un coup d'œil à Abigail. Sa remarque perfide, destinée à la mettre en colère, n'avait provoqué aucune réaction, et il en fut agacé.

— Le repas sera servi à 19 heures, déclara-t-elle finalement. On dîne tôt, à la campagne.

— Je vous ai insultée, madame Rockwell... Pourquoi feignez-vous de ne pas m'avoir entendu ?

— Je déteste les conflits, et je les évite donc dans toute la mesure du possible.

Des clameurs s'élevèrent soudain, venant du dehors. Dylan sursauta, mais son hôtesse, elle, ne cilla pas. Il y eut ensuite des aboiements furieux, puis un bruit qui ressemblait à celui d'un troupeau d'éléphants piétinant le plancher de la véranda.

— J'ai mis des serviettes propres pour vous dans la salle de bains, indiqua Abigail.

— Merci. Euh... je peux vous demander la cause de ce tohu-bohu ?

— Quel tohu-bohu ? répliqua-t-elle.

Une lueur d'amusement brillait dans ses yeux et, pour la première fois, Dylan eut l'impression d'avoir devant lui une femme chaleureuse et sensible.

— On dirait une invasion de barbares, dit-il.

— C'est exactement ça.

La porte d'entrée s'ouvrit et se referma avec une telle force que les tableaux accrochés aux murs tremblèrent.

— Maman ! Maman ! On est là !

Ce cri résonna dans l'escalier, immédiatement suivi par une nouvelle cavalcade et le début d'une violente dispute.

— Mes enfants ont peur que j'oublie leur existence s'ils ne font pas de bruit, expliqua Abigail. Maintenant, excusez-moi, mais il faut que j'aille m'occuper d'eux avant qu'ils n'aient transformé le rez-de-chaussée en champ de bataille.

2

Le temps qu'Abby arrive dans la cuisine, ses fils avaient enlevé et mis sur une chaise leurs anoraks dégoulinants d'eau. Une flaque était en train de se former dessous, et une autre devant le réfrigérateur, dont les deux petits garçons inspectaient le contenu sans prendre garde aux gouttes qui tombaient de leurs cheveux trempés.

— Salut, m'man ! dirent-ils d'une même voix en se tournant vers leur mère.

— Bonsoir, mes chéris.

La jeune femme évalua les dommages et les jugea acceptables. À part les flaques et les traces de semelles boueuses sur le carrelage, les seuls dégâts étaient quelques pièces de puzzle tombées par terre quand les enfants avaient posé leurs cartables sur le plan de travail.

— Tommy Harding a encore été puni dans le car, annonça Chris. Il va être obligé de s'asseoir à l'avant pendant une semaine entière.

— Il a craché sur Angela, expliqua Ben.

— Charmant ! s'écria Abby. J'espère que tu n'as rien à voir avec ça !

— Non. J'ai juste dit qu'elle était moche.

— Elle est pas vraiment moche ! protesta Chris, toujours prêt à défendre les faibles et les opprimés.

— Si, elle est moche, moche, moche ! Et tu sais quoi, m'man ? On a fait la course depuis le car, avec Chris, et je lui ai laissé plein d'avance, mais c'est quand même moi qui ai gagné !

— Toutes mes félicitations.

— J'ai failli gagner, souligna Chris, et ça m'a donné faim.

— Vous avez déjà goûté à l'école, non ?

— Oui, mais…

— Alors tu n'as droit qu'à un verre de lait et à un cookie.

— Un seul ? Mais j'ai très, très faim !

— Moi aussi ! s'exclama Ben.

Un élan d'amour souleva Abby devant les deux petits visages tournés vers elle. Chris, le cadet, avait l'air d'un ange, avec ses cheveux blonds et bouclés, ses grands yeux noisette au regard candide… Ben, lui, était tout le contraire de son frère : un petit diable aux cheveux bruns en bataille et aux yeux noirs brillant de malice.

— Bon, d'accord, dit-elle. Deux cookies chacun, mais c'est tout. Sors le lait du réfrigérateur et referme bien la porte, Ben ! Toi, Chris, va chercher la boîte à gâteaux dans le placard.

Ses fils obéirent sans discuter. Ils savaient qu'ils n'obtiendraient rien de plus.

— C'est à qui, la voiture qui est garée dans la cour ? demanda Ben quand son frère et lui furent attablés devant leur deuxième goûter.

— À M. Crosby, répondit la jeune femme en prenant une serpillière pour éponger les flaques d'eau.

— Le type qui veut écrire une bioga… une biagro…

— Une biographie.

— … une biographie de papa ?

— Oui.

— Je vois pas pourquoi les gens auraient envie de lire un livre sur quelqu'un qui est mort.

Cette façon désinvolte de parler de son père était typique de Ben, songea Abby. Qui en était responsable ? Chuck lui-même ? Ou elle, pour avoir refusé de traîner son enfant comme un paquet d'un circuit à l'autre ? Mais peu importait, au fond… Seul comptait le résultat.

— Ton père était très célèbre, Ben, et il a encore beaucoup d'admirateurs. Allez vous changer, maintenant, et ne dérangez pas M. Crosby. Il occupe la chambre la plus proche du palier. Il a roulé toute la nuit, et il est sûrement en train de dormir.

— D'accord, déclara Ben. On montera tout doucement.

Les petits garçons quittèrent la cuisine et, une fois dans le vestibule, Ben chuchota à son frère :

— Suis-moi et mets les pieds exactement où je mets les miens, pour ne pas faire craquer les marches, sinon ce M. Crosby nous entendra arriver.

— Mais on ne doit pas le déranger !

— On ne va pas le déranger. On va juste jeter un coup d'œil dans sa chambre, pour voir à quoi il ressemble.

— Mais maman a dit…

— Je sais ce que maman a dit, mais ce type n'est peut-être pas écrivain, en fait… Si c'était un voleur ?

— Un voleur ? répéta Chris, les yeux écarquillés.

— Oui, et je suis même sûr que c'en est un. Cette nuit, quand on sera tous endormis, il dévalisera la maison, et il partira avec son butin.

— Il prendra mes petites voitures ?

— Sûrement… Et je parie qu'il a un pistolet, en plus, alors il ne faut surtout pas le réveiller. Viens, maintenant, et pas un mot, pas un bruit !

Les mains dans les poches arrière de son jean, Dylan contemplait par la fenêtre un panorama très semblable à celui qu'il voyait depuis sa chambre d'enfant. La pluie tombait à verse sur une campagne qui s'étendait à l'infini, sans un village, ni même une ferme, en vue.

Cet isolement le déconcertait, comme tout ce qu'il avait découvert depuis son arrivée chez Abigail Rockwell. Il s'attendait à une demeure prétentieuse et remplie de domestiques, or il n'y en avait aucun – à moins que ce ne soit leur jour de congé –, et la maison n'avait rien de luxueux.

Dylan savait bien sûr qu'Abigail avait deux fils, mais il croyait qu'elle les avait mis en pension, ou confiés à une nurse professionnelle. La femme couverte de bijoux et habillée par les plus grands couturiers dont il avait des dizaines de photos dans son dossier ne devait avoir ni le temps ni l'envie d'élever des enfants, avait-il pensé.

Mais si elle n'était pas cette femme du monde frivole et sophistiquée, qui était-elle ? Dylan avait pour tâche d'écrire une biographie de Chuck Rockwell, et voilà qu'il se surprenait à trouver sa veuve beaucoup plus intéressante !

Elle ne ressemblait pas à une veuve, en fait, songea-t-il en allant poser l'une de ses valises sur le lit, mais plutôt à une étudiante en vacances. Cela dit, ses années de scène lui avaient appris à jouer la comédie… Comment faire la différence entre l'actrice et la vraie Abigail Rockwell ?

Alors que Dylan commençait à déballer ses affaires, des pas furtifs, dans le couloir, attirèrent son attention. Pendant sa carrière de journaliste d'investigation, il avait vécu suffisamment de situations dangereuses pour acquérir une sorte de sixième sens, qui lui permettait de percevoir le moindre bruit suspect, le mouvement le plus léger.

Sans cesser de sortir chemises et pull-overs de sa valise, il leva les yeux vers le miroir accroché au mur, face à la porte, et la vit s'entrouvrir lentement. Des petits doigts s'agrippèrent ensuite au rebord, puis deux têtes se glissèrent dans l'embrasure, l'une au-dessus de l'autre.

— Il a bien l'air d'un voleur, murmura Ben. T'as vu ses yeux ? Ils sont fuyants.

— Tu crois vraiment qu'il a un pistolet ? chuchota Chris.

— Oui, et même plusieurs… Regarde ! Il se dirige vers le placard et… Attention ! Le voilà !

Ben avait à peine fini de parler que la porte s'ouvrit toute grande. Son frère et lui tombèrent à plat ventre sur le plancher.

Le menton tremblant, Chris fixa l'homme qui le dominait de toute sa hauteur et balbutia :

— Je… je veux pas que tu me prennes mes petites voitures.

Amusé, Dylan s'accroupit.

— D'accord, je ne les prendrai pas, mais tu me les montreras, un de ces jours ? J'adore les voitures, les petites comme les grosses.

— P… peut-être, mais Ben s'est trompé, alors ? T'es pas un voleur ?

— Tais-toi, Chris ! Je plaisantais, évidemment… Excusez-le, monsieur, c'est juste un mioche.

— J'suis pas un mioche ! J'ai six ans !

— Six ans ! répéta Dylan en s'efforçant d'avoir l'air dûment impressionné. Et toi, Ben, quel âge as-tu ?

— Huit ans… Enfin, presque.

Les enfants se relevèrent, et Dylan serra la main à chacun d'eux.

— Ben… Chris… Ravi de faire votre connaissance. Moi, je m'appelle Dylan.

L'aîné hocha gravement la tête, tandis qu'un sourire angélique illuminait le visage du cadet.

— On a trouvé ta voiture drôlement chouette ! s'écria ce dernier.

— Oui, elle a ses bons côtés.

— Ben dit qu'elle peut rouler à deux cent cinquante kilomètres/heure.

— C'est possible. Je n'ai jamais essayé.

— Maman nous a interdit de te déranger.

— Ah bon ? Quand vous me dérangerez, je vous le ferai savoir, mais ce n'est pas le cas en ce moment.

Chris profita aussitôt de cette invitation tacite à rester : il grimpa sur le lit et se mit à bavarder pendant que Dylan commençait de vider sa deuxième valise. Ben, lui, demeura silencieux ; visiblement, rien de ce qui se passait dans la pièce ne lui échappait, mais il se contentait d'écouter et d'observer.

C'était un petit garçon qui n'accordait pas facilement sa confiance, conclut Dylan. Ils avaient donc ce trait en commun, mais il trouvait attristant qu'un enfant aussi jeune ait déjà perdu son innocence.

Quand Dylan sortit une cartouche de cigarettes de sa valise, Chris annonça avec un froncement de sourcils réprobateur :

— Maman dit que fumer est une très mauvaise habitude.

— Elle a raison.

— Alors pourquoi tu fumes ?

— Parce que...

Faute de pouvoir se justifier, Dylan changea de sujet :

— Tu me passes l'appareil photo qui est au fond de la valise ?

Avant de lui tendre le reflex 24×36, Chris l'examina sous toutes ses coutures.

— Il est drôlement chouette ! s'écria-t-il. Tu vas nous prendre en photo ?

— Peut-être.

En allant poser l'appareil sur la commode, Dylan vit dans le miroir que Ben s'était approché du dictaphone et en effleurait délicatement les touches.

— Ça t'intéresse ? lui demanda-t-il.

Ben recula immédiatement d'un pas.

— Les espions se servent de ce genre de truc, marmonna-t-il.

— Oui, il paraît... Il y en a beaucoup, par ici ?

Le petit garçon dut percevoir le sarcasme, car il s'enferma dans un silence boudeur. Mais Chris, lui, expliqua :

— On a cru un moment que M. Petrie, celui qui vient s'occuper des chevaux, était un espion, mais c'en est pas un, finalement.

— Vous avez des chevaux ?

— Oui, plein !

— Quelle sorte de chevaux ?

— Je sais pas... Des gros.

— Espèce d'idiot ! s'exclama Ben. C'est des morgans, et moi, un jour, je monterai Thunder, notre étalon. Il est magnifique !

L'enthousiasme avait remplacé la défiance dans son regard, nota Dylan. S'il voulait nouer de bonnes relations avec lui, c'était donc par ce biais qu'il pourrait y arriver.

— J'avais un trotteur de seize paumes, quand j'étais petit, indiqua-t-il.

— Seize paumes ? répéta Ben sur un ton admiratif.

Mais il regretta aussitôt d'être sorti de sa réserve, car son visage se referma, et il ajouta :

— Je suis sûr que Thunder l'aurait battu à la course.

— Ben ! Chris ! Qu'est-ce que vous faites là ?

Les enfants sursautèrent et se tournèrent vers la porte. Abby les considéra d'un œil sévère et vit sans surprise le plus grand rougir de honte tandis que le plus jeune, tout joyeux, sautait du lit et courait vers elle en criant :

— Tu sais quoi, m'man ? Dylan est pas un voleur, finalement !

— Je suis ravie de l'apprendre, mais je croyais vous avoir dit de ne pas le déranger... J'attends tes explications, Ben !

— Ils ne me dérangent pas, intervint Dylan. Nous faisions connaissance.

La jeune femme l'ignora.

— Dois-je vous rappeler que vous avez des choses à faire, les garçons ?

— Mais, m'man..., commença Ben.

— Il n'y a pas de mais qui tienne ! Auriez-vous oublié que des dizaines d'animaux attendent que vous leur apportiez à boire et à manger ? Et j'ai trouvé ceci par terre dans l'entrée... J'imagine que tu comptais me le montrer, Ben ?

Les joues du petit garçon s'empourprèrent de nouveau à la vue de la dictée couverte de corrections au crayon rouge qu'Abby venait de sortir de sa poche.

— Il y avait plein de mots compliqués dedans, protesta-t-il, des mots qu'on avait jamais rencontrés !

— Admettons, mais tu vas les étudier ce soir, et je vérifierai moi-même que tu as bien retenu leur orthographe… File te changer, maintenant ! Et toi aussi, Chris !

— Ben a dit que Dylan allait me voler mes petites voitures !

— Tu es trop crédule, observa Abby en se penchant pour poser un baiser sur le front de Chris.

— C'est mal ?

— Non. Disparais, à présent !

— J'ai encore faim, m'man…

— Alors nous dînerons un peu plus tôt que d'habitude, mais pas avant que vous n'ayez terminé tout ce que vous avez à faire.

— D'accord… À plus tard, Dylan !

— À plus tard, bonhomme.

Lorsque les enfants furent partis, Abby se tourna vers l'écrivain.

— Je suis désolée, monsieur Crosby. Mes fils sont habitués à avoir la maison pour eux tout seuls. Ils ne savent pas que la chambre d'un invité est son domaine privé.

— Vous n'avez pas à vous excuser : ils ne m'ennuyaient pas.

— Tant mieux, mais ça viendra, je peux vous le garantir ! s'écria la jeune femme en riant.

Surpris de voir à quel point cet accès de gaieté la transformait, Dylan ne put s'empêcher de hausser les sourcils. Il avait soudain devant lui une femme pleine d'humour et d'entrain, vive et piquante. Mais là encore, était-ce la vraie Abigail Rockwell, ou l'actrice en train de jouer un nouveau personnage ?

La deuxième hypothèse était sûrement la bonne, car elle reprit très vite son sérieux, et ce fut d'une voix calme et froide qu'elle déclara :

— Vous m'avez exposé vos règles, tout à l'heure, monsieur Crosby. À mon tour de vous dire ce que j'exige de vous : vous ne devrez en aucun cas mêler mes fils à l'élaboration de votre ouvrage. Vous ne leur poserez aucune question sur leur père, et vous ne leur demanderez même pas d'évoquer les souvenirs qu'ils en ont.

Dylan, qui s'était remis à ranger ses affaires, s'arrêta pour observer son interlocutrice. Elle avait l'air inoffensif, mais il la soupçonnait de pouvoir se métamorphoser en lionne si elle sentait la moindre menace peser sur ses enfants.

— Je n'en avais de toute façon pas l'intention, répondit-il. Je pensais qu'ils étaient tous les deux trop jeunes pour se rappeler leur père.

C'était faux, au moins en ce qui concernait Ben, mais Abby jugea plus prudent de ne pas le préciser.

— Nous nous comprenons, alors, se borna-t-elle à remarquer.

— Non, nous en sommes encore très loin, madame Rockwell.

Le regard scrutateur de Dylan rendait la jeune femme terriblement nerveuse. Parviendrait-elle à lui cacher jusqu'au bout les secrets qu'elle voulait garder ? Mais c'était un risque dont elle avait toujours eu conscience et qu'elle avait résolu de prendre… Il fallait maintenant l'assumer.

— J'enverrai un des garçons vous prévenir quand le dîner sera prêt, indiqua-t-elle avant de quitter la pièce.

Une brusque sensation de froid la saisit alors, si intense qu'elle se frotta vigoureusement les bras. Elle avait envie de téléphoner à ses parents pour qu'ils la réconfortent, ou à Chantel, dont l'esprit caustique aidait à relativiser les problèmes, ou à Maddy, dont l'énergie et l'optimisme avaient quelque chose de communicatif.

Son grand frère était le seul membre de sa famille qu'elle ne pouvait pas joindre : Trace était en train de parcourir l'Europe, à moins qu'il ne soit maintenant en Afrique, ou encore ailleurs.

Abby savait pourtant qu'elle n'appellerait ni ses parents, ni aucune de ses deux sœurs. S'ils apprenaient qu'elle avait des soucis – s'ils ne faisaient que le deviner –, ils accourraient... Donc, elle ne les appellerait pas. Les choix et les décisions dont son avenir dépendait lui appartenaient désormais entièrement. Elle n'était plus l'enfant malléable et docile d'autrefois, mais la mère de deux fils, une femme libre et indépendante qui ne se laissait plus influencer par personne.

Une fois dans la cuisine, elle sortit des légumes du réfrigérateur et prépara une salade composée. Les garçons allaient faire la grimace, mais elle arriverait bien à les persuader d'en avaler au moins quelques bouchées...

Ils la rejoignirent une demi-heure plus tard et se lavèrent – non sans réticence – les mains et la figure pendant qu'elle versait le chili dans un plat.

— Monte dire à M. Crosby que le repas est servi, Chris, déclara-t-elle.

— Non, j'y vais ! s'écria Ben.

Ce zèle lui ressemblait si peu qu'Abby leva un sourcil interrogateur.

— J'ai quelque chose à aller chercher dans ma chambre, de toute façon, expliqua-t-il avec un haussement d'épaules.

— Très bien, mais ne t'attarde pas en haut : le dîner est prêt.

— Je suis pas obligé de manger les champignons, hein, m'man ? demanda Chris, déjà installé sur son tabouret.

— Non, tu n'es pas obligé.

— Tu m'en donneras pas ?

— Non.

— Et s'il y en a quand même dans ma part, tu les enlèveras ?

— Oui.

— Tous ?

— Tous.

— Parce que, si j'en mange un seul, je vais vomir.

Dylan et Ben entrèrent dans la cuisine alors que la jeune femme commençait de mettre la salade dans les assiettes.

— J'en veux pas, annonça Ben en s'asseyant à sa place.

— Les légumes sont pleins de vitamines, et tu en as besoin pour grandir, répliqua Abby. Chris, tu peux attaquer : il n'y a aucun champignon dans ta part.

— T'es sûre ? Parce que, s'il y en a un seul, je vais…

— Oui, je sais.

Sans réfléchir, Abby prit l'assiette de Dylan et la remplit de salade, mais elle s'aperçut brusquement qu'il la regardait d'un air ironique.

— Oh ! excusez-moi ! s'exclama-t-elle. Je suis tellement habituée à servir tout le monde…

— Ce n'est pas grave. Et j'aime les champignons, moi. Vous pouvez donc me les laisser.

Le joyeux bavardage de Chris dispensa ensuite la jeune femme de se creuser la tête pour alimenter la conversation. Ben, lui, se taisait ; il mangeait du bout des dents, sans cesser d'observer Dylan du coin de l'œil, et avec sur le visage une étrange expression. Était-ce de la méfiance ? se demanda Abby. Du ressentiment ? Elle n'arrivait pas à en avoir le cœur net. Ben était un enfant assez secret, mais…

Et puis elle se rendit compte que leur invité occupait la place qui avait été celle de Chuck. Il n'était pas souvent à la maison et n'y restait jamais longtemps, mais cette place était la sienne… Ben s'en souvenait-il ? Il avait pourtant à peine trois ans la dernière fois où son père était venu… À peine trois ans, mais tellement adulte, à bien des points de vue…

Un petit coup de coude la ramena au présent.

— P… pardon ? bredouilla-t-elle.

— J'ai dit que j'avais mangé toute ma salade, grommela Ben.

— Ah ! c'est bien ! Je vais te servir la suite.

— Je peux le faire moi-même.

Ignorant cette protestation, Abby tendit la main vers le plat de chili, mais elle croisa soudain le regard de Dylan et quelque chose, dans ses yeux, la persuada de passer la cuillère à Ben et de le laisser se débrouiller tout seul. À la fois gênée et contrariée de l'être, elle remarqua pour se donner une contenance :

— La pluie tombe moins fort, depuis un moment.

— Oui, déclara Dylan en se servant à son tour de chili, mais il faudrait qu'elle s'arrête complètement pendant plusieurs jours pour qu'il n'y ait plus vingt centimètres de boue dans votre cour.

— Si vous aimez être dehors, j'espère que vous avez apporté des bottes.

— Non, mais ça ira... J'ai appris par vos fils que vous aviez des chevaux ?

— J'élève des morgans, en effet.

— Je ne savais pas que vous faisiez de l'élevage.

— Peu de gens le savent, parce que je n'en suis qu'à mes débuts. Vous vous y connaissez en chevaux, monsieur Crosby ?

— Il avait un trottoir quand il était petit ! intervint Chris.

— Un trott*eur,* espèce d'idiot ! s'écria Ben.

— Si je t'entends encore une fois insulter ton frère, tu sors de table ! le prévint Abby.

— Oui, pardon... Et c'était un cheval de seize paumes !

— Vraiment ?

— J'ai grandi dans une ferme du New Jersey, indiqua Dylan.

— Pourquoi vous êtes devenu écrivain, alors ? demanda Ben. Ça doit être ennuyeux, comme si on était tout le temps à l'école !

— Certaines personnes aiment se servir de leur tête, dit la jeune femme. Un peu plus de chili, monsieur Crosby ?

— Volontiers. Il est délicieux.

Ce compliment était sincère, et Dylan s'étonnait même qu'Abigail soit capable de cuisiner aussi bien. Il remplit de nouveau son assiette, puis décida de reprendre la conversation là où elle en était restée. Sans trop savoir pourquoi, car il préférait d'habitude écouter que parler – et surtout de lui-même –, il éprouvait le besoin de justifier son choix de carrière aux yeux de Ben.

— Tu te trompes : je ne m'ennuie jamais. Mon métier me permet au contraire de beaucoup voyager et de rencontrer des gens passionnants.

— Je voyagerai, moi aussi, quand je serai grand. Dans un vaisseau spatial. Je serai un pirate de l'espace. J'irai de galaxie en galaxie, je les pillerai et je reviendrai sur Terre avec mon butin.

— Ben est un grand criminel en puissance, souligna Abby. J'ai déjà commencé à mettre de l'argent de côté pour payer sa caution le jour où la police l'arrêtera.

— C'est quand même mieux que Chris ! Il veut ramasser les poubelles, lui !

— Non, j'ai changé d'avis ! s'écria l'intéressé en fusillant son frère du regard.

— Nous sommes allés voir Maddy à New York l'année dernière, expliqua Abby, et Chris a été fasciné par les camions des éboueurs… Si tu débarrassais la table, à présent, Ben ? Il me semble que c'est ton soir.

— Non, j'ai pas envie !

— Envie ou pas, c'est la même chose. Je te rappelle notre accord : je prépare les repas, et vous vous occupez de remplir le lave-vaisselle à tour de rôle, ton frère et toi.

Ben esquissa une moue boudeuse, puis son visage s'éclaira, et il dit d'un ton triomphant :

— Dylan habite ici, maintenant, alors pourquoi il ferait rien dans la maison, lui ?

Pourquoi cet enfant n'était-il logique que s'il y trouvait son avantage ? se demanda la jeune femme, désabusée.

— Désolée, Ben, mais M. Crosby est notre invité, et…

— Votre fils a raison, intervint Dylan. Dans la mesure où je vais partager votre vie pendant un certain temps, il est normal que j'en suive les règles.

— Merci, monsieur Crosby, mais vous n'avez pas à vous plier aux caprices de ces deux petits monstres.

— Non, j'insiste ! Je participerai aux tâches ménagères à égalité avec vos fils, et c'est moi, ce soir, qui suis de corvée de vaisselle.

— Génial ! s'exclama Ben. Tu viens, Chris ? On va...

— Faire vos devoirs ! décréta Abby.

Ben ouvrit la bouche pour protester mais, comprenant sans doute qu'il avait maintenant tout intérêt à adopter un profil bas, il la referma sans rien dire.

— Ensuite, vous pourrez regarder la télévision, ajouta la jeune femme.

Les enfants se levèrent d'un bond et sortirent en trombe de la cuisine.

— Excusez-les, déclara Abby. Leurs manières laissent un peu à désirer.

— Ne vous excusez pas. J'ai eu leur âge.

— Oui, bien sûr... Vous voulez autre chose, monsieur Crosby ?

— Non, merci, j'ai très bien dîné, mais vous ne trouvez pas que nous devrions nous appeler par nos prénoms ? Nous n'allons tout de même pas nous donner du « monsieur » et du « madame » pendant tout le temps de mon séjour ici ! D'accord... Abigail ?

— Abby, rectifia automatiquement la jeune femme.

— Abby.

— Dylan n'est pas un prénom très courant.

— Mon père aurait préféré quelque chose de plus simple, comme John ou Peter, mais ma mère, elle, était une excentrique, et elle a eu gain de cause.

L'écrivain fixait sur Abby ce regard scrutateur qu'elle commençait à connaître, et qui l'effrayait. Elle le voyait déjà comme le signe avant-coureur de questions auxquelles elle ne se sentait pas encore prête à répondre.

— Mes parents à moi sont tous les deux des excentriques, observa-t-elle avant de se mettre à débarrasser la table.

— Laissez cela ! déclara Dylan en se levant. C'est à moi de le faire !

— Vous vous êtes acquis la reconnaissance éternelle de Ben pour l'avoir déchargé de ce travail, mais vous n'êtes nullement obligé de…

— Si ! Je me suis engagé, et je n'ai qu'une parole.

Dylan se pencha pour prendre la pile d'assiettes qu'Abby venait de soulever, et leurs doigts se touchèrent. C'était un contact fortuit, comme en produisent tous les jours les situations les plus ordinaires, et pourtant la jeune femme sursauta si violemment que les assiettes faillirent lui échapper des mains.

— Vous êtes bien nerveuse ! remarqua Dylan.

— Je… je ne suis pas habituée à avoir un adulte avec moi dans la cuisine.

— Alors asseyez-vous. Je m'occupe de tout.

— Non, il vaut mieux que je vous aide, au moins aujourd'hui, pour vous montrer où se rangent les affaires et comment fonctionne le lave-vaisselle. Ce n'est ni très long ni très fatigant, mais je tiens à ce que mes fils participent aux tâches ménagères.

— Je peux préparer le dîner une ou deux fois par semaine, si vous voulez, et ces soirs-là, c'est vous qui débarrasserez, histoire de varier les plaisirs.

— Vous cuisinez ?

— Oui. Ça vous surprend ?

C'était bien le cas. Son père, son frère et son mari, les seuls hommes dont Abby avait partagé l'existence, n'auraient même pas su allumer un four, et elle avait bêtement étendu cette incompétence à l'ensemble de la gent masculine.

— Un peu, reconnut-elle.

Maintenant occupé à charger le lave-vaisselle, Dylan indiqua :

— Les paniers ont du jeu, et j'ai l'impression que le bras d'aspersion supérieur est désaxé… Vous devriez changer cet appareil, ou au moins le faire réparer.

— Il marche très bien.

La jeune femme l'avait acheté d'occasion et installé elle-même, au prix de longs efforts, mais elle n'avait pas l'intention de l'avouer. Et il y avait dans la maison beaucoup d'autres choses qu'il aurait été plus urgent de changer ou de réparer. Ses moyens ne le lui avaient pas permis jusqu'ici, mais elle le pourrait une fois le manuscrit accepté par l'éditeur et le reste de l'avance versé sur son compte bancaire.

Ils terminèrent leur tâche en silence, puis Dylan suggéra :

— Si nous établissions notre planning de travail, à présent ?

— Vous êtes impatient de commencer ?

— Oui. J'attends depuis plusieurs années le feu vert pour écrire cette biographie.

— Je comprends… Eh bien, les moments où je suis le plus disponible sont le milieu de la matinée et le début de l'après-midi, mais j'essaierai de m'arranger pour me libérer plus souvent.

— Je vous en remercie.

Le simple fait de ranger la cuisine ensemble les avait-il rapprochés ? songea Dylan. C'était inattendu, mais il se sentait mieux disposé à l'égard d'Abby. Et elle éprouvait peut-être le même sentiment de complicité, car ce fut sans lui demander d'abord s'il en voulait qu'elle lui apporta une tasse de café, comme si elle avait deviné qu'il en mourait d'envie.

Plus étrange encore, il dut se retenir pour ne pas toucher les cheveux qui retombaient en cascades blondes sur ses épaules. Et, après lui avoir tendu la tasse, elle demeura immobile devant lui plus longtemps que nécessaire.

Quelque chose passa alors entre eux, comme si un mystérieux aimant les attirait l'un vers l'autre…

Et puis Abby se détourna. Le charme était rompu. *Concentre-toi sur le quotidien*, se dit la jeune femme. *Cela t'occupera l'esprit et te permettra d'ignorer ces stupides élans de désir.*

— Nous prenons notre petit déjeuner tôt, les enfants et moi, déclara-t-elle, parce que le car de ramassage scolaire vient les chercher à 7 h 30. Si vous aimez vous lever tard, vous devrez donc vous débrouiller tout seul.

— Pas de problème.

— Si je ne suis pas dans la maison, je serai probablement dans l'écurie, ou dans l'une des autres dépendances, mais je rentrerai vers 10 heures pour travailler avec vous.

Qu'est-ce qu'une femme comme elle pouvait bien faire dans une écurie pendant plus de deux heures ? songea Dylan.

Décidant de le découvrir par lui-même plutôt que de poser la question, il annonça :

— D'accord pour 10 heures, mais il y aura sans doute des jours où mes contraintes à moi nous obligeront à changer d'horaire.

— Bien sûr, je m'efforcerai de m'adapter. Mes soirées sont cependant réservées aux enfants. Ils vont se coucher à 20 h 30, et j'accepterai de vous consacrer ensuite quelques heures si vous le jugez indispensable, mais à titre exceptionnel : c'est le moment où je m'occupe de tout ce que je n'ai pas eu le temps de faire dans la journée.

— Moi aussi.

Peut-être était-ce un effet de la lumière tamisée que projetait la lampe ancienne suspendue au plafond, mais Dylan ne trouvait plus le visage d'Abby seulement beau : il y voyait également de la douceur, de la chaleur, un mélange de gravité et d'innocence qui pouvait amener un homme imprudent à oublier la duplicité foncière des femmes. L'expérience avait heureusement rendu Dylan très prudent.

— J'ai quelque chose à vous demander, Abby.

— Oui ?

— Pourquoi avez-vous abandonné la scène ?

— Vous avez eu l'occasion d'assister à une représentation des « Triplées O'Hurley » ? s'exclama la jeune femme en riant.

— Non.

— J'en étais sûre ! Vous ne m'auriez pas posé la question, autrement !

— Votre numéro était donc si mauvais ?

— Pire que ça ! Excusez-moi, maintenant, mais il faut que je monte voir ce que font les garçons. Le silence qui règne là-haut ne me dit rien qui vaille. La télévision est dans le séjour, si vous voulez regarder les informations.

Une fois de plus, Abby avait surpris Dylan. Jamais il ne l'aurait crue capable de se moquer d'elle-même, c'était une qualité rare et difficile, sinon impossible, à simuler. Du train où allaient les choses, il ne resterait bientôt plus rien des certitudes qu'il avait en entrant dans cette maison…

— Je finirai bien par vous percer à jour, madame Rockwell…, murmura-t-il.

— Pardon ?

— Désolé, je réfléchissais tout haut.

— Je sais, mais j'ai entendu ce que vous disiez, et je tiens à vous rassurer : je ne suis pas aussi compliquée que vous avez l'air de le penser. De toute façon, c'est pour écrire un livre sur Chuck, et non sur moi, que vous êtes ici.

— Oui, et je le ferai, ça aussi.

Cette perspective suscitait chez Abby autant d'espoir que de frayeur, mais elle se contenta de hocher la tête avant d'aller rejoindre ceux pour qui elle avait accepté de se mettre en danger : ses enfants.

3

Comme la veille, Dylan entendit des pas furtifs dans le couloir, puis sa porte s'entrouvrir doucement. Ces bruits l'avaient réveillé en sursaut, et il lui fallut un moment pour se souvenir qu'il n'était pas dans une chambre d'hôtel, au beau milieu d'une enquête à risque. Cette période de sa vie était derrière lui, et le pistolet qu'il avait caché sous son oreiller pendant trois ans n'y était plus. Par habitude, cependant, il feignit le sommeil en gardant les paupières closes et en respirant de façon profonde et régulière.

— Il dort encore.

C'était la voix de Ben, sourde et légèrement méprisante.

— Pourquoi il a le droit de se lever tard, lui ? chuchota Chris.

— Parce que c'est un adulte, espèce d'idiot ! Les grands peuvent faire tout ce qu'ils veulent.

— Maman est levée, et c'est une grande.

— Oui, mais elle, c'est pas pareil : il faut qu'elle s'occupe de nous.

— Ben ! Chris ! Dépêchez-vous de descendre ! Le car sera là dans dix minutes ! lança Abby depuis le bas de l'escalier.

— Viens ! dit Ben à son frère. On recommencera à l'espionner ce soir, en rentrant de l'école.

La porte se referma, et Dylan ouvrit les yeux. Sans prétendre bien connaître les enfants, il avait la nette impression que les petits Rockwell sortaient de l'ordinaire.

Tout comme leur mère. Il jeta un coup d'œil à son réveil. 7 h 20. Les habitudes des habitants de cette maison étaient réglées comme du papier à musique.

Vingt minutes plus tard, il descendit l'escalier et s'arrêta, stupéfait, en découvrant la cuisine transformée en véritable champ de bataille. Il y avait deux boîtes de céréales renversées sur la table, un paquet de pain de mie ouvert sur le plan de travail avec, à côté, une grande traînée de confiture, un pot de beurre de cacahuète au couvercle vissé de travers et tout un assortiment de cuillères et de couteaux sales. Des bols s'entassaient pêle-mêle dans l'évier, et des empreintes de pattes boueuses, devant la porte de derrière, traçaient un chemin d'un mètre à peine. Inutile d'être Sherlock Holmes pour comprendre que Sigmund avait tenté une incursion – vite enrayée.

Mais la cafetière posée sur la cuisinière était à moitié pleine, et, pour Dylan, c'était le plus important. Il se servit, puis se dirigea avec sa tasse vers la fenêtre. La pluie avait gelé durant la nuit, et la pellicule de glace qui recouvrait le sol étincelait au soleil. Elle ne tarderait pas à fondre, et les abords de la maison seraient alors de nouveau transformés en bourbier...

Dans la lumière éclatante de cette belle journée d'hiver, le paysage alentour apparaissait avec plus de netteté que la veille, et Dylan fut de nouveau frappé par l'absence de voisins, proches ou lointains. Pourquoi une femme comme Abby, habituée à être sous les feux des projecteurs, avait-elle choisi de venir s'enterrer dans cet endroit perdu ?

Et il y avait un autre mystère qui intriguait Dylan : pourquoi n'avait-elle pas d'homme dans sa vie ? Veuve depuis quatre ans, jeune, belle et riche, elle aurait logiquement dû se trouver, sinon un deuxième mari, du moins un compagnon. Elle n'était certes pas seule et, contrairement à toute attente, ses fils comptaient beaucoup pour elle, mais une femme de son âge avait d'autres besoins...

L'apparition d'Abby, qui sortait d'un appentis, tira Dylan de ses réflexions. Elle referma soigneusement la porte, passa la main dans des cheveux que le soleil faisait briller comme de l'or liquide, puis resta immobile, le visage levé vers le ciel, un léger sourire sur les lèvres. Elle était emmitouflée dans un gros anorak dont le bas lui arrivait à mi-hanches, laissant découvert un jean étroit et rentré dans des bottes en caoutchouc fatiguées.

Se savait-elle observée et prenait-elle une pose ? se demanda Dylan tandis qu'une onde de désir aussi inopportune qu'incontrôlable courait le long de ses veines. Mais non… Elle n'avait pas tourné la tête, ni même jeté un coup d'œil en direction de la maison… L'image de sérénité et de douceur qu'elle offrait n'avait donc rien d'étudié.

Au bout d'un moment, elle se remit en marche, le panier qu'elle tenait à bout de bras se balançant au rythme de ses pas, puis elle disparut dans l'écurie.

Abby avait toujours aimé l'atmosphère et l'odeur de l'écurie, surtout le matin, quand les animaux commençaient juste à se réveiller. Après avoir posé son panier près de la porte, elle entra dans le premier box, celui de la jument alezane qui allait bientôt mettre bas, et lui caressa les flancs. Tous les muscles du cheval frémirent, mais il se détendit quand la jeune femme lui murmura :

— Oui, je sais, tu te sens grosse et laide… J'ai connu ça, moi aussi, et les dernières semaines sont les pires, mais tu vas avoir un beau poulain, et j'ai déjà un acheteur : M. Jorgensen est très intéressé.

Avec un soupir, Abby passa un bras autour de l'encolure de la jument et ajouta pour elle-même :

— Mon Dieu ! Pourquoi cela me donne-t-il le sentiment d'être une marchande d'esclaves ?

— Ce sera votre première vente ?

Dylan… Elle ne l'avait pas entendu arriver. Sans lâcher la jument, elle se tourna vers lui. Il s'était rasé, ce qui adoucissait un peu ses traits, mais son expression était toujours aussi dure.

— Oui, répondit Abby. Jusqu'à maintenant, je n'ai fait qu'acheter des chevaux. Ils ne m'ont encore rien rapporté.

La jument était très belle, puissante et bien charpentée, avec un œil vif et une robe luisante, nota Dylan en pénétrant dans le box.

— Comment s'appelle-t-elle ? demanda-t-il.

— Eve, parce qu'elle va me donner mon premier poulain.

— C'est vous qui l'avez choisie ?

— Non. M. Petrie m'a dit de placer une enchère sur elle, et je lui ai obéi. Elle était à peine sevrée, à ce moment-là.

— Ce Petrie s'y connaît, car vous avez là une excellente poulinière.

— L'idée de la séparer de ses petits dès leur naissance me brise pourtant le cœur.

— Les affaires sont les affaires.

Dylan retrouvait avec plaisir les odeurs et l'ambiance apaisante d'une écurie. Il habitait en ville depuis si longtemps qu'il les avait presque oubliées.

— Combien de chevaux avez-vous ? déclara-t-il.

— Huit : un étalon, quatre juments, dont deux sont pleines, et trois hongres, pour monter. Comme vous le voyez, je ne suis pas près de diriger un haras.

— Non, mais c'est un bon début.

Tout en parlant, Abby avait pris le licou suspendu à la cloison, et Dylan, surpris, demanda :

— Qu'est-ce que vous allez faire ?

— Mettre les chevaux au pré le temps de nettoyer leurs box.

— C'est vous qui vous en chargez ?

— M. Petrie vient me donner un coup de main trois fois par semaine, mais il est en ce moment au fond de son lit avec la grippe, comme la moitié des habitants du comté.

Après avoir équipé d'un licou les deux juments pleines, Abby les emmena dehors. Dylan la regarda s'éloigner sans bouger. Elle était bien trop frêle pour manier une fourche à fumier pendant plus de trois minutes, alors qu'essayait-elle de prouver ? Les femmes jouaient souvent les martyres pour apitoyer les hommes, et cette ruse marchait peut-être avec certains, mais pas avec lui.

Et puis il parcourut l'écurie des yeux. Huit box à nettoyer... Même si Abby essayait de lui donner le change, il ne pouvait pas la laisser effectuer seule une tâche aussi pénible.

Abby était en train de refermer la barrière du pré quand elle vit Dylan s'approcher avec les deux autres juments. Elle se porta à sa rencontre, tendit la main vers les longes, mais il lui lança un regard si dur qu'elle recula d'un pas.

— C'est gentil de vouloir m'aider, dit-elle, mais vous n'êtes pas obligé. Si vous avez interprété mes paroles comme une sollicitation tacite, vous vous êtes trompé.

— Ce n'est pas le cas, grommela-t-il.

— Écoutez, monsieur Crosby... euh... Dylan... Je peux très bien me débrouiller sans vous, et je suis sûre que vous préféreriez occuper votre matinée à des activités plus agréables.

— Comme ça, à brûle-pourpoint, il ne m'en vient qu'une douzaine à l'esprit.

— Alors rentrez dans la maison et attendez tranquillement que je vous y rejoigne.

— Non !

— Bon, puisque vous me proposez si aimablement vos services, je me vois dans l'obligation de les accepter.

— Je suis d'une amabilité proverbiale.

— Je n'en doute pas.

Une fois les juments dans le pré, Dylan regagna l'écurie avec Abby.

— Les hongres sortent tout de suite, eux aussi, indiqua-t-elle, mais l'étalon reste ici jusqu'à ce que ce soit au tour de son box d'être nettoyé, et je rentre les autres chevaux avant. Si je laisse Thunder dehors avec eux, il risque de mordre les hongres et de se montrer un peu entreprenant avec les juments.

— Quel animal gracieux !

— Il a un tempérament un peu trop fougueux, mais un très beau pedigree.

Le rouan auquel la jeune femme était en train de passer un licou lui donna soudain un violent coup de tête. Elle vacilla, et Dylan tendit automatiquement le bras pour l'empêcher de tomber, mais elle avait déjà retrouvé son équilibre.

— Espèce de brute ! déclara-t-elle en riant à l'animal. Tu sais que je vais t'enfermer dans un pré, et tu aimerais mieux que je t'emmène te promener, hein ? Peut-être plus tard, mais là, je n'ai vraiment pas le temps.

Quand les trois hongres eurent rejoint les juments, Abby enfila une paire de gants de jardinage et en tendit une autre à Dylan.

— Vous êtes sûr que ça ne vous ennuie pas ? demanda-t-elle.

— Prenez la rangée de gauche, je m'occupe de celle de droite.

Dylan attrapa une fourche et se mit au travail. Il aurait nettoyé ses quatre stalles et changé leur litière avant qu'Abby en ait terminé avec une seule, il en était certain.

Il se rendit bientôt compte que si les séances de musculation qu'il faisait régulièrement le maintenaient en forme, elles ne lui procuraient pas le même sentiment de satisfaction qu'une activité purement manuelle comme celle-ci. Certains muscles dont il avait oublié l'existence se rappelèrent cependant à son bon souvenir tandis qu'il allait vider une brouette pleine de fumier sur le tas de compost, au fond de l'écurie… Abby avait allumé un transistor et accompagnait de la voix les chansons qui passaient. Il l'ignora – ou tenta du moins de l'ignorer.

C'était la première fois que la jeune femme travaillait aux côtés d'un homme. Il y avait bien M. Petrie, se rappela-t-elle en essuyant d'un revers de manche la sueur qui perlait sur son front, mais lui, c'était différent. Son mari ne se serait jamais abaissé à ramasser du fumier, et son père… Abby sourit. Quand Frank O'Hurley venait lui rendre visite, il se trouvait toujours quelque chose d'urgent à faire au moment où son aide risquait d'être sollicitée. L'artiste en lui répugnait à se salir les mains, et Abby ne lui en voulait pas.

Le mode de vie campagnard ne convenait ni à son père, ni au reste de sa famille, ni à Chuck, mais il lui convenait à elle et à ses enfants. Elle avait fait des concessions, elle devrait sans doute encore en faire, mais rien, jamais, ne la déciderait à quitter sa ferme.

Alors que Dylan attaquait son troisième box, il vit du coin de l'œil Abby entrer dans la stalle voisine.

— Terminez d'abord votre rangée ! ordonna-t-il.

— Je l'ai terminée.

— Ah bon ? Vous travaillez vite !

— Question d'habitude.

— Laissez-moi quand même finir la mienne. J'ai dit que je m'en chargeais, et…

— Et vous n'avez qu'une parole, je sais, mais permettez-moi au moins d'aller vider la brouette : elle est presque pleine.

Tout en parlant, la jeune femme était sortie du box. Elle s'apprêtait à soulever les brancards de la brouette quand Dylan s'écria :

— Posez ça !

— Mais…

— Posez ça ! répéta-t-il d'un ton menaçant avant de planter sa fourche dans le foin et de se diriger vers Abby, les yeux luisant de colère.

Son orgueil de mâle était blessé, comprit-elle. Il ne supportait pas qu'une femme le surclasse dans une activité physique, domaine où les hommes étaient censés être les meilleurs. Cela faisait si longtemps qu'elle vivait seule que le risque de provoquer ce genre de réaction machiste ne lui avait même pas effleuré l'esprit.

Elle posa la brouette et déclara :

— Voilà ! Vous n'avez aucune raison de vous fâcher.

— Si ! Vous croyez vraiment que je vais vous laisser transporter dix kilos de fumier alors que je suis là pour m'en occuper ?

— Excusez-moi, je ne voulais pas…

— C'est *mon* travail, compris ?

— Oui, je veillerai désormais à ne le faire qu'en votre absence.

Dylan attrapa les brancards et s'éloigna en marmonnant des phrases inintelligibles. Abby secoua la tête, puis sortit de l'écurie pour y ramener les juments dont les box avaient été nettoyés.

Après avoir attendu sagement que Dylan ait achevé sa tâche, elle alla chercher les autres chevaux, les pansa et leur donna à manger. Il ne restait plus maintenant que l'étalon.

— Je me charge de lui, dit la jeune femme d'un ton qui, cette fois, n'admettait pas de réplique. Il est ombrageux et imprévisible… Hein, Thunder, tu n'aimes pas qu'on envahisse ton espace ?

Sans cesser de parler à voix basse au cheval, elle ouvrit le haut de la porte, attendit un moment pour ouvrir le bas, puis pénétra à pas lents dans le box. L'étalon recula, les oreilles en arrière, mais elle continua de lui murmurer des mots apaisants et lui maintint fermement la tête le temps de lui mettre le licou.

— Écartez-vous ! ordonna-t-elle ensuite à Dylan. Il déteste se sentir bridé, et il va sûrement manifester sa contrariété en lançant quelques coups de pied.

Comme pour lui donner raison, Thunder commença alors de ruer et de se cabrer. Il se calma quand Abby l'eut grondé doucement – un peu à la manière dont elle grondait ses fils, pensa Dylan.

Une fois seul, il empoigna sa fourche et entreprit de nettoyer le box. Il avait presque fini lorsque la jeune femme revint.

— Vous n'êtes visiblement pas novice en la matière, observa-t-elle.

Comme il avait relevé les manches de son pull-over, elle voyait jouer les muscles de ses avant-bras. Il grommela une réponse, mais, plongée dans sa contemplation, elle ne l'entendit pas. L'envie la démangeait de toucher ces bras puissants, de sentir leur force l'envelopper. Il y avait si longtemps que…

La jeune femme s'obligea à se ressaisir. Elle alla caresser l'une des juments et demanda d'un ton faussement désinvolte :

— Vos parents élevaient des chevaux ?

— Non, ils avaient un troupeau de vaches laitières, mais il y a toujours quelques chevaux, dans une ferme. Cela dit, je n'avais pas nettoyé un box depuis l'âge de seize ans.

— Vous n'avez pas perdu la main.

— Ce sont des choses qui ne s'oublient pas.

Le plaisir qu'il y prenait risquait en revanche de lui faire oublier la raison de sa présence chez Abby, songea Dylan. Mais, dans l'immédiat, il voulait achever le travail commencé.

— Vous avez un balai ? s'enquit-il.

— C'est à Ben qu'incombe la mission de balayer l'écurie, et je laisse généralement Thunder au pré pendant toute la matinée, si bien que nous en avons terminé ici pour l'instant. Et grâce au temps que votre aide m'a permis de gagner, je vais pouvoir vous préparer du café frais.

— Il sera le bienvenu, avoua Dylan.

Ensuite, il irait chercher son dictaphone, son bloc-notes, et il se concentrerait sur le but de son séjour en Virginie.

— Je n'ai pas rangé la cuisine après le départ des enfants, déclara Abby. Vous y avez tout de même trouvé de quoi manger ?

— Je n'ai pas cherché. J'ai juste pris une tasse de café.

— J'ai là de quoi vous faire des œufs au bacon, annonça la jeune femme en soulevant le panier qu'elle avait posé près de la porte.

— Vous avez des poules ?

— Oui. Ce sont les garçons qui s'occupent de ramasser les œufs l'été, mais l'hiver, je n'ai pas le cœur de les envoyer patauger dans la boue avant l'école, et c'est donc…

Le pied de Dylan dérapa sur une plaque de verglas. Abby tendit la main pour le rattraper, mais elle glissa elle aussi. Instinctivement, ils s'agrippèrent l'un à l'autre et restèrent un moment à vaciller, étroitement enlacés, avant de recouvrer leur équilibre.

Le visage enfoui dans l'épaule de l'écrivain, Abby se mit à rire.

— Ça vous amuse, d'avoir failli vous rompre le cou ? s'écria Dylan.

— Je ris toujours quand je viens d'échapper à une catastrophe, expliqua-t-elle en levant la tête vers lui.

Un sourire flottait sur ses lèvres, ses yeux brillaient comme des émeraudes et, sans réfléchir, Dylan plongea les doigts dans ses cheveux. Il n'aurait pas dû, bien sûr, mais c'était plus fort que lui : ils étaient si blonds, si épais, si soyeux…

Le sourire d'Abby s'effaça, et la lueur de gaieté, dans ses prunelles, céda la place à la flamme sombre du désir. Dylan se sentit alors perdre pied : il brûlait soudain de l'embrasser. La déontologie – sans parler du simple bon sens – le lui interdisait pourtant…

Le cœur de la jeune femme battait la chamade. Le hasard avait exaucé son vœu de tout à l'heure : les bras musclés de Dylan l'enveloppaient. Et ils lui procuraient un merveilleux sentiment de bien-être, comme si elle connaissait cet homme depuis toujours, et non depuis moins de vingt-quatre heures… Des envies, des besoins qu'elle pensait ne plus jamais éprouver l'assaillaient brusquement, et quand Dylan pencha lentement la tête vers elle, jusqu'à ce que leurs bouches se touchent presque, elle entrouvrit les lèvres, prête à s'offrir à son baiser.

Et puis sa raison reprit le dessus. Une seule fois dans sa vie, elle avait omis de réfléchir avant d'agir, et cela lui avait coûté très cher.

— Non, murmura-t-elle. Il ne faut pas.

— Comme vous voudrez, déclara Dylan en rompant leur étreinte.

La façon dont Abby lui avait fait croire qu'elle était consentante, pour finalement se dérober, était typique des femmes, songea-t-il. Elles aguichaient les hommes, puis les repoussaient, jouant ainsi avec leur libido pour mieux asseoir leur pouvoir sur eux.

Furieux d'être tombé dans ce piège vieux comme le monde, il se dirigea vers la maison à grands pas, au risque de glisser de nouveau, mais peu lui importait…

Abby regarda Dylan s'éloigner. Il paraissait très en colère, comme s'il ne comprenait pas qu'ils auraient commis une grave erreur en donnant à leurs relations une nature plus intime. À quoi cela les aurait-il menés, sinon à rendre la situation plus compliquée encore qu'elle ne l'était déjà ?

Quand elle entra dans la cuisine, il avait la main sur le bouton de la porte du vestibule.

— Restez ! lui dit-elle. Votre petit déjeuner sera prêt dans quelques minutes.

— Prenez votre temps ! répliqua-t-il avant de quitter la pièce.

Son ton sec la blessa et, cherchant comme toujours dans le travail un dérivatif à ses problèmes, elle entreprit de préparer le café et les œufs au bacon.

La passion qui l'avait envahie dans les bras de l'écrivain n'était pas encore tout à fait éteinte, mais elle ne pouvait pas laisser une étreinte fortuite avec un quasi-inconnu bouleverser un équilibre durement acquis.

À bien y réfléchir, d'ailleurs, Dylan avait dû céder à une pulsion qui n'avait rien d'irrésistible, sinon il aurait un peu insisté... Ce n'était pas très étonnant, en fait : elle n'était pas le genre de femme à rendre les hommes fous de désir. Chuck lui avait assez souvent reproché son manque de sensualité pour l'en convaincre. Elle avait cependant d'autres qualités, qui faisaient d'elle une personne sérieuse, responsable, attentive aux autres, et cela lui suffisait.

Ses pensées furent interrompues par le retour de Dylan. Elle le vit poser un petit magnétophone sur la table, et le calme relatif qu'elle avait réussi à retrouver s'évapora.

— Vous voulez travailler ici ? demanda-t-elle.

— Oui, nous y serons au chaud.

— Bien... Vous pouvez vous asseoir : les œufs sont presque cuits.

— Merci, mais ne vous sentez pas obligée de me préparer trois repas par jour. C'est gentil de votre part, mais...

— Le montant du chèque que vous m'avez envoyé pour couvrir vos frais de séjour le justifie.

— Je croyais que vous aviez du personnel.

— Du personnel ? répéta Abby.

Cette idée l'amusa tellement que, toute sa nervosité envolée, elle éclata de rire.

— Moi, j'aurais une cuisinière, une femme de chambre, et pourquoi pas un majordome, tant que vous y êtes ? reprit-elle. Où êtes-vous allé chercher ça ?

Avant de répondre, Dylan mit le dictaphone en marche.

— Rockwell était riche, et vous avez hérité de tous ses biens, non ? À votre place, la plupart des femmes auraient une domestique ou deux.

— Je préfère m'occuper moi-même de mon intérieur.

— Vous n'aviez personne pour vous aider, du vivant de votre mari ?

— Si, mais pas ici : à Chicago, avant et après la naissance de Ben. Comme Chuck voyageait énormément et que nous n'avions pas encore de maison à nous, nous logions chez sa mère, et il y avait là toute une armée de domestiques.

— Janice Rockwell... Elle ne vous aimait pas beaucoup, n'est-ce pas ?

— Qui vous a raconté cela ? demanda Abby en servant les œufs et une tasse de café à Dylan.

— Des gens que j'ai interrogés au cours de mon enquête préliminaire. Et il n'a pas dû être très agréable de cohabiter avec une belle-mère qui désapprouvait votre mariage avec son fils.

La conversation s'engageait sur un terrain dangereux, et Abby choisit bien ses mots avant de déclarer :

— Janice n'était pas vraiment contre ce mariage, mais elle adorait Chuck. Vos recherches vous ont sûrement appris qu'elle s'est retrouvée veuve très jeune. Son fils n'avait alors que sept ans, et ce n'est pas facile pour une femme seule d'élever des enfants.

— Vous êtes bien placée pour le savoir.

— Oui. Quoi qu'il en soit, Janice avait tendance à se méfier des femmes qui tournaient autour de Chuck. Un homme aussi célèbre et séduisant que lui avait forcément beaucoup d'admiratrices.

— Mais vous n'en faisiez pas partie.

— Non, le monde de la formule 1 m'était totalement étranger. Je ne connaissais ni le nom ni le visage de Chuck la première fois que je l'ai vu.

— J'ai du mal à le croire.

— Janice aussi.

— D'où son antipathie pour vous : elle vous considérait comme une intrigante.

— Ne me faites pas dire ce que je n'ai pas dit ! Et si vous êtes si sûr de connaître à l'avance les réponses à vos questions, inutile de me les poser : nous gagnerons tous les deux du temps.

— Excusez-moi... Vous vous entendiez donc bien avec votre belle-mère ?

— Assez bien. Nous n'étions pas intimes, mais Janice n'avait rien contre moi personnellement. Elle avait juste du mal à accepter qu'une femme – n'importe laquelle – lui enlève son fils unique. C'est parfaitement naturel.

Dylan avait le sentiment que ce sujet rendait son interlocutrice nerveuse. Elle avait entrepris de ranger la cuisine, et l'énergie qu'elle y mettait semblait destinée à masquer un certain malaise. Il décida cependant de ne pas insister. Il y reviendrait plus tard.

— J'aimerais que vous me racontiez votre première rencontre avec Chuck.

Le danger était passé, songea Abby, soulagée. Elle allait enfin pouvoir parler sans être contrainte de surveiller chacun de ses mots.

— Nous nous produisions, ma famille et moi, dans un cabaret de Miami. Une course importante se déroulait alors à proximité, et des groupes de pilotes, de mécaniciens, de sponsors et de fans avaient pris l'habitude d'assister à notre spectacle. C'est Chantel qui les attirait, je crois : elle était déjà ravissante et, même si elle n'a jamais eu la voix de Maddy, elle chantait bien. Après chaque représentation, papa devait tenir à distance la horde d'hommes qui s'intéressaient à elle d'un peu trop près. Et puis, un soir, Chuck est venu avec Brad Billinger.

— Billinger a maintenant quitté le circuit de formule 1.

— Oui, il a mis fin à sa carrière après la mort de Chuck. Ils étaient très proches. Je ne l'ai pas vu depuis plusieurs années, mais il envoie toujours des cadeaux aux enfants pour leur anniversaire et à Noël… Bref, l'entrée de Chuck et de Brad a provoqué des cris et une pagaille indescriptible. Mes sœurs et moi étions alors sur scène, et il y avait tellement de vacarme dans la salle qu'il couvrait nos voix. Ce n'est cependant pas rare, dans ce métier : la clientèle des cabarets est souvent bruyante, agitée, et l'alcool n'arrange rien.

— Non, j'imagine.

— C'était toujours moi que papa chargeait de régler ce genre de problème, parce que Chantel avait tendance à se mettre en colère, et Maddy à regagner les coulisses en attendant que les choses se calment. J'ai donc pris le micro et annoncé que notre numéro suivant était si dangereux qu'il nous fallait un silence absolu.

Ainsi, à dix-huit ans, Abby avait pour mission de discipliner une foule de spectateurs excités…, pensa Dylan en se renversant sur sa chaise. Pour que son père lui ait confié cette tâche, et contrairement aux apparences, elle devait avoir un caractère bien trempé.

— Mon intervention a ramené le silence à toutes les tables sauf une, celle des deux nouveaux arrivants, poursuivit-elle. J'ai jeté un coup d'œil dans cette direction, et je me suis aperçue que Chuck me regardait fixement. Ensuite, à l'entracte, Chantel m'a dit que le Superman de la formule 1 m'avait dévorée des yeux pendant toute la fin de notre prestation. C'est elle qui m'a appris qui c'était : elle lisait beaucoup les magazines people.

— Excusez-moi de vous interrompre, mais je peux fumer ?

— Si vous voulez.

Après avoir fouillé tous les tiroirs de la cuisine, la jeune femme finit par trouver un couvercle de bocal à conserve et le posa devant Dylan.

— Désolée, c'est tout ce que je peux vous offrir en guise de cendrier, déclara-t-elle.

— Ce sera parfait… Ainsi, ça a été le coup de foudre ?

Comment expliquer ce qui s'était passé exactement ? se demanda Abby. Elle n'avait alors que dix-huit ans, aucune expérience des hommes… Avec le recul, elle comprenait qu'elle avait été en grande partie victime de sa naïveté, mais Dylan refuserait sûrement de le croire, alors mieux valait aller au plus simple.

— On peut appeler ça comme ça, dit-elle. Chuck est resté jusqu'à la fin du spectacle, il est revenu le lendemain soir, s'est présenté et a proposé de m'emmener dîner, bien qu'il soit plus de minuit. Cela m'a donné l'impression d'être tellement adulte, tellement… femme.

Abby sourit. Elle était si jeune, alors, et, comme Chris, si crédule…

— Papa n'a évidemment pas voulu en entendre parler, reprit-elle. Le lendemain après-midi, deux douzaines de roses rouges m'ont été livrées au motel où nous logions. Rien d'aussi romantique ne m'était jamais arrivé… Et le soir, Chuck était de nouveau dans la salle, et tous les soirs suivants, jusqu'à ce qu'il ait ensorcelé ma mère, amadoué mon père et fait ma conquête. Quand il a quitté Miami pour le pays où se déroulait la prochaine épreuve du Grand Prix, je suis partie avec lui. Dans l'intervalle, j'étais devenue son épouse.

— Comment votre famille a-t-elle réagi à ce mariage éclair ? *Donne-lui assez de grain à moudre pour qu'il ait des histoires à raconter, mais pas plus !* se dit la jeune femme.

— Ma famille a rarement une opinion unanime sur un sujet quel qu'il soit. Ma mère a pleuré, puis elle a retouché sa robe de mariée pour la mettre à ma taille. Papa a pleuré, lui aussi, d'une part parce qu'il devait se séparer de l'une de ses filles, et d'autre part parce que cela sonnait le glas des « Triplées O'Hurley ». Maddy m'a traitée de folle, mais elle a tout de suite ajouté que tout le monde avait le droit de commettre une folie de temps en temps. Quant à Chantel…

La plus grande prudence s'imposant de nouveau, Abby laissa sa phrase en suspens.

— Quant à Chantel ? répéta Dylan.

— Eh bien, c'est l'aînée de nous trois. Elle est venue au monde seulement deux minutes et demie avant moi, mais cela en fait malgré tout ma grande sœur. Déjà à cette époque, elle avait décidé d'avoir de nombreux amants, et comme j'étais censée la prendre pour modèle en tout, elle a trouvé stupide que je me marie aussi jeune. Trace,

lui, ne l'a appris que trois ou quatre mois plus tard. Il
était alors en Autriche.

— Trace, votre grand frère ? Je n'ai pas beaucoup
d'informations sur lui.

— Personne n'en a, et c'est sans importance en ce qui
vous concerne : il n'a jamais rencontré Chuck.

— À peine mariée, vous avez donc suivi Chuck sur
le circuit de formule 1… Un peu curieux, comme lune
de miel, non ?

Par certains côtés, cette première année tout entière
avait été une lune de miel, se rappela Abby, mais il y
avait manqué ces moments de solitude à deux qui lui
auraient permis de mieux connaître Chuck et, peut-être,
de sauver leur couple.

— J'avais l'habitude de voyager, déclara-t-elle d'un
ton dégagé. J'ai même failli naître dans un train : papa
a conduit maman de la gare à l'hôpital de Duluth vingt
minutes avant qu'elle n'accouche, et, dix jours plus
tard, nous repartions… Quand je me suis installée ici,
je n'avais encore jamais vécu plus de six mois d'affilée
au même endroit. En me mariant avec Chuck, j'ai juste
échangé un circuit contre un autre.

— Mais celui de formule 1 est plus excitant.

— À certains points de vue, mais, comme les artistes,
les pilotes ne peuvent espérer réussir qu'au prix d'un
long et dur travail.

— Pourquoi avez-vous épousé Chuck ?

Le visage qu'Abby tourna vers Dylan était lisse, mais
il lui sembla voir une ombre de tristesse voiler son regard.

— Il avait tout du prince charmant, répondit-elle, et
je croyais aux contes de fées.

4

Abby ne lui disait pas toujours la vérité, Dylan n'avait pas besoin d'un détecteur de mensonges pour s'en rendre compte : un léger changement de ton ou une petite hésitation lui suffisaient pour repérer les moments où elle ne répondait pas à ses questions avec une entière franchise.

Les mensonges ne le dérangeaient pas. Ils ne le surprenaient pas non plus. Les gens mentaient pour diverses raisons – l'instinct de conservation, la gêne, le refus de montrer ses faiblesses –, et c'était à lui de distinguer le vrai du faux. Une fois qu'il en avait compris le motif, un mensonge lui en apprenait même souvent beaucoup plus que la vérité.

L'ennui, avec Abby, c'était qu'il n'avait pas encore réussi à trouver la cause de ses réticences. Le scandale excitait le public, alors pourquoi cachait-elle des informations qui auraient fait vendre plus de livres et lui auraient donc rapporté plus d'argent ? Elle n'était certes pas allée jusqu'à donner une vision idyllique de son mariage avec Chuck Rockwell, mais elle n'en avait pas moins minimisé les problèmes. Et Dylan savait qu'ils étaient nombreux.

Assis à sa table de travail, avec la lampe de bureau pour seul éclairage, il sortit une pile de cassettes du tiroir, puis jeta un coup d'œil à sa montre. Il était un peu plus de minuit. Les autres membres de la maisonnée étaient couchés depuis longtemps, mais lui, il n'avait pas d'horaires – et pas la moindre intention de s'en laisser imposer. S'il avait envie de travailler toute la nuit, rien ni personne ne l'en empêcherait.

Son enquête préliminaire sur Rockwell l'avait amené à interviewer des gens qui le connaissaient bien. Les opinions sur lui ainsi recueillies étaient différentes, mais toutes tranchées : il était soit adoré, soit détesté. Dylan prit la cassette marquée « Stanholz » et la mit dans le dictaphone.

Riche avocat de Chicago, Grover Stanholz était un grand amateur de course automobile et un ami de la famille Rockwell. Pendant dix ans, il avait joué auprès de Chuck les rôles de père, de mentor et de bailleur de fonds, mais un an avant la mort de son protégé, alors devenu célèbre, il lui avait retiré et son appui, et son financement.

Pensif, Dylan appuya sur la touche d'avance rapide. Il ne lui fallut pas plus d'une minute pour trouver l'endroit qu'il cherchait, et sa voix résonna soudain dans le silence de la chambre. Il baissa le volume et écouta, le front plissé par la concentration.

« Rockwell était un gagneur, monsieur Stanholz. Il constituait pour vous un investissement très rentable… Pourquoi, dans ces conditions, et alors que tout le monde prédisait son triomphe dans le Grand Prix de France, avez-vous cessé de le commanditer ?

— Comme je vous l'ai déjà expliqué, l'intérêt que je portais à Chuck n'était pas seulement d'ordre matériel. Son père et moi étions très proches, et des liens d'amitié m'unissaient aussi à sa mère. Chuck n'avait d'ailleurs pas besoin de mon aide pour percer dans le monde de la formule 1 : il avait la course dans le sang, et cela lui aurait permis de connaître une carrière tout aussi brillante que je le finance ou qu'il ait à se démener pour trouver des sponsors.

— Il ne pouvait pas se servir de l'argent hérité de son père ?

— Non. Cet argent était placé sur un compte administré par Janice Rockwell, et jamais elle ne lui aurait donné les fonds nécessaires pour risquer sa vie en roulant à trois cents kilomètres/heure ! Elle adorait son fils, et elle m'a assez reproché de lui avoir mis le pied à l'étrier, mais j'admirais la passion qui animait ce garçon. C'était vraiment un être à part. Pour réussir dans ce métier, il faut avoir à la fois de la confiance en soi et de l'humilité, du bon sens et de l'audace. Ce dosage subtil de traits opposés, Chuck le possédait de façon innée, et je me suis toujours demandé s'il n'avait pas remporté trop de victoires trop tôt. Cela a fait pencher la balance du mauvais côté : sa confiance en lui s'est transformée en arrogance, et son audace en inconscience. Il est devenu incontrôlable.

— Incontrôlable ?

— Oui. Ses succès lui sont montés à la tête. Il se croyait invulnérable et n'écoutait plus personne. Sa mort m'a beaucoup peiné, mais elle ne m'a pas surpris : s'il ne s'était pas tué à Detroit, il se serait tué un peu plus tard, dans une autre compétition. En cessant de le financer, j'espérais lui donner matière à réfléchir, mais il a continué de s'autodétruire.

— Vous voulez dire qu'il se droguait ?

— C'est un sujet que je ne souhaite pas aborder.

— Des rumeurs ont pourtant circulé selon lesquelles Chuck aurait consommé régulièrement de la cocaïne au cours des mois précédant l'accident qui lui a coûté la vie.

— Si vous cherchez des preuves à l'appui de ces rumeurs, adressez-vous ailleurs. Pour moi, Chuck a été victime de lui-même, et je préfère me souvenir de lui comme du grand champion qu'il a incontestablement été. »

Dylan arrêta le magnétophone. Dans ses dernières réponses, Stanholz reconnaissait tacitement que Chuck se droguait. Cette information avait été confirmée par plusieurs personnes, mais elles avaient demandé à Dylan de ne citer ni leur nom, ni leurs propos, dans son ouvrage.

En tout état de cause, l'autopsie effectuée après la course n'avait révélé aucune trace de drogue dans l'organisme du pilote.

Un autre aspect de sa vie intéressait au moins autant Dylan, et il introduisit une nouvelle cassette dans le dictaphone. C'était celle de son entretien avec Lori Brewer, sœur du chef d'entreprise qui avait succédé à Stanholz comme sponsor de Chuck. Cet ancien top model, deux fois divorcé, était de son propre aveu attiré par les hommes qui prenaient des risques. L'épouse de Rockwell n'était pas dans les tribunes à Detroit, mais sa maîtresse, elle, s'y trouvait… Dylan mit l'appareil en marche, et la voix de Lori, grave et sensuelle, s'éleva dans la pièce :

« … l'homme le plus fascinant que j'aie jamais rencontré.

— Vous avez suivi Chuck sur le circuit de formule 1 pendant près d'un an, madame Brewer… Vous aviez certainement conscience des bruits qui couraient sur la nature de vos relations avec lui…

— Bien sûr, et je m'en moquais éperdument ! Nous étions amants, et je n'en avais pas honte, au contraire ! Chuck faisait l'amour comme il pilotait : avec génie.

— Le fait qu'il soit marié ne vous posait pas de problèmes moraux ?

— Aucun. Les absents ont toujours tort, et Chuck avait de toute façon l'intention de divorcer. Sa femme avait cependant la mainmise sur son compte bancaire, et, quand il est mort, son avocat était en train de négocier un accord. »

Dylan arrêta la cassette et poussa un juron étouffé. Pas une fois au cours de leurs conversations Abby n'avait parlé de divorce. Il était bien sûr possible que Chuck ait menti à Lori Brewer, mais celle-ci avait trop d'expérience pour se laisser longtemps abuser par de fausses promesses. Si Chuck avait réellement engagé une procédure de divorce, en tout cas, Abby semblait décidée à tenir la chose secrète.

C'était un sujet que Dylan n'avait pas encore abordé directement avec elle, et celui de Lori Brewer non plus. Une fois qu'il l'aurait fait, Abby le traiterait sûrement en ennemi, et il devrait alors batailler pour lui soutirer des informations. La patience était pour l'instant sa meilleure arme, et il l'utiliserait le plus longtemps possible.

Écartant les enregistrements de pilotes, de mécaniciens et de plusieurs femmes qui s'étaient affichées à un moment ou à un autre avec Rockwell, Dylan prit celui qu'il avait réalisé le matin même.

Il avait trouvé Abby dans le séjour, en train de plier du linge, et elle dégageait une telle impression de quiétude qu'il avait hésité à la déranger. Ses cheveux étaient relevés en queue-de-cheval, coiffure qui mettait en valeur ses pommettes hautes et dégageait son cou gracile. Un sweat-shirt trop grand pour elle dissimulait ses formes, et elle ne portait pas de chaussures, mais de grosses socquettes de laine. L'idée de troubler sa tranquillité avait ennuyé Dylan, mais après tout elle était payée pour lui apporter son concours…

Il appuya sur la touche lecture du magnétophone.

« Les exigences du métier qu'exerçait Chuck ont-elles créé des tensions dans votre couple ?

— Dans la mesure où il l'exerçait déjà quand je l'ai épousé, la compétition automobile a toujours fait partie intégrante de notre mariage.

— Vous aimiez donc le voir courir ? »

Un long silence, pendant lequel Dylan se rappelait avoir senti Abby chercher ses mots.

« C'est derrière un volant que mon mari donnait le meilleur de lui-même : il y était magnifique de compétence, de détermination, de maîtrise… Il avait tellement confiance en lui et dans ses capacités que je n'avais pas peur. Il me semblait impossible qu'il perde la course, et encore moins le contrôle de sa voiture.

— Au bout d'environ un an, vous avez pourtant cessé de l'accompagner sur le circuit.

— J'étais enceinte de Ben, et je ne pouvais plus mener ce genre de vie vagabonde. Chuck a été… »

Un nouveau silence, puis ce léger changement de ton qui annonçait une entorse à la vérité.

« Chuck a été très compréhensif. C'est quelque temps plus tard que nous avons acheté cette maison. Nous pensions tous les deux que Ben, puis Chris, avaient besoin de stabilité.

— On a du mal à imaginer un homme comme Chuck Rockwell installé dans ce coin perdu… Mais il ne s'y est pas vraiment installé, n'est-ce pas ?

— C'était pour lui un port d'attache, où il venait se ressourcer entre les compétitions. »

Cette façon oblique de répondre aux questions intriguait Dylan. À quel jeu Abby jouait-elle ? Il la connaissait maintenant assez pour ne pas douter de son intelligence. Elle était certainement au courant des infidélités de Chuck, et en particulier de sa liaison avec Lori Brewer, alors qu'essayait-elle de faire ? De protéger sa mémoire ? Mais pourquoi voudrait-elle défendre l'image d'un homme qui l'avait trompée honteusement, et sans le moindre souci de discrétion ?

Était-elle du genre à rester dans l'ombre et à trouver son bonheur dans un rôle de femme au foyer, ou bien avait-elle toléré les aventures extraconjugales de son époux parce que tout ce qui lui importait, au fond, c'était l'argent qu'il gagnait et dont elle profitait ?

Et, de tous les portraits que Dylan avait eus de Chuck Rockwell, lequel était le vrai ? Celui du pilote narcissique, du merveilleux amant ou du mari compréhensif ? Aucun homme ne pouvait être les trois à la fois, et Abby, la seule personne en mesure d'éclairer Dylan, ne lui disait que des semi-vérités, ou des mensonges purs et simples.

Peut-être la transcription des interviews lui permettrait-elle d'y voir un peu clair ? Dylan considéra la pile de cassettes. La nuit promettait d'être longue. Il avait besoin de café pour se tenir éveillé.

À la clarté de la veilleuse qui restait allumée dans le couloir, Dylan vit que la porte de la chambre d'Abby, située en face de la sienne, était entrouverte. Et, comme aucune lumière ne filtrait par l'interstice, l'envie le prit d'aller l'ouvrir un peu plus grand pour regarder Abby dormir.

Il ne céda cependant pas à la tentation. Non par discrétion – chacune de ses questions constituait une intrusion dans la vie privée de la jeune femme, et elle avait renoncé à préserver son intimité en signant ce contrat avec l'éditeur –, mais pour se protéger contre lui-même : s'il regardait, il voudrait toucher, et s'il touchait, il ne serait peut-être pas capable de s'arrêter à temps.

Une surprise l'attendait dans la cuisine, Abby y était attablée, les coudes posés de part et d'autre d'une tasse, le menton calé sur ses poings fermés. Dans la pénombre d'une pièce juste éclairée par les rayons de la lune et la lueur du feu, dans la cheminée, elle avait l'air terriblement seule.

— Abby ?

Elle sursauta et tourna vers Dylan un visage qu'il trouva anormalement pâle.

— Désolé, dit-il. Je ne voulais pas vous effrayer.

— Je ne vous avais pas entendu entrer. Pourquoi êtes-vous descendu ?

— Pour me faire du café. Et vous ?

— De la tisane.

— Vous n'arrivez pas à dormir ?

— Non. Ma conscience me tourmente.

Un frisson d'excitation parcourut Dylan : allait-il enfin connaître l'un des secrets qu'Abby lui avait cachés jusqu'ici ? Elle paraissait vulnérable, ce soir, et bien qu'il éprouve un désir inattendu de la prendre dans ses bras pour la réconforter, il tenait là une excellente occasion de lui arracher des confidences.

— Et pourquoi votre conscience vous tourmente-t-elle ? demanda-t-il.

— Je ne cesse de revoir Chris, les yeux remplis de larmes, quand je l'ai envoyé se coucher sans le laisser regarder son émission de télévision préférée.

Dylan rit intérieurement – de lui-même plus que de son interlocutrice –, mais ce fut d'un ton grave qu'il observa :

— À mon avis, Chris s'en remettra, et cette punition était de toute façon méritée : vos fils n'auraient pas dû donner à manger au chien dans l'une de vos assiettes de porcelaine fine.

— Ce service est très laid et je ne l'utilise jamais, mais c'est un cadeau de Janice à Chuck… enfin, à Chuck et à moi – sans compter qu'il a beaucoup de valeur.

— Il doit donc être traité avec respect, et vous avez eu raison de le souligner, alors pourquoi vous sentez-vous coupable ?

— Je déteste me mettre en colère.

— En colère ? Vous n'avez même pas haussé le ton !

— Non, mais Chris est parti en reniflant, Ben en boudant, et je ne supporte pas l'idée de les avoir rendus malheureux.

— Je doute que le fait d'être privés de télévision pour un soir les traumatise à vie !

— Vous me trouvez bête, n'est-ce pas ?

— Aucun homme n'est capable de comprendre vraiment ce qu'éprouve une mère, aussi me garderais-je bien de vous juger.

Abby avait la gorge sèche et un peu douloureuse. Elle but une gorgée de tisane, puis expliqua :

— Il est particulièrement difficile d'être une mère qui doit tout faire seule : fixer les règles, prendre les décisions… et commettre les erreurs. Il m'arrive parfois, tard le soir comme aujourd'hui, de me reprocher d'être trop dure, trop exigeante avec mes fils. Ils sont encore si jeunes…

— Ce ne serait pas plutôt avec vous-même que vous êtes trop dure ?

— Non. Je suis responsable d'eux.

— Écoutez, je ne suis pas un grand expert en matière d'enfants, mais il me semble que les vôtres sont heureux et équilibrés. C'est à vous qu'ils le doivent, alors reconnaissez vos propres mérites au lieu de pleurnicher dans votre tisane !

Bizarrement, ces paroles prononcées d'un ton rogue réconfortèrent Abby.

— Je ne pleurniche pas dans ma tisane ! protesta-t-elle en riant. J'admets cependant avoir tendance à trop m'inquiéter. Quand Ben était tout petit et qu'il piquait une colère, par exemple, je téléphonais à ma mère juste pour l'entendre me dire qu'il n'était pas caractériel pour autant.

— Ce n'est pas avec votre mari que vous discutiez de ce genre de chose ?

— Il ne m'aurait pas…

La jeune femme s'interrompit. L'heure tardive et la fatigue avaient affaibli ses défenses. Si elle n'était pas vigilante, des confidences aux conséquences désastreuses risquaient de lui échapper.

— Je vais faire le café, déclara-t-elle en se levant.

— Ne bougez pas ! Je m'en occupe.

La main de Dylan s'était posée sur son épaule. Ce geste était juste destiné à la stopper dans son élan, et pourtant il lui donna envie de se retourner et de se jeter dans les bras de l'écrivain. C'était stupide, car il la repousserait, évidemment – à moins qu'il ne perçoive son émoi et en profite pour lui soutirer des informations.

Elle se rassit donc, mais cela n'empêcha pas Dylan de reprendre la conversation là où ils l'avaient laissée :

— Vous ne m'avez pas encore parlé de Chuck en tant que père… Pourquoi ?

— Parce que vous ne me l'avez pas demandé.

— Je vous le demande maintenant.

— Nous verrons demain. Je suis épuisée.

— Et moi j'en ai assez de vos faux-fuyants ! Chaque fois que j'aborde un sujet sensible, vous vous dérobez, ou bien vous me mentez carrément ! Je sais que Chuck était loin d'être parfait, alors pourquoi essayez-vous de gommer ses défauts ?

— C'était mon mari. Cela vous suffit, comme réponse ?

— Non !

À la voix tremblante de son interlocutrice, Dylan sentit qu'elle était sur le point de craquer, et, même s'il avait eu des scrupules, il les aurait fait taire. Il avait besoin de connaître la vérité, non seulement pour écrire une biographie de Chuck qui serait le reflet exact de la réalité, mais aussi pour comprendre Abby.

— Je vais vous dire ce que j'en pense, moi ! reprit-il. C'est par pur intérêt que vous refusez d'admettre que Chuck et vous aviez des problèmes de couple. Vous ne voulez pas ternir sa mémoire pour éviter de vous attirer les foudres de Janice Rockwell. C'était son fils unique, elle l'adorait, et si vous le critiquiez publiquement par mon intermédiaire, le peu de sympathie qu'elle a déjà pour vous se transformerait en une haine féroce. Janice est très riche : en plus de sa fortune personnelle, elle a hérité pour moitié de celle de son mari. Vous espérez sûrement qu'elle vous léguera tout son argent, et il est donc important que vous restiez dans ses bonnes grâces.

De pâle, Abby devint blême, et sa voix tremblait encore, mais de colère, cette fois, quand elle déclara :

— Vous avez beaucoup d'imagination !

— Je peux me tromper, en effet, mais alors, donnez-moi la vraie raison de votre attitude.

À quoi bon ? songea la jeune femme. Dylan ne la croirait pas. N'avait-il pas avoué lui-même, quelques minutes plus tôt, son incapacité à comprendre ce qu'éprouvait une mère ? Ses accusations la blessaient profondément, mais, en tentant de se justifier, elle ne ferait que s'humilier, et comme elle n'en était pas à un mensonge près, elle s'écria :

— Je me moque de ce que vous pensez, et je vais donc vous dire ce que vous avez envie d'entendre : oui, j'ai des vues sur l'argent de ma belle-mère ! Oui, je suis une veuve abusive qui exploite à son profit la notoriété de son mari, mais comme je suis sûre que Janice lira votre ouvrage, je ne veux pas me l'aliéner en vous livrant des informations qui porteraient atteinte à la mémoire de son fils ! Voilà ! Vous êtes satisfait ?

En l'espace de quelques secondes, Abby avait confirmé la mauvaise opinion que Dylan avait d'elle en arrivant, et infirmé la bonne impression qu'elle lui faisait depuis le début de leur cohabitation.

— Oui, je suis satisfait, répondit-il.

Mais, tandis qu'il la regardait se lever et se diriger vers la porte, il se demanda combien de temps il lui faudrait pour démêler le vrai du faux.

Abby se réveillait toujours vite et, après une demi-tasse de café, elle se sentait prête à commencer la journée. Elle fut donc surprise, le lendemain matin, d'avoir du mal à quitter son lit. Courbatue, la tête lourde et les jambes molles, elle descendit néanmoins préparer le petit déjeuner. Cette fatigue inhabituelle était sûrement due à la nuit courte et agitée qu'elle venait de passer.

Les enfants, eux, étaient pleins d'entrain et d'énergie ; ils avaient déjà oublié l'incident de la veille. Quand le car les eut emmenés, la jeune femme se servit une deuxième tasse de café dans l'espoir de donner un coup de fouet à son organisme, mais cela ne suffit pas à dissiper son malaise : il lui fallut se forcer pour se lever de sa chaise et mettre son anorak.

Le soleil brillait, dehors, et la douceur de l'air annonçait l'arrivée du printemps, mais Abby frissonna et regretta de ne pas avoir mis un pull-over supplémentaire. Elle couvait un rhume, se dit-elle en massant ses tempes douloureuses. Tant pis... Elle ne pouvait pas se permettre de s'en préoccuper. Marchant comme une somnambule, elle alla ramasser les œufs, puis se rendit dans l'écurie.

Les box avaient besoin d'être nettoyés, les chevaux nourris et pansés... Aussi loin qu'elle remonte dans ses souvenirs, c'était la première fois que la perspective des heures de travail qui l'attendaient la faisait soupirer. Quand aurait-elle enfin un peu de temps à elle, du temps pour se reposer, pour paresser un après-midi entier au coin du feu avec un livre ?

Un petit rire sans joie lui échappa à cette idée. Elle secoua la tête et décrocha le licou d'Eve. Le moment était spécialement mal choisi pour penser à des livres, et à un livre en particulier... Vivant à l'écart du monde depuis des années, elle avait oublié les risques de blessure inhérents à toute relation étroite avec une autre personne.

Non ! se corrigea-t-elle aussitôt. Ses relations avec Dylan ne pouvaient être qualifiées d'étroites. Elles étaient et devaient rester strictement professionnelles. Il la considérait comme une opportuniste ? Et alors ? Si elle s'en offusquait et le jetait dehors, cela changerait-il quelque chose ? Le contrat qu'elle avait signé l'obligeait de toute façon à collaborer avec lui jusqu'au bout...

Elle avait eu tort de s'emporter, hier soir, songea Abby en emmenant les deux juments pleines au pré, et de le conforter ainsi dans les préventions qu'il avait contre elle. Mais pourquoi tenait-il tant à connaître les raisons qui l'avaient poussée à autoriser la publication de cette biographie ? Il était payé pour l'écrire, et ses motivations à elle pour lui prêter son concours n'auraient pas dû l'intéresser.

Son mal de tête empirait, et elle avait du mal à réfléchir. Avec un peu de chance, l'exercice physique lui éclaircirait les idées, et quand elle en aurait fini avec le nettoyage de l'écurie, elle aurait trouvé une solution au problème que Dylan lui posait.

Le temps que le premier box soit prêt, cependant, elle se sentait encore plus mal qu'avant. De violents frissons la secouaient, elle était en sueur, et la fourche lui semblait peser une tonne.

— Vous devriez engager un palefrenier !

La jeune femme jeta un coup d'œil vers la porte. Dylan se tenait sur le seuil, haute silhouette dont le contre-jour laissait le visage dans l'ombre.

— Merci du conseil, répliqua-t-elle. J'étudierai la question dès que j'aurai une minute.

— Si vous arrêtiez cette mascarade, Abby ?

— De quoi parlez-vous ?

— De la comédie que vous me jouez, celle de la superwoman qui trime du matin au soir pour nourrir sa petite famille.

— Vous n'avez pas encore compris ? J'essaie de vous impressionner.

— Inutile ! C'est un livre sur Chuck, et non sur vous, que je dois écrire.

— Je vous promets de me remettre au tricot dès cet après-midi.

Les poings de Dylan se crispèrent. Abby avait du répondant… Il voulait la contraindre à se découvrir, mais la douceur et la persuasion seraient sûrement plus efficaces que la colère pour y parvenir, aussi s'obligea-t-il à reprendre son sang-froid.

Il desserra les poings et déclara d'un ton conciliant :

— Écoutez, nous avons tous les deux un même objectif : la rédaction de cette biographie. Cela exige un minimum d'entente entre nous, sinon les choses n'avanceront pas, et aucune collaboration n'est possible si vous continuez à me mentir. Vous avez été mariée à Chuck pendant cinq ans, il y a donc des aspects de sa vie que vous êtes la seule à connaître, et c'est pour m'en parler en toute franchise que l'éditeur vous a payée.

— D'accord, mais pas maintenant : il me reste sept box à nettoyer.

Malgré ses bonnes résolutions, Dylan sentit la moutarde lui monter au nez.

— Il me semble vous avoir dit d'arrêter cette mascarade ! s'exclama-t-il en arrachant la fourche des mains d'Abby et en l'attrapant par les revers de son anorak.

J'en ai assez de perdre mon temps, alors appelez celui ou ceux qui s'occupent normalement des chevaux, et mettons-nous au travail !

Sachant qu'elle n'en aurait pas la force, la jeune femme ne tenta même pas de se dégager. Il lui fallut se contenter d'observer d'un ton railleur :

— Ah oui, mon « personnel » ! Désolée, mais je lui ai donné un mois de congé… Si vous voulez me poser des questions, allez chercher votre matériel, et nous travaillerons ici. C'est à prendre ou à laisser.

Dans son exaspération, Dylan la secoua par les épaules, et il eut la surprise de la voir vaciller sur ses jambes. Il l'adossa à la cloison et demanda :

— Qu'est-ce que vous avez ?

— Rien. Je ne suis pas habituée à être molestée, c'est tout.

— Molestée ? Le mot est un peu fort, non ? protesta Dylan.

Tout geste de violence envers une femme lui faisait cependant horreur. Furieux contre lui-même, il lâcha Abby, qui se pencha pour ramasser sa fourche, mais chancela de nouveau et dut s'agripper à la porte du box pour ne pas tomber, comme si la tête lui tournait.

— Écoutez, si vous êtes malade…, commença Dylan.

— Je ne le suis jamais. Je suis juste un peu fatiguée.

Et très pâle, remarqua-t-il soudain. Il lui posa une main sur le front et déclara :

— Vous êtes brûlante.

— C'est normal : l'exercice physique m'a donné chaud. Laissez-moi finir tranquillement mon travail, à présent !

— Je ne supporte pas les martyrs, grommela Dylan en saisissant la jeune femme par le bras.

Il était très rare que le sang irlandais d'Abby se manifeste par un accès de colère. Contrairement aux autres membres de sa famille, dont le tempérament bouillant s'exprimait souvent sans retenue, elle avait toujours privilégié le calme et la réflexion pour résoudre ses problèmes, grands ou petits, mais là, elle vit rouge : avec une vigueur qui la surprit elle-même, elle libéra son bras et repoussa Dylan si brutalement qu'il manqua perdre l'équilibre.

— Je me moque éperdument de ce que vous supportez ou ne supportez pas ! s'écria-t-elle. Le contrat que j'ai signé ne vous autorise pas à vous mêler de mes affaires. Elles ne vous regardent pas, alors, soit vous apportez votre magnétophone ici, soit vous attendez que je sois disponible pour m'interroger sur Chuck. Vous pensez que je nettoie l'écurie tous les matins dans le seul but de me rendre intéressante ? Peu m'importe ! Cela ne change rien à la situation : j'ai des tâches à effectuer, et je ne regagnerai pas la maison avant de les avoir terminées.

Le temps de conclure sa diatribe, la jeune femme avait la poitrine haletante et, quand elle empoigna les brancards de la brouette pour couper court à la discussion en s'éloignant, ses forces la trahirent : à peine l'instrument soulevé, elle fut contrainte de le reposer.

Dylan en avait plus qu'assez des mensonges et des échappatoires d'Abby, mais il décida de laisser cela de côté pour l'instant. Dans l'immédiat, elle avait besoin d'aller se coucher. Il la reprit par le bras et, cette fois, ce fut en vain qu'elle tenta de se dégager.

— Je vous interdis de me toucher ! dit-elle d'une voix faible.

— J'essaie de m'en empêcher depuis mon arrivée, répliqua Dylan, mais les circonstances m'y obligent aujourd'hui : vous semblez incapable de mettre un pied devant l'autre.

Comme pour lui donner raison, la jeune femme tituba lorsqu'il voulut l'entraîner vers la porte. Il étouffa un juron, la souleva de terre et franchit le seuil de l'écurie d'un pas résolu.

— Mais il faut que je nettoie les box ! protesta Abby. Et les œufs... Ils sont restés à l'intérieur...

— Je retournerai les chercher tout à l'heure.

— Non, posez-moi ! J'ai encore mille choses à faire. Et où m'emmenez-vous, d'ailleurs ?

— Dans votre lit.

— Il n'en est pas question ! Non seulement les chevaux n'ont été ni nourris ni pansés, mais le vétérinaire vient à 13 heures pour s'assurer que les deux juments pleines vont bien, et M. Jorgensen l'accompagnera.

— Ce Jorgensen sera certainement ravi d'acheter un poulain à qui vous aurez passé votre grippe.

— Quelle grippe ? Je couve un rhume, rien de plus !

Agacé, Dylan leva les yeux au ciel, mais poursuivit son chemin en silence : à quoi bon discuter avec une femme qui s'obstinait à nier l'évidence ?

Deux minutes plus tard, il l'allongeait sur son lit et commençait de lui enlever ses bottes.

— Ne vous inquiétez pas, déclara-t-il. Quelques jours de repos, et vous serez rétablie.

— Je vous répète que je ne suis pas malade ! riposta Abby en se soulevant sur les coudes. Une ou deux aspirines suffiront pour me remettre d'aplomb.

— Vous pouvez vous déshabiller seule, ou vous voulez que je vous aide ?

— Je ne vais sûrement pas me déshabiller ! s'écria la jeune femme bien qu'elle n'ait maintenant qu'une envie – poser sa tête sur l'oreiller, fermer les yeux et dormir.

— C'est de mon aide que vous avez besoin, dans ce cas.

Joignant le geste à la parole, Dylan s'assit près d'Abby et descendit la fermeture Éclair de son anorak.

— Arrêtez ! ordonna-t-elle. Je n'ai nullement l'intention de me coucher au beau milieu de la journée. Je suis peut-être un peu grippée, je vous l'accorde, mais j'ai deux fils qui vont rentrer de l'école à 16 h 30, et je dois entre-temps m'occuper des chevaux, et d'Eve en particulier : il est très important pour moi que la transaction avec M. Jorgensen aboutisse.

Dylan la considéra avec attention. Elle avait très mauvaise mine, les yeux brillant de fièvre, mais s'il ne lâchait pas du lest elle allait se relever, et il ne pouvait tout de même pas l'attacher dans son lit…

— M. Jorgensen ne sera pas là avant plusieurs heures, souligna-t-il, alors profitez-en pour vous reposer. Vous avez vraiment envie de tomber évanouie à ses pieds pendant sa visite ?

Cela risquait en effet d'arriver si elle ne reprenait pas des forces d'ici là, pensa Abby, car elle se sentait faible au point de devoir fournir un gros effort pour garder seulement les yeux ouverts. Même si son amour-propre souffrait de devoir se rallier à l'avis de Dylan après l'avoir si âprement combattu, il lui fallait bien reconnaître qu'il avait raison.

— D'accord, dit-elle. Je vais me reposer jusqu'au déjeuner.

— Parfait ! Où rangez-vous vos médicaments ?

— Il y a une armoire à pharmacie dans la salle de bains du couloir. Vous y trouverez un tube d'aspirine.

— Je vous l'apporte avec un verre d'eau.

— Merci.

— De rien. Couchez-vous, en attendant.

Quand Dylan fut parti, la jeune femme se mit péniblement debout. Un vertige la saisit aussitôt, accompagné d'une sueur froide et de nausées, mais en se déplaçant très lentement, elle réussit à marcher sans encombre jusqu'à la commode et à en sortir une chemise de nuit.

Plus tard, elle ne se souviendrait même pas avoir ôté ses vêtements, enfilé la chemise de nuit et regagné son lit.

En revenant de la salle de bains, Dylan découvrit Abby étendue à plat ventre sur le couvre-lit, et plongée dans un sommeil si profond qu'il put la soulever et la coucher entre les draps sans la réveiller.

Elle ne se réveilla pas non plus quand il se pencha pour écarter les mèches blondes éparses sur son visage.

Et elle ne bougea pas d'un millimètre pendant toute l'heure où il resta assis près d'elle, à la regarder dormir.

Et à se poser des questions.

5

Abby se réveilla baignée de sueur, courbaturée et désorientée. Elle avait la bouche sèche, la gorge douloureuse, et un mal de tête qui redoubla dès qu'elle se redressa pour consulter la pendulette posée sur la table de chevet.

Un cri de stupeur lui échappa alors : 14 h 15 ! Elle avait dormi plus de cinq heures... et manqué son rendez-vous avec M. Jorgensen ! Consternée, elle se leva précipitamment – et le regretta aussitôt, car elle fut prise d'un étourdissement qui l'obligea à s'asseoir sur le lit.

Il lui fallait pourtant absolument s'habiller et aller voir si ses deux visiteurs n'étaient pas encore là : ils avaient pu arriver en retard, auquel cas il lui suffirait de trouver une excuse pour expliquer son absence. Eve n'avait pas été pansée ce matin, mais le vétérinaire répondrait de son bon état de santé et de celui de son poulain.

Rassemblant ses forces, la jeune femme se releva et attrapa son jean.

— Vous avez une course urgente à faire ?

Dylan venait d'entrer dans la chambre avec un plateau, et elle lui lança d'un ton accusateur :

— Il est plus de 14 heures !

— Je le sais.

Après avoir mis le plateau sur la commode, Dylan se tourna vers Abby et l'examina de la tête aux pieds. L'encolure de sa chemise de nuit s'arrêtait juste à la naissance de petits seins ronds et haut placés ; l'une des bretelles avait glissé, découvrant une épaule à l'ossature délicate et, sous le tissu léger se dessinaient une taille fine, des hanches minces et de longues jambes.

Une onde de désir parcourut Dylan. Elle était malvenue, mais il se dit que tout homme normalement constitué se serait senti émoustillé par le spectacle d'une femme à demi nue debout devant un lit aux draps froissés. Cela n'avait rien de personnel.

— C'est la première fois que je vous vois sans trois épaisseurs de vêtements, observa-t-il.

— Je dois être ravissante.

— Vous le seriez si vous n'aviez pas une mine de papier mâché… À votre place, je regagnerais mon lit avant de me trouver mal.

— Je ne peux pas. M. Jorgensen…

— … est un drôle de spécimen, compléta Dylan en prenant le jean des mains d'Abby et en le posant sur une chaise. Il m'a parlé de ses chevaux avec plus d'affection que de sa femme.

— Il est encore là ? Il faut que je me dépêche de…

— Non, coupa Dylan, il est reparti, alors vous allez vous recoucher bien sagement et ouvrir la bouche. En cherchant bien, j'ai fini par dénicher un thermomètre dans l'armoire à pharmacie, et je l'ai apporté.

Abby n'eut pas l'air de l'entendre. Les sourcils froncés, elle annonça :

— Je vais appeler Jorgensen et lui fixer un nouveau rendez-vous, mais vous auriez dû me réveiller un peu avant 13 heures… Vous lui avez expliqué pourquoi je n'étais pas là pour l'accueillir, au moins ? Et le vétérinaire ? Il a examiné Eve ?

— Je ne répondrai à aucune de vos questions tant que vous ne serez pas dans votre lit.

Le ton mi-léger, mi-sévère de Dylan – celui-là même qu'Abby utilisait pour faire obéir ses fils, songea-t-il – produisit l'effet souhaité : elle se recoucha et le laissa lui mettre le thermomètre dans la bouche.

— Parfait ! déclara-t-il. Je vous donne les nouvelles, maintenant. D'après le vétérinaire, Eve est en excellente santé, il n'y a pas de complications à redouter, et elle poulinera dans la semaine qui vient. D'autre part, Jorgensen m'a chargé de vous dire qu'il vous téléphonerait pour discuter du prix après la naissance. L'autre jument pleine – Gladys, c'est ça ? – va très bien elle aussi, et Jorgensen connaît plusieurs personnes susceptibles d'acheter son poulain. Il est prêt à vous donner leur nom, mais j'ai la nette impression qu'il se portera lui-même acquéreur s'il arrive à obtenir le feu vert de son épouse... Voilà ! Vous êtes satisfaite ?

Abby fit oui de la tête et ferma les yeux. Ses efforts allaient enfin être récompensés... La vente des deux poulains lui permettrait de rembourser en grande partie l'emprunt qu'elle avait dû contracter après la mort de Chuck. Sauf imprévu, cette dette-là au moins serait épongée dans un an ou deux... Soulagée au point de sentir des larmes lui nouer la gorge, elle garda les paupières closes, le temps de se ressaisir.

Cette femme était décidément un mystère, pensa Dylan qui ne la quittait pas des yeux. Pourquoi avait-elle l'air si émue ? La vente des poulains lui rapporterait sûrement une grosse somme, mais ce n'était rien comparé à ce qu'elle avait hérité de son mari... L'aurait-elle déjà entièrement dépensé ? Mais comment ? Même si certains meubles de sa maison étaient de véritables pièces de musée – son lit, par exemple, un très beau modèle du XVIIIe siècle –, même si son étalon avait dû lui coûter très cher, ils ne pouvaient avoir englouti toute la fortune de Rockwell... Dylan jeta un coup d'œil au placard. Sans doute contenait-il les fourrures et les vêtements de grands couturiers qui expliquaient ce brusque besoin d'argent.

Lorsque son regard se posa de nouveau sur Abby, elle avait rouvert les yeux, et il retira le thermomètre de sa bouche.

— Vous avez plus de trente-neuf de fièvre, annonça-t-il.

— Plus de trente-neuf ? Impossible ! Faites-moi voir !

— Puisque je vous le dis !

— Faites-moi voir !

— Vous êtes toujours aussi grincheuse, quand vous êtes malade ?

— Je ne le suis jamais, et c'est pour cela que je ne vous crois pas.

Dylan soupira, mais tendit l'instrument à la jeune femme. Elle haussa les sourcils, puis le lui rendit en silence.

— Vous me croyez, maintenant ? grommela-t-il.

— Oui, mais j'aurais préféré ne pas savoir que j'avais autant de fièvre. Je me sens beaucoup plus mal qu'avant.

— Je vous ai monté un jus d'orange et de la soupe. Par quoi voulez-vous commencer ?

— Je n'ai envie ni de l'un, ni de l'autre.

— Envie ou pas, vous allez avaler les deux, plus l'aspirine que vous n'avez pas prise tout à l'heure ! Il faut absorber beaucoup de vitamines et de liquides, quand on a la grippe. Je vous apporte le plateau.

Soudain consciente de se comporter comme une enfant grognon, Abby eut honte d'elle-même. Non seulement Dylan avait reçu Jorgensen et le vétérinaire à sa place, mais il s'était donné la peine de lui préparer un repas…

— Merci, dit-elle quand il lui posa le plateau sur les genoux, et excusez ma mauvaise humeur. Je devrais vous être reconnaissante, et au lieu de ça, je n'arrête pas de me plaindre, mais j'ai tellement de choses à faire que l'idée d'être clouée au lit me rend folle.

— Nul n'est irremplaçable.

— C'est faux. Une mère l'est toujours pour ses enfants.

Il y avait une telle tendresse dans la voix d'Abby que Dylan se surprit à envier Ben et Chris.

— Alors vous devez guérir le plus vite possible, observa-t-il d'un ton faussement dégagé. Commencez donc par manger votre soupe.

— Oui, désolée… Je suis vraiment une très mauvaise malade.

— Moi aussi, si ça peut vous rassurer : j'ai été opéré de l'appendicite, il y a cinq ans, et mes récriminations m'ont mis à dos tout le personnel du service de chirurgie.

— Ça me rassure, en effet, et j'ajouterai à ma décharge que je suis plus habituée à soigner qu'à être soignée. Les garçons ont eu tous les deux la varicelle, en septembre dernier, et j'ai joué les infirmières pendant une semaine.

Après avoir avalé péniblement deux cachets d'aspirine, Abby se força à manger quelques cuillerées de soupe, puis elle rassembla son courage et déclara :

— Je vous présente mes excuses pour hier soir et ce matin.

— Des excuses ? Et pourquoi donc ?

La jeune femme leva les yeux vers Dylan. Il semblait parfaitement détendu, comme si, contrairement à elle, il avait déjà oublié leurs violentes disputes. Les mots durs qu'elle lui avait alors adressés ne l'avaient apparemment pas atteint, et ceux qu'il avait prononcés ne lui avaient laissé aucun remords.

— J'ai dit des choses que je ne pensais pas, répondit-elle, comme souvent quand je suis en colère.

— La colère vous amène peut-être à vous exprimer avec plus de franchise que vous ne le croyez.

Bien qu'il s'oblige à ne pas le montrer, Dylan était mal à l'aise. Il s'en voulait d'avoir par deux fois poussé à bout une femme affaiblie par la maladie, même s'il l'ignorait à ce moment-là.

— Écoutez, continua-t-il, j'ai toujours l'intention d'obtenir de vous la vérité, et par tous les moyens, mais je ne suis pas un monstre : je ne reprendrai pas les hostilités avant que vous soyez de nouveau en état de vous défendre.

— Je n'ai donc rien à craindre de vous tant que je suis grippée ? remarqua Abby en riant.

— Non, mais vous ne perdez rien pour attendre… Finissez votre soupe, à présent !

— Désolée, mais je ne peux vraiment pas.

— On vous a déjà dit que vous vous excusiez trop ? demanda Dylan en posant le plateau sur la table de chevet.

— Oui. Désolée…

— Et que vous étiez une femme surprenante ?

— Ça, non, et pour cause : je suis quelqu'un de très ordinaire, et même d'assez terne.

Dylan regarda les mains fines d'Abby, des mains qui maniaient la fourche à fumier avec énergie et pliaient le linge avec délicatesse. Il les revit chargées de bagues, à l'époque où les paparazzi guettaient chacune de ses apparitions publiques… Non, cette femme n'avait rien d'ordinaire et, loin d'être terne, elle présentait des contradictions qui la rendaient fascinante.

— J'ai dans mon dossier une photo de vous prise à Monte-Carlo, déclara-t-il. Vous y portez un superbe manteau de vison blanc.

— Oui, je m'en souviens, murmura Abby. Quand je le mettais, j'avais l'impression d'être une princesse de conte de fées.

Sa voix était ensommeillée, et ses paupières à demi fermées. Dylan aurait dû la laisser se reposer, mais son emploi de l'imparfait l'intriguait.

— Où est ce manteau, maintenant ? s'enquit-il.

— Le… toit…

Les yeux de la jeune femme se fermèrent complètement. Elle s'était endormie sans satisfaire la curiosité de Dylan, car seul un accès de délire provoqué par la fièvre pouvait expliquer cette réponse saugrenue.

Elle marmonna encore quelques phrases incohérentes pendant qu'il l'installait plus confortablement dans le lit. Il recula ensuite d'un pas et resta un long moment à la fixer, plus déterminé que jamais à percer ses secrets.

Dylan était en train de taper à l'ordinateur ses notes sur les débuts de Rockwell en formule 1 quand des éclats de voix s'élevèrent sous la véranda. Les garçons étaient revenus de l'école… Il appuya sur la touche « enregistrer » et descendit au rez-de-chaussée pour les accueillir.

— C'était pas ma faute ! cria Ben.

— Si ! répliqua Chris. T'es qu'un idiot !

— Non, c'est toi, l'idiot ! T'avais qu'à…

— Quel est problème ? demanda Dylan en ouvrant la porte.

Les deux enfants avaient les yeux luisant de colère, et Chris était couvert de boue de la tête aux pieds. Le menton tremblant, il pointa vers son frère un doigt accusateur et déclara :

— Il m'a fait tomber exprès !

— C'est pas vrai !

— Si, et je vais le dire à maman !

— Une seconde ! intervint Dylan.

Il avança d'un pas pour barrer le chemin aux petits garçons, puis il reprit :

— Tu ne crois pas que tu es un peu grand pour t'amuser à faire tomber Chris, Ben ?

— C'est qu'un menteur ! protesta l'interpellé. Il m'accuse toujours de choses que je n'ai pas faites, et je vais le dire à maman ! Elle me croira, elle !

De grosses larmes se mirent à couler sur les joues de Chris, et Dylan éprouva une envie inattendue de le serrer dans ses bras pour le consoler. Il se contenta cependant de lui donner une pichenette amicale sur le nez et de suggérer :

— Si tu me racontais ce qui s'est passé ?

— Il m'a poussé, juste pour me montrer qu'il est le plus fort.

— C'est pas vrai ! répéta Ben, mais d'un ton moins véhément et les yeux baissés. Enfin, si, je l'ai poussé, mais pas exprès : on faisait la course, et je l'ai bousculé en bas de l'escalier.

— C'était donc un accident ? souligna Dylan.

— Oui.

— Alors excuse-toi, et le problème sera réglé.

— Je m'excuse, marmonna Ben, mais le problème est pas réglé pour autant : Chris est tout sale, et maman va être furieuse contre moi. Elle me privera encore de télévision, si ça se trouve !

— Nous ne sommes pas obligés de lui dire ce qui est arrivé.

— Oui, mais quand elle verra Chris, elle posera des questions, et il faudra bien lui répondre !

— Elle n'est pas forcée de le voir dans cet état… Viens, bonhomme, je vais te mettre dans la machine à laver.

Dylan prit Chris par la main, et le petit garçon observa en riant pendant qu'ils se dirigeaient vers la cuisine :

— On peut pas mettre les gens dans une machine à laver, il y a pas assez de place… Où est maman ?

— Dans son lit. Elle a la grippe.

— Comme M. Petrie ?

— Oui.

— Maman n'est jamais malade ! objecta Ben.

— Elle l'est pourtant aujourd'hui et elle est en train de dormir, alors ne parle pas trop fort.

— Je veux la voir !

Surpris par le ton agressif du petit garçon, Dylan s'arrêta devant la porte de la buanderie et se tourna vers lui. Au lieu de le suivre, Ben s'était arrêté sur le seuil de la cuisine ; il avait le visage fermé et une lueur de défi dans les yeux.

— D'accord, monte la voir, déclara Dylan d'une voix conciliante, mais ne la réveille pas.

Il entra ensuite dans la buanderie et ordonna à Chris :

— Enlève tes vêtements sales !

Puis il se pencha sur la machine à laver pour tenter d'en comprendre le fonctionnement pendant que Chris, derrière lui, expliquait avec sa volubilité habituelle :

— Ma maîtresse a eu la grippe, la semaine dernière, alors on a eu une remplaçante. Elle était rousse et elle n'arrivait pas à retenir nos noms… Maman sera guérie demain ?

— Pas tout à fait, mais elle ira sans doute un peu mieux.

— Je vais lui prêter mes crayons de couleur, et lui raconter des histoires, aussi. Elle m'en raconte toujours quand je suis malade.

— Ça lui fera sûrement plaisir.

— Et si elle se sent vraiment mal, je lui amènerai Edgar.

— Qui est Edgar ?

— Le chien en peluche que tante Maddy m'a donné quand j'étais petit. Je dors encore avec lui, mais il faut pas le dire à Ben, parce qu'il se moquerait de moi.

— Ne t'inquiète pas, je garderai le secret.

— Si maman va mieux demain, tu crois qu'on pourra aller au cinéma ? Parce que c'est samedi demain, et qu'elle nous a promis de nous emmener au cinéma.

— Je ne sais pas.

En se retournant pour ramasser les vêtements à laver, Dylan s'aperçut que Chris s'était entièrement déshabillé et tremblait de froid. Il déplia l'une des serviettes posées sur le sèche-linge et enveloppa le petit garçon dedans.

— Tu as grand besoin d'un bain, observa-t-il.

— J'aime pas les bains.

— Peut-être, mais tu avais raison : tu ne tiens pas dans la machine à laver.

Chris éclata de rire et, quand la lessive fut en route, il tendit les bras à Dylan dans un geste si spontané qu'il aurait été cruel de l'ignorer. *Mon Dieu !* songea Dylan en le soulevant et en le serrant contre lui. *J'ai réussi pendant plus de trente ans à éviter toute forme de sensiblerie, et voilà que je me laisse attendrir par un gamin de six ans à la figure maculée de boue…*

— C'est l'heure du bain ! décréta-t-il.

— J'aime pas les bains.

— Je le sais, mais tu as sûrement un bateau pour t'amuser dans l'eau…

— Je préfère les petites voitures.

— Alors prends-en une.

— Je peux en prendre trois ?

— Autant que tu voudras, à condition qu'il reste de la place pour toi dans la baignoire.

Une fois sur le palier, Dylan posa Chris par terre et chuchota :

— Va chercher tes petites voitures, mais ne fais pas de bruit, d'accord ? Et ferme bien la porte de la salle de bains avant d'ouvrir les robinets.

— D'accord, mais il faudra que tu viennes m'aider à me laver les cheveux. J'y arrive pas tout seul.

Dylan pensa au travail qui l'attendait sur son bureau, hésita…

— Entendu, dit-il finalement. Je te rejoins dans quelques minutes.

Le baby-sitting n'était pas prévu au contrat, mais il n'avait pas vraiment le choix, et ce n'était pas comme si Abby lui avait imposé cette tâche : ils étaient tous les deux victimes des circonstances. Bloquée au fond de son lit par la grippe, elle était même plus à plaindre que lui.

La porte de Ben était fermée, remarqua Dylan. L'aîné des petits Rockwell n'avait pas un caractère facile, et le plus simple aurait été de le laisser bouder dans sa chambre. L'idée de laver les cheveux de Chris ne l'enthousiasmait pas, mais lui, au moins, c'était un enfant ouvert et sociable.

Sans trop savoir pourquoi, Dylan alla pourtant frapper à la porte de Ben.

— Entrez !

Le petit garçon était assis sur son lit, une armée de guerriers miniatures disposée devant lui.

— Tu es allé voir ta mère ? demanda Dylan.

— Oui, et je l'ai pas réveillée, répondit Ben sans lever la tête. Elle n'a pas l'air bien du tout.

— Il lui faut du repos, mais la grippe n'est pas une maladie grave.

— Un jour, en rentrant de l'école, je l'ai trouvée allongée sur le canapé du séjour. Elle m'a dit qu'elle avait la migraine, et c'était peut-être vrai, mais j'ai bien vu qu'elle avait pleuré, en plus… Est-ce qu'elle a encore pleuré aujourd'hui ?

— Non, elle est juste malade, mais tu as tort de t'inquiéter : tout le monde a besoin de pleurer de temps en temps, même les mamans. C'est physique.

Cette explication aurait sans doute suffi à Chris mais, à en juger par son air sceptique, Ben, lui, avait compris que Dylan l'avait inventée dans le seul but de le rassurer. Les gens ne pleuraient en effet jamais sans raison, et les larmes d'Abby en avaient donc une, mais laquelle ? C'était un mystère de plus à élucider.

— Si maman avait appris que j'avais poussé Chris, même par accident, elle m'aurait puni, déclara Ben après un moment de silence.

Sa conscience le tourmentait, pensa Dylan, et c'était tout à son honneur, mais il fallait maintenant trouver un moyen d'apaiser ses scrupules… Il réfléchit quelques instants, puis suggéra :

— Et si tu t'occupais seul, ce soir, des tâches que tu partages d'habitude avec ton frère ?

— Oui, c'est peut-être ça que maman m'aurait donné comme punition.

— Et, dans la mesure où c'est au tour de Chris de débarrasser la table et de remplir le lave-vaisselle, je crois qu'elle t'aurait aussi demandé de le faire à sa place.

— Oh ! non, pas ça !

— Si, mais comme cette idée vient de moi, je t'aiderai à le faire.

Ces mots valurent à Dylan un sourire reconnaissant, et ce fut assez content de lui qu'il quitta la chambre de Ben pour aller s'occuper de Chris.

Un bruit de voix tira Abby du sommeil. Elles chuchotaient, mais leurs inflexions révélaient qu'il y avait de la dispute dans l'air.

La jeune femme ouvrit les yeux et vit ses fils debout au pied de son lit. Leur discussion les absorbait tellement qu'ils ne s'aperçurent pas qu'elle était devenue sans objet.

— Il faut la réveiller tout de suite ! décréta Ben.

— Non, il faut attendre Dylan.

— Non, tout de suite, je te dis !

— Et si elle a encore de la fièvre ?

— On va lui prendre sa température.

— Tu sais comment on fait ?

— Oui. On lui met ce truc de verre dans la bouche, et on regarde jusqu'où monte le trait rouge.

— Pendant qu'elle dort ?

— Mais non, espèce d'idiot ! Il faut la réveiller d'abord !

— Je suis réveillée, annonça Abby avant de se redresser et de s'adosser à l'oreiller.

Les petits garçons se tournèrent vers elle et la fixèrent en silence, visiblement mal à l'aise. C'était la première fois qu'ils la voyaient alitée, et ils ne savaient pas trop quelle attitude adopter.

— Tu te sens mieux ? finit par déclarer Ben d'une voix timide.

— Un peu, mentit-elle car le seul fait de s'asseoir avait ravivé toutes ses douleurs.

— Tu veux que je te prête mes crayons de couleur ? proposa Chris en grimpant sur le lit.

— Peut-être plus tard… Vous revenez juste de l'école ?

— Non, on est rentrés depuis longtemps, hein, Ben ?

— Oui, et on a même dîné.

— Dîné ?

Abby jeta un coup d'œil à sa pendulette. Il était 20 heures passées. Elle avait dormi tout l'après-midi !

— Qu'avez-vous mangé ? demanda-t-elle.

— Des tacos, répondit Chris. Dylan les fait super bien… Tu veux que je te lise une histoire ?

— Tu sais même pas lire ! lui lança Ben d'un ton méprisant.

— Si ! Mlle Schaeffer dit que je lis très bien !

— Alors que tu commences juste à apprendre ? Ça m'étonnerait !

— Encore en train de vous disputer, les garçons ? observa Dylan qui, comme le matin, venait d'entrer dans la pièce avec un plateau. Je suis content de voir que tout est normal… Pousse-toi, Chris ! Il me faut de la place pour poser ce plateau, et ta mère a besoin d'espace pour prendre son repas.

— On l'a tous préparé ensemble, annonça fièrement Chris. Dylan a fait cuire les œufs, Ben a réchauffé la soupe, et moi, j'ai coupé le pain.

— Ça a l'air délicieux, murmura Abby.

C'était un pieux mensonge : elle aurait en fait volontiers jeté par la fenêtre le plateau et son contenu. Quand Dylan se pencha pour lui remonter son oreiller, elle croisa son regard et vit une lueur d'amusement y danser. Les écrivains devaient être psychologues, et il savait donc qu'elle n'avait pas le choix : elle ne pouvait pas décevoir ses fils en leur avouant son manque d'appétit.

— Dylan a dit que tu avais besoin de reprendre des forces, déclara Ben.

— Vraiment ?

— Oui, et il a dit qu'il fallait pas faire de bruit pour pas te réveiller, renchérit Chris. On n'en a pas fait, hein ?

— Non, pas du tout.

— Il a dit aussi qu'il jouerait aux cartes avec nous après le dîner si on ne te fatiguait pas… On ne te fatigue pas, hein ?

— Bien sûr que non.

— Et Dylan a dit que tu serais sans doute encore trop malade demain pour nous emmener au cinéma, intervint Ben, visiblement agacé par la façon dont son frère monopolisait la conversation.

— Décidément, Dylan a dit beaucoup de choses ! remarqua la jeune femme avant d'avaler avec peine une première cuillerée de soupe. En ce qui concerne le cinéma, nous verrons demain… Si vous me racontiez votre journée, maintenant, les garçons ? Vous avez bien travaillé, à l'école ?

— Oui, répondit Ben. Un oiseau est entré dans la classe pendant la récréation du matin, et Mme Lieter a essayé de le chasser quand les cours ont repris, mais il n'arrêtait pas de se cogner aux carreaux.

— Cela n'a pas dû vous déplaire, j'imagine.

— Non, tout le monde riait, mais elle est allée chercher un balai, elle a ouvert une fenêtre, et l'oiseau a fini par partir.

— Tricia est tombée dans la cour et s'est fait une grosse bosse ! annonça Chris. Elle a pleuré pendant au moins une heure. Moi aussi, je suis tombé, mais j'ai pas pleuré… enfin, presque pas. Dylan voulait me mettre dans la machine à laver.

— Dans la machine à laver ?

— Oui, parce que j'étais tout sale, mais j'ai juste pris un bain, finalement.

— Comment es-tu tombé ?

— Il a glissé, expliqua Dylan. Il y a encore pas mal de boue devant la maison.

Comme il était resté jusque-là silencieux, Abby trouva étrange qu'il ait brusquement décidé de répondre à la place de Chris. L'expression de Ben, mi-gênée, mi-soulagée, lui parut encore plus suspecte. Elle eut néanmoins la sagesse de ne pas poser de questions.

— Merci pour le dîner, dit-elle en posant sa cuillère, mais je n'ai pas assez faim pour tout manger.

— Si vous redescendiez le plateau dans la cuisine, les garçons ? suggéra Dylan. Je vous y rejoins dans une minute.

Quand ils furent partis, il apporta à la jeune femme un verre d'eau et deux cachets d'aspirine, puis il prit le thermomètre sur la table de chevet et le sortit de son étui.

— Je vous suis très reconnaissante de vous être occupé des enfants, déclara Abby. Je ne sais pas ce que j'aurais fait sans…

Sa phrase demeura en suspens : Dylan venait de lui mettre le thermomètre dans la bouche. Jugeant inutile de s'engager dans un combat perdu d'avance, elle se cala contre l'oreiller et attendit patiemment que l'instrument ait donné son verdict.

— J'ai moins de fièvre que ce matin, n'est-ce pas ? demanda-t-elle au bout de la minute réglementaire.

— Non, deux dixièmes de plus.

— Alors je ne serai sûrement pas en état d'emmener les garçons au cinéma demain. Ils vont être affreusement déçus.

— Ils n'en mourront pas.

Dylan rangea le thermomètre et esquissa un pas vers la porte, mais Abby, prise d'une impulsion subite, lui saisit le poignet.

— Vous pourriez me rendre un dernier service ? s'enquit-elle.

— Oui ?

— Je ne supporterai pas de rester une minute de plus seule dans ce lit, alors…

— Serait-ce une invitation ?

— Pardon ? Oh ! non, vous m'avez mal comprise ! Ce n'était pas du tout… Je voudrais juste que vous m'aidiez à descendre au rez-de-chaussée. J'ai besoin de me distraire.

— Entendu. Je vais vous asseoir devant la télévision, mais à mon avis, vous n'aurez pas le temps de suivre une émission en entier : vous vous endormirez au bout de dix minutes.

Comme le matin, Dylan souleva Abby dans ses bras, mais elle s'autorisa cette fois à savourer le plaisir de sentir sa force et sa chaleur l'envelopper. L'espace d'un soir, elle pouvait s'imaginer que quelqu'un était là pour la soutenir et la protéger.

Avant même que Dylan arrive en bas de l'escalier, un âpre combat se livrait en lui. Le corps blotti contre sa poitrine, si doux, si menu, si délicat, éveillait en lui des émotions contre lesquelles il se croyait immunisé. Il s'efforçait de les chasser, parce que le plus grand danger, pour un homme, était de se laisser tromper par l'apparente fragilité des femmes… Faute d'y parvenir, il pressa le pas : plus vite il poserait Abby, moins il risquerait de succomber à la tentation de satisfaire le désir grandissant qu'il avait d'elle.

Ce désir le submergea pourtant au moment précis où il pensait le danger écarté : il venait d'installer la jeune femme sur le canapé du séjour quand, dans un élan irrépressible, il se pencha vers elle et prit ses lèvres.

Le baiser de Dylan ne surprit pas Abby. Il lui apparut au contraire comme la suite logique du rêve éveillé qu'elle avait fait dans ses bras. Elle s'y offrit sans réserve, et sans doute, après tant d'années, avait-elle tout oublié du plaisir des sens, car elle eut l'impression d'embrasser un homme pour la première fois.

Dylan savait qu'Abby lui avait cédé moins par passion que par faiblesse, et pourtant il lui semblait qu'une mystérieuse alchimie était en train de s'opérer entre eux. Il finit par craindre que ce sentiment de symbiose, exaltant mais sûrement imaginaire, ne l'entraîne trop loin et, bien qu'à regret, il rompit leur étreinte.

— Les garçons m'attendent dans la cuisine pour jouer aux cartes, déclara-t-il d'une voix mal assurée. Ils doivent se demander pourquoi je tarde tant.

Puis, cherchant son salut dans la fuite, il pivota sur ses talons et alla allumer la télévision.

Pour s'empêcher de retenir Dylan en le prenant par la main, Abby avait fermé les yeux dès qu'il s'était écarté d'elle.

Quand elle les rouvrit, il n'était plus là.

6

Abby se réveilla le lendemain matin dans son lit, mais sans pouvoir dire comment elle y était arrivée.

Quelque chose de tiède et de duveteux lui touchait la joue, et sa première réaction alarmée se transforma en attendrissement lorsqu'elle identifia l'objet posé sur son oreiller – le chien en peluche auquel Chris tenait comme à la prunelle de ses yeux. Il avait dû le lui apporter pendant qu'elle dormait.

Elle se redressa et vit un post-it suspendu au bord de la table de chevet. Ben y avait écrit, de son écriture malhabile : « Guéris vite, maman ! »

Un élan d'amour la souleva. Ses fils avaient certes leurs défauts, mais ils étaient toujours là quand elle avait besoin d'eux.

La réciproque n'était malheureusement pas vraie, pensa la jeune femme en regardant la pendulette : il était presque 10 heures, et elle n'avait pas encore préparé leur petit déjeuner !

Furieuse contre elle-même, Abby se leva. Ses jambes flageolaient et la tête lui tournait un peu, mais il en aurait fallu beaucoup plus pour l'arrêter. Elle alla chercher son peignoir dans le placard, l'enfila et se dirigea vers la salle de bains.

La douche qu'elle prit – après avoir enlevé de la baignoire toute une collection de petites voitures – lui fit du bien : elle en sortit tonifiée et le cerveau débarrassé des brumes du sommeil.

Dylan…

Le fait que, à peine bien réveillée, sa première pensée soit pour Dylan la surprit d'abord – et l'inquiéta ensuite : était-ce mal ?

Non, peut-être pas, mais c'était assurément dangereux. Leur baiser de la veille avait enclenché un processus qui menaçait de devenir incontrôlable, et, avant de se retrouver face à Dylan, elle devait absolument décider de la suite à donner – ou non – à l'attirance imprévue qu'ils ressentaient l'un pour l'autre.

Le plus sage serait de l'ignorer, mais le pourrait-elle ? Et lui, le voudrait-il ?

Une seule fois par le passé elle avait éprouvé ce genre de transport, et omis d'écouter la voix de la raison. C'était une erreur qui lui avait coûté très cher. Elle n'aurait su dire combien de temps il lui avait fallu pour guérir des blessures que Chuck lui avait infligées, mais une chose était sûre : elle n'aurait pas la force de se reconstruire une deuxième fois. Elle n'avait donc pas le choix : le risque de rompre à jamais un équilibre durement acquis était trop grand, et les conséquences pour ses enfants trop graves.

C'était à eux qu'elle devait penser d'abord, et en s'engageant dans une liaison avec Dylan, elle leur nuirait doublement, car il lui serait beaucoup plus difficile de mentir à un amant qu'à une simple relation de travail. La biographie de Chuck donnerait alors à ses fils l'image de lui dont elle voulait précisément les protéger, et elle aurait ainsi sacrifié leur intérêt à la satisfaction de ses propres besoins. Il n'en était évidemment pas question.

Forte de cette décision, Abby alla jeter un coup d'œil dans la chambre de Ben, puis dans celle de Chris. Ils étaient déjà levés tous les deux et attendaient sans doute leur petit déjeuner en regardant l'une des émissions télévisées pour enfants du week-end.

Elle les trouva en effet dans le séjour, mais comme l'idée que Dylan puisse être avec eux ne l'avait pas effleurée, elle écarquilla les yeux en le voyant assis sur le canapé, Chris sur ses genoux et Ben allongé à ses pieds. Ils étaient en train de discuter des mérites comparés des mangas et des dessins animés de Tex Avery, Ben défendant les premiers et Dylan les seconds.

Cette scène toucha et attrista en même temps la jeune femme. Obnubilé par sa carrière, Chuck ne s'était jamais intéressé à ses fils et, un samedi matin comme celui-ci, il les aurait laissés seuls devant la télévision. Dylan exerçait un métier prenant et excellait dans son domaine, lui aussi, mais il ne jugeait pas déshonorant de s'occuper d'enfants qui n'étaient pourtant pas les siens... La vie était vraiment mal faite !

Immobile sur le seuil, Abby resta à contempler ce tableau jusqu'à ce que le courant d'air provoqué par la porte ouverte alerte Chris. Il tourna la tête, aperçut sa mère et s'écria joyeusement :

— Bonjour, m'man !

Dylan suivit son regard et considéra la jeune femme avec attention avant de dire d'un ton sévère :

— Vous n'auriez pas dû sortir de votre lit.

— J'y retournerai tout à l'heure, répliqua-t-elle, mais il faut d'abord que je prépare le petit déjeuner. Je vous appellerai dès qu'il sera prêt, les garçons, et il faudra ensuite que vous m'aidiez à nourrir les chevaux.

— On leur a déjà donné à manger, indiqua Chris.

— Oui, renchérit Ben, et on a aussi déjeuné. Dylan nous a fait des crêpes. Elles étaient super bonnes.

— Ah !

C'était tout ce qu'Abby avait trouvé à dire. Elle se sentait bête et, pire encore, inutile.

Se drapant dans sa dignité, elle pivota sur ses talons et partit vers la cuisine.

— Continuez de regarder l'émission sans moi, entendit-elle Dylan déclarer aux enfants.

Des pas retentirent juste après dans son dos, et Dylan la rejoignit au moment où elle entrait dans la cuisine.

— Il y a un problème ? demanda-t-il.

— Non.

Il n'y avait pas *un* problème, pensa la jeune femme en se dirigeant vers la cafetière, mais des dizaines... Comment allait-elle pouvoir garder ses distances avec Dylan alors qu'il se montrait si gentil avec ses fils, par exemple ? Comment allait-elle pouvoir s'occuper l'esprit alors que toutes ses tâches quotidiennes s'effectuaient sans aucune intervention de sa part ?

Les mains de Dylan se posèrent soudain sur ses épaules. Elle se raidit, mais il n'en tint pas compte et la força à se tourner vers lui. Les yeux dans les siens, il lui tâta le front, puis annonça :

— Vous avez encore de la fièvre.

— Je me sens beaucoup mieux qu'hier.

— Un peu mieux, peut-être, mais sûrement pas « beaucoup »... Asseyez-vous !

— Je suis assez grande pour savoir si j'ai besoin ou non de m'asseoir.

— Je n'en suis pas certain : vous vous comportez de nouveau comme une enfant butée, et puisque votre humeur ne s'est pas du tout améliorée, j'en déduis que votre état non plus.

— Si ! C'est juste que j'en ai assez de rester dans mon lit, à manger de la soupe, à avaler des cachets d'aspirine et à prendre ma température.

Les bienfaits de la douche commençaient pourtant à s'estomper : Abby avait maintenant de la peine à tenir debout et, bien qu'il lui en coûtât d'obéir à Dylan, elle dut s'y résigner.

— Parfait ! déclara-t-il en lui servant un jus d'orange. Buvez ça, et ensuite seulement, vous aurez droit à une tasse de café.

— Décidément, vous aimez donner des ordres !

— Et vous, vous n'aimez pas en recevoir... Allez, Abby, soyez raisonnable : buvez !

Elle lui lança un regard noir, mais vida malgré tout son verre.

— Voilà ! Vous êtes content ? grommela-t-elle.

Partagé entre l'amusement et l'irritation, Dylan s'assit à côté d'elle.

— Pourquoi êtes-vous si agressive ? demanda-t-il.

— Je vous l'ai déjà expliqué.

— Oui, mais je pense que, comme d'habitude, vous ne m'avez pas dit toute la vérité. Je finirai pourtant par la connaître...

Incapable de résister à la tentation, Dylan prit le visage de la jeune femme entre ses mains. Le souvenir de leur baiser de la veille l'avait tenu éveillé une bonne partie de la nuit, et il brûlait de renouveler l'expérience.

— Vous êtes encore une énigme pour moi, murmura-t-il, mais je suis patient... Vous aimez les défis, Abby ?

— Non.

— Moi, si. Je les trouve stimulants, et même excitants, dans certains cas.

— Lâ... lâchez-moi, balbutia-t-elle. Les enfants pourraient nous surprendre.

— S'ils n'ont encore jamais vu leur mère embrasser un homme, c'est une lacune qu'il est grand temps de combler !

Malgré ses bonnes résolutions, Abby n'arrivait pas à trouver la volonté nécessaire pour repousser Dylan et, quand il joignit leurs lèvres, elle lui résista d'autant moins qu'il mit dans son baiser une douceur inattendue.

Était-ce ainsi qu'un homme embrassait une femme qu'il ne désirait pas seulement, mais pour laquelle il éprouvait aussi du respect et de l'affection ? se demanda-t-elle. Était-ce cela dont elle avait toujours rêvé, sans en avoir clairement conscience ? Dans l'affirmative, ses défenses seraient vite abattues... Elle les sentait déjà s'affaiblir au fil des secondes et céder la place à une passion dévorante.

Dylan ne s'expliquait pas l'impression d'innocence que lui donnait la façon dont Abby répondait à son baiser. Il ne s'expliquait pas non plus l'intensité de son attirance pour elle. Il aimait le mélange d'appréhension et de désir qu'exprimaient ses yeux lorsqu'il la touchait. Il aimait la voir lutter contre les deux, puis céder au second et s'y abandonner alors entièrement. Il y avait là quelque chose de mystérieux, mais d'unique, aussi, et de précieux dans ces moments-là, elle ne mentait pas, elle ne jouait pas la comédie ; c'était la vraie Abby qui se révélait dans cet élan sincère et généreux de tout son être.

— J'ai envie de vous, chuchota-t-il avant de lui couvrir le visage de petits baisers.

— Tu prends la température de maman ?

La voix de Chris fit sursauter la jeune femme. Elle s'écarta vivement de Dylan et se tourna vers le garçonnet qui, immobile sur le seuil, les regardait avec la curiosité candide de ses six ans.

— Maman m'embrasse quelquefois sur le front, quand j'ai de la fièvre, reprit-il. J'ai soif... Je peux avoir du jus d'orange ?

— Euh... oui, bien sûr, bredouilla Abby. En fait, Dylan était juste...

— ... en train de dire à ta mère de remonter se coucher, compléta Dylan d'un ton désinvolte, comme s'il ne s'était rien passé entre eux. Je vais te donner à boire, et ensuite vous irez mettre vos anoraks, Ben et toi.

— Pour aller où ? demanda Abby.

— En ville. Nous sommes à court de fruits, de café et d'un tas d'autres choses.

Cette petite sortie lui permettrait aussi de s'éloigner d'Abby, ajouta intérieurement Dylan. Près d'elle, il perdait tout contrôle de ses émotions.

— Je pourrai acheter des chewing-gums, m'man ?

— Oui, mais sans sucre, et pas plus d'un paq...

La jeune femme ne termina pas sa phrase : oubliant son jus d'orange, Chris avait quitté la pièce en courant. Elle l'entendit crier à Ben de se préparer et, bien qu'humiliée par le peu d'importance que Dylan accordait visiblement à leur baiser, elle eut pitié de lui et déclara :

— Vous n'êtes pas obligé d'emmener les enfants.

— Ça me fera de la compagnie.

— Je ne suis pas sûre que vous sachiez vraiment dans quoi vous vous engagez… Vous avez déjà fait des courses avec deux petits garçons ?

— Non, mais je vous répète que j'aime les défis.

— Alors vous allez être servi ! Ils vont vous tarabuster pour que vous leur achetiez tout un tas de choses inutiles.

— Je serai inflexible.

— Comme vous voudrez, mais ne venez pas vous plaindre ensuite : je vous aurai prévenu.

L'irruption dans la cuisine d'un Ben et d'un Chris prêts à partir mit fin à la discussion.

Une fois seule dans la maison, Abby trouva un compromis entre sa fatigue et sa répugnance à rester inactive. Il y avait des tâches que personne ne pouvait effectuer à sa place, et qui ne demandaient pas d'effort physique. Les comptes, par exemple, et elle prit dans son secrétaire factures, chéquier et relevés bancaires avant de regagner son lit.

Elle s'était depuis longtemps résignée à ne jamais avoir assez d'argent pour signer des chèques sans se préoccuper de leur montant. C'était le remboursement de l'emprunt contracté pour l'achat du domaine qui grevait le plus lourdement son budget, mais elle n'en éprouvait aucun regret : ce domaine représentait la sécurité, et elle en devenait un peu plus propriétaire à chaque prélèvement. Dans treize ans et deux mois, elle le serait à part entière.

Treize ans et deux mois…, songea-t-elle, pensive. Ses fils seraient alors des hommes, mais elle espérait que la maison de leur enfance compterait encore pour eux, qu'ils s'y seraient créé des souvenirs dominés par l'amour, la joie et le sens des responsabilités. Ils ne connaîtraient peut-être jamais la richesse, mais leur éducation leur aurait appris que la valeur d'une personne se mesurait à ce qu'elle était, et non à ce qu'elle possédait.

Après avoir payé diverses factures, Abby rédigea son chèque mensuel à l'ordre de Grover Stanholz. Le prêt qu'il lui avait accordé était encore loin d'être remboursé, mais si les deux poulains à naître se vendaient bien, cette dette-là au moins serait rapidement acquittée.

La jeune femme joignait toujours un mot à son envoi et, s'apercevant qu'elle avait oublié de prendre son bloc de papier à lettres, elle dut se relever pour aller le chercher.

Une fois recouchée, elle réfléchit quelques instants, puis écrivit :

Mon cher Grover,

J'espère que vous allez bien. Ici, l'hiver a été très humide, et nous attendons avec impatience l'arrivée du printemps. Merci encore pour votre invitation. Les enfants auraient été ravis de découvrir la Floride, mais je ne peux ni leur faire manquer l'école, ni quitter la ferme, parce que deux de mes juments sont sur le point de pouliner.

Si vous projetez un voyage vers le nord, venez nous rendre visite. J'aimerais vous montrer ce que vous m'avez permis de réaliser.

Bien à vous,

Abby

Aurait-elle dû parler de Dylan à Grover ? se demanda la jeune femme en pliant la feuille et en la mettant dans une enveloppe avec le chèque. Ils avaient discuté au téléphone de leur contribution respective à la biographie de Chuck, et elle savait que Dylan l'avait déjà interviewé.

Il lui semblait cependant préférable d'éviter désormais ce sujet jusqu'à ce que l'ouvrage soit terminé. Grover avait aimé et pleuré Chuck comme un père. Elle lui envoyait des photos des enfants une ou deux fois par an, elle lui donnait de leurs nouvelles tous les mois... Que pouvait-elle faire de plus ?

Une fois déduit de son dernier solde le montant de tous les chèques qu'elle venait de libeller – et encore, elle avait laissé de côté les factures les moins urgentes –, Abby constata qu'il ne lui restait plus que vingt-sept dollars sur son compte courant.

Elle allait devoir puiser dans l'épargne destinée à financer les futures études supérieures de ses fils : ils avaient absolument besoin de chaussures neuves, et ce n'était pas avec vingt-sept dollars qu'elle pourrait leur en acheter !

La somme que lui verserait l'éditeur à l'acceptation du manuscrit lui permettrait heureusement de reconstituer ses économies. Elle avait donc eu raison de signer ce contrat, et la vente des poulains...

L'argent... L'argent... Résolue à ne pas le laisser devenir une obsession, Abby posa tous les papiers par terre, puis s'adossa de nouveau à l'oreiller, fixa le plafond et se chercha une nouvelle occupation.

À son grand agacement, aucune ne lui vint à l'esprit. Elle aimait la lecture et regrettait souvent de ne pas avoir assez de temps à y consacrer mais, si elle prenait un livre, elle était sûre de s'assoupir dessus au bout de deux pages, et il n'était pas question de passer encore une journée entière à dormir.

En tournant la tête vers la table de chevet, elle vit le thermomètre. Non, elle n'y toucherait pas ! Mais il y avait le téléphone, à côté... La jeune femme hésita, puis décrocha le combiné. Elle venait de payer presque toutes ses factures, non ? Cela méritait bien une petite récompense...

Elle composa le numéro. Au bout de trois sonneries, une voix enjouée retentit dans l'écouteur :

— Allô !

— Maddy ? C'est moi.

— Abby ! J'étais justement en train de penser à toi ! La télépathie entre jumeaux n'est décidément pas un mythe ! Alors, quoi de neuf ?

— Je suis clouée au lit avec la grippe, et je m'ennuie.

— C'est donc seulement pour te distraire que tu m'appelles ?

— Bien sûr que non ! J'en avais envie depuis long-temps, mais les journées sont trop courtes, d'habitude, pour que je puisse faire tout ce dont j'ai envie. Là, pour une fois, j'ai du temps libre.

— Si tu veux guérir vite, il faut que tu te reposes et que tu boives beaucoup… Tu te sens vraiment très mal ?

— Pas très bien, mais un peu mieux qu'hier.

— Et comment vont les deux petits monstres ?

— Rien de nouveau sur ce front-là : ils détestent toujours l'école, n'arrêtent pas de se chamailler, laissent traîner leurs affaires partout et me font rire au moins dix fois par jour.

— Tu as de la chance.

— Je sais. Parle-moi de la Grosse Pomme, maintenant ! J'ai besoin de me changer les idées.

— Eh bien, il a neigé la semaine dernière, et je suis allée me promener dans Central Park. C'était si beau que même le gibier de potence qui y rôde en permanence était sous le charme.

À New York, il suffisait de quelques heures pour que la neige se transforme en une boue grisâtre, songea Abby avec un sourire, mais sa sœur avait le don de ne consi-dérer les choses et les gens que dans ce qu'ils avaient de meilleur. Quant à lui déconseiller de se promener seule dans Central Park, c'était naturellement inutile : elle n'écoutait jamais personne.

— Ton spectacle marche toujours aussi bien ? demanda Abby.

— Oui, avec le succès qu'il remporte, il se jouera sans doute encore pendant des années… Papa et maman sont venus le voir le mois dernier. Ils avaient plusieurs engagements dans les Catskills, et je les ai persuadés de faire un détour par Manhattan. Papa a eu une dispute homérique avec le chorégraphe.

— Ça ne m'étonne pas ! Comment vont-ils ?

— Ils ne cessent de rajeunir. J'aimerais connaître leur secret !

Maddy marqua une pause, si brève que personne d'autre que ses deux jumelles n'auraient pu la percevoir, avant de déclarer :

— Où en est ce projet de biographie ?

— Il s'est concrétisé, répondit Abby d'un ton qui se voulait détaché. L'écrivain chargé de la rédiger est même chez moi en ce moment.

— Tout se passe bien ?

— Oui.

— Tu aurais dû attendre que l'un de nous soit là pour te soutenir.

— Ce n'était pas nécessaire, mais vous me manquez tous.

— J'ai reçu une lettre de Trace.

— De Trace ? Où est-il ?

— Au Maroc. Il a montré ma photo à un cheikh, qui lui a proposé de me troquer contre douze chameaux… C'est flatteur, non ?

— Très ! Trace a accepté ?

— Il ne le précise pas, mais je n'en serais pas surprise.

Un autre silence, plus long que le premier, et ce fut d'une voix étrangement grave que Maddy reprit :

— Tu sais quoi, Abby ? Je songe à quitter le spectacle.

— Mais tu m'as dit à l'instant qu'il allait sans doute encore se jouer pendant des années !

— Justement ! Je n'ai pas envie de m'enfermer dans une routine et, au bout d'un an, il est peut-être temps que je passe à autre chose. Si je saute le pas, je peux venir faire un petit séjour chez toi avant de me mettre en quête d'un nouveau rôle ?

— Bien sûr ! Je serai ravie de te voir.

— Parfait ! Il faut que je raccroche, à présent : il y a une matinée le samedi, et je suis déjà en retard pour la séance de maquillage. Embrasse les garçons pour moi !

— Je n'y manquerai pas. À bientôt !

Abby reposa le combiné sur son socle et se représenta Maddy en train d'attraper son sac à main, d'y chercher fiévreusement ses clés, puis de sortir comme une trombe de son appartement. C'était du vif-argent, et elle avait toujours la tête pleine de projets – dont le dernier était sans doute le plus fou : vedette d'une comédie musicale qui faisait courir tout New York, voilà qu'elle envisageait d'aller tenter sa chance ailleurs !

Comment deux femmes nées des mêmes parents et ayant reçu la même éducation pouvaient-elles mener des vies aussi différentes ? pensa Abby. Ses projets à elle se limitaient pour l'essentiel à l'organisation matérielle de journées qui se ressemblaient toutes : le nettoyage de l'écurie, le pansage des chevaux, le ménage, les courses, la préparation des repas, la lessive…

De ces modestes tâches, la moins fatigante était la lessive, se dit-elle. Le repos qu'elle venait de prendre lui ayant redonné quelques forces, elle quitta son lit, enfila un vieux survêtement et se rendit dans la buanderie.

Deux heures plus tard, elle se dirigeait vers l'escalier avec une première fournée de linge propre et plié quand la porte d'entrée s'ouvrit à la volée, livrant passage à deux enfants et à un chien aussi excités les uns que les autres.

— Couché, Sigmund ! s'écria Abby en s'écartant vivement de la trajectoire de l'animal de peur d'être renversée.

— Regarde, m'man ! J'ai une nouvelle voiture ! s'exclama Chris.

La jeune femme posa le panier à linge sur le sol afin de pouvoir examiner jusque dans ses moindres détails le modèle réduit de Ford Mustang que son fils lui tendait.

— Superbe ! observa-t-elle gravement avant de le lui rendre.

— Et moi, j'ai un avion ! annonça Ben. Un jet !

— Montre !

Au terme d'une inspection aussi attentive que la première, Abby répéta :

— Superbe ! Où…

L'arrivée de Dylan, un sac d'épicerie sous chaque bras, l'interrompit.

— Allez chercher le reste des courses dans le coffre, les garçons ! ordonna-t-il.

Les deux enfants s'élancèrent dehors, le chien sur leurs talons, et Abby suivit Dylan dans la cuisine.

— Je vous croyais décidé à être inflexible ? remarqua-t-elle avec un sourire narquois.

— Et moi, je vous croyais décidée à retourner vous coucher ?

— Je l'ai fait, et je suis restée dans mon lit le temps de me sentir assez bien pour me relever… Écoutez, c'est très gentil de votre part d'avoir offert des jouets aux garçons, mais ils vous y ont sûrement poussé, et vous n'auriez pas dû leur céder.

— Facile à dire…, marmonna Dylan. Et je ne m'en suis pas trop mal sorti, tout bien considéré : si j'avais écouté Ben, je lui aurais en plus acheté une réplique de la navette spatiale.

— Ils vous ont malgré tout convaincu de prendre des sucreries, nota la jeune femme en sortant de l'un des sacs un paquet de dix barres chocolatées.

— Il se trouve que j'aime ça.

— Je vois… Et du pop-corn…

— Il se trouve que j'aime ça *aussi*.

— Pour le plus grand bonheur de votre dentiste, j'en suis sûre !

— Et devine ce qu'on a rapporté d'autre ? déclara Chris.

Il venait de surgir dans la pièce, ployant sous le poids d'un sac rempli à ras bord, et Abby se dépêcha de le lui enlever des mains avant qu'il ne le laisse tomber.

— Qu'avez-vous rapporté d'autre ? demanda-t-elle.

— Il faut pas le dire ! s'exclama Ben en apparaissant à son tour, chargé d'un quatrième sac. C'est une surprise.

— Je suis curieuse de savoir ce que c'est, mais je patienterai, et comme vous devez tous mourir de faim, je vais préparer le déjeuner.

— On a déjà mangé, annonça Chris. Des hamburgers.

— Et des frites, ajouta son frère. Viens, Chris ! On va jouer avec mon avion !

Cet ordre fut immédiatement obéi. Chris se rua vers la porte, que Ben avait franchie en courant sans même attendre d'avoir terminé sa phrase.

— Il leur arrive de marcher ? observa Dylan.

— Rarement, et vous vous en êtes certainement aperçu dans le magasin. Je suis même étonnée : vous n'avez l'air ni épuisé ni à bout de nerfs. Cette expérience semble vous avoir amusé, au contraire.

— C'est bien le cas, mais je ne vois pas ce qu'il y a d'étonnant là-dedans.

Abby le voyait, elle : Chuck n'avait jamais trouvé amusante la compagnie de ses fils. Dans ses bons jours, il les ignorait ; dans ses mauvais jours, il leur reprochait d'être trop bruyants et de le fatiguer.

— La plupart des hommes, et les célibataires tout particulièrement, considèrent comme une corvée d'emmener des enfants faire des courses, se borna-t-elle cependant à expliquer.

— Vous exagérez !

— C'est vrai, et après tout, vous êtes peut-être marié et père de famille… Vous ne portez pas d'alliance, mais cela ne veut rien dire.

— Je suis divorcé, et mon ex-femme était mannequin. La maternité aurait nui à sa carrière.

— Je suis désolée.

— Pourquoi ?

— Parce qu'un divorce est toujours douloureux.

— En ce qui me concerne, c'est le mariage qui l'a été. Le mien n'a heureusement duré qu'un an et demi.

— Un divorce n'en est pas moins un constat d'échec.

— Peut-être, mais mieux vaut le reconnaître et tourner ensuite la page. C'est beaucoup plus sain.

— Les choses sont sûrement plus faciles quand il n'y a pas d'enfants qui risquent d'en pâtir.

Cette conversation intéressait beaucoup Dylan et, sans en avoir l'air, il observait attentivement son interlocutrice. Ils n'avaient pas encore abordé le sujet du divorce dont Chuck aurait engagé la procédure avant de mourir. Ils évoquaient en ce moment le problème en termes généraux, mais Dylan voyait, à l'ardeur avec laquelle elle s'était soudain mise à ranger les provisions, qu'Abby était nerveuse.

— Vous avez retrouvé une bonne partie de votre énergie, remarqua-t-il d'un ton goguenard. Que dit le thermomètre ?

— Rien. Je n'ai pas pris ma température ce matin, mais je sens que la fièvre est tombée.

— Tant mieux, parce que nous pourrons ainsi nous remettre plus vite au travail.

— Il reste des sacs dans la voiture ?

— Oui, un. Je vais le chercher, mais ne m'attendez pas : je me chargerai de le vider.

La surprise annoncée par Chris était sûrement dedans, songea la jeune femme. Cela avait obligé Dylan à lui demander de le laisser seul, et elle ne se fit pas prier. Il ne l'avait pas quittée des yeux pendant toute cette discussion à propos du divorce, et cela l'amenait à se poser une question très dérangeante : savait-il ce qui se serait passé si Chuck ne s'était pas tué à Detroit ?

Inquiète, elle alla reprendre le panier à linge abandonné dans le vestibule et regagna sa chambre.

Lors de ses séances de travail avec Dylan, elle n'avait pas essayé de présenter Chuck comme un mari parfait, mais elle s'était malgré tout efforcée de donner de leur mariage un bilan positif.

C'était ce qu'elle s'était juré de faire : les désillusions, les larmes, les mensonges et les serments rompus ne seraient pas mentionnés. Il lui était évidemment impossible de cacher des infidélités dont la presse à scandale avait abondamment parlé, mais elle avait décidé d'en minimiser l'importance. L'idée ne l'avait pas effleurée que Dylan puisse être au courant de la procédure de divorce en cours au moment de la disparition de Chuck, et pourtant il semblait l'être...

Non ! se dit résolument Abby. C'était de la paranoïa... Il n'avait aucune raison d'interroger son avocat, et celui-ci était de toute façon tenu au secret professionnel.

Quatre ans plus tôt, la perspective d'annoncer aux enfants que leurs parents allaient divorcer l'avait plongée dans l'angoisse. Au lieu de cela, elle avait dû les informer du décès de leur père.

Chris le connaissait alors à peine, et il était trop petit pour comprendre ce que mourir voulait dire, mais Ben, lui, avait été très affecté. Abby l'avait pris ce soir-là dans le lit où elle avait passé tant de nuits solitaires, et ils avaient pleuré ensemble.

Maintenant, elle tentait de faire en sorte qu'ils aient de leur père l'image d'un homme digne de leur respect et de leur admiration – le problème étant qu'elle était de moins en moins sûre de pouvoir y arriver.

Ben interrompit ses réflexions en entrant – sans frapper – dans la pièce.

— Il faut que tu descendes, m'man. La surprise est prête.

Il avait les joues rouges d'excitation, les cheveux comme toujours en bataille... Dans un élan de tendresse irrésistible, la jeune femme alla à sa rencontre et le prit dans ses bras.

— Je t'aime, lui chuchota-t-elle à l'oreille.

Un rire mi-ému, mi-gêné, s'échappa des lèvres de Ben, puis, comme ils étaient seuls, il s'autorisa à enlacer la taille de sa mère et à la serrer étroitement contre lui.

— Moi aussi, je t'aime, murmura-t-il.

— Dépêche-toi, m'man ! cria soudain Chris depuis le bas de l'escalier.

— Oui, on t'attend pour commencer, déclara Ben avant de s'écarter d'Abby et de bondir dans le couloir.

Son moment d'abandon n'aurait pas duré longtemps, pensa la jeune femme en le suivant, mais il avait beau jouer les durs, ce n'était encore qu'un tout petit garçon, et elle jugeait nécessaire de lui donner de temps en temps une preuve concrète de son amour.

Les exclamations de joie que poussait Chris la guidèrent jusqu'au séjour.

— Alors, c'est quoi, cette surprise ? demanda-t-elle.

— Un magnétoscope ! répondit Ben. Comme on pouvait pas aller au cinéma, Dylan en a loué un, et il a fini de le brancher. On va regarder *Les Guerriers de l'espace* !

— Je crois savoir qui a choisi ce titre, observa malicieusement Abby.

— Il y en avait de plus intéressants dans l'arrière-salle du magasin, mais j'ai été mis en minorité, précisa Dylan. J'ai tout de même rapporté ceci...

La vue de l'étui qu'il tendit alors à la jeune femme la fit sourire de satisfaction.

— *Sans foi ni loi* ! s'écria-t-elle. Le film qui a lancé Chantel ! Elle y est absolument merveilleuse.

Le simple fait d'avoir cette cassette vidéo dans les mains lui rappelait qu'elle n'était jamais vraiment seule.

— C'est drôle, ajouta-t-elle, j'ai eu Maddy au télé-phone, tout à l'heure, et maintenant…

— On mettra le film de tante Chantel après *Les Guerriers de l'espace* ! décréta Ben.

Jamais Abby n'autorisait ses fils à passer plus de deux heures par jour devant la télévision, mais elle décida de faire une exception.

— D'accord, dit-elle, et je comprends, à présent, pour-quoi vous avez acheté cet énorme paquet de pop-corn… Va le chercher, Ben !

Cinq minutes plus tard, ils étaient tous assis sur le canapé. Dès la première scène, un combat féroce à l'arme laser se déroula sur l'écran, et Chris, effrayé, se blottit contre sa mère. Elle se pencha vers lui et lui chuchota des mots rassurants.

Un profond sentiment de bien-être l'envahit peu à peu. Elle n'attendait finalement pas tellement plus de la vie que ce genre de joie simple – un après-midi d'hiver à regarder des films en mangeant du pop-corn dans une ambiance chaude et intime.

Heureuse, détendue, elle se cala plus confortablement dans le siège. Sa main se retrouva alors contre celle de Dylan et, en se tournant vers lui pour murmurer une excuse, elle s'aperçut qu'il la fixait.

Les questions qui semblaient toujours rôder au fond de ses yeux y étaient encore, mais elle commençait à s'y habituer, et n'était-ce pas à lui qu'elle devait ces quelques heures de bonheur paisible ?

Alors elle lui sourit et, au lieu de retirer sa main, elle entrelaça leurs doigts.

Il y avait tant de spontanéité dans le geste et le sourire d'Abby que Dylan se refusa à y voir plus qu'une façon de le remercier. Venant de toute autre femme, pourtant, il les aurait automatiquement interprétés comme des avances…

Qu'avait donc celle-ci de spécial, pour l'amener de plus en plus souvent à baisser sa garde ?

Peut-être lui rappelait-elle seulement qu'il avait toujours voulu fonder une famille. Il avait cru autrefois que Shannon, si belle, si sophistiquée, si courtisée, valait le sacrifice de ce rêve.

Devenus amants le soir même de leur rencontre, ils s'étaient mariés peu de temps après. Sur le moment, cela avait paru naturel à Dylan : ils s'entendaient merveilleusement bien sur le plan sexuel, le tourbillon de fêtes et de plaisirs auxquels leurs métiers respectifs leur donnaient accès les grisait tous les deux...

Mais, très vite, les exigences de Shannon en matière d'argent, de distractions et de sensations fortes avaient augmenté ; dans le même temps, Dylan avait pris conscience de la futilité de la vie qu'ils menaient, et ses anciennes aspirations étaient revenues. Elles lui parlaient de week-ends en famille, d'une maison aux pièces jonchées de jouets, d'enfants aux doigts poisseux qui posaient mille questions, du sourire d'une femme dont la beauté ne devait rien aux artifices du maquillage et de la mode...

Et aujourd'hui, assis dans ce séjour, il se rendait soudain compte que tous les éléments de son rêve y étaient réunis.

À condition, cependant, que la femme assise près de lui soit bien la vraie Abby.

Et, dans l'affirmative, qu'il accepte de renoncer pour elle à la liberté dont il avait retrouvé tous les avantages après son divorce.

7

Le travail en retard qu'Abby devait maintenant rattraper lui permit d'éviter Dylan pendant presque toute la matinée du lundi suivant. En passant devant sa chambre après avoir réveillé les enfants, elle avait entendu le cliquetis du clavier de son ordinateur, régulier, presque mécanique, alors qu'elle s'attendait à une alternance d'interruptions. Le fait de fouiller dans la vie des autres, puis de la mettre en mots, ne semblait pas lui poser plus de problèmes que l'élaboration et la rédaction d'un simple rapport administratif.

Ce bruit avait rappelé à la jeune femme que le répit dont elle avait joui durant les trois jours précédents était terminé : elle n'était plus malade, et les interrogatoires allaient donc reprendre. Si seulement il lui était encore possible de croire, comme avant l'arrivée de Dylan, qu'elle pourrait éluder les questions gênantes et donner aux autres les réponses de son choix…

Comme d'habitude, l'accomplissement de ses tâches journalières lui fut cependant d'un grand secours. Le rituel du petit déjeuner, l'action revigorante d'une tasse de café noir, la recherche frénétique d'un gant égaré et retrouvé juste à temps pour que les garçons ne ratent pas le car de ramassage scolaire… Tout cela la ramena à une réalité quotidienne d'une permanence rassurante.

Elle regarda ensuite ses fils remonter le chemin en courant, et la pensée lui vint soudain qu'ils étaient à elle. Ces deux hommes en devenir qui partaient faire leur apprentissage de la vie, bonnet de laine sur la tête et cartable au dos, n'auraient pas existé sans elle… C'était une idée un peu angoissante, mais exaltante, aussi, et après qu'ils eurent disparu, Abby resta encore un moment sur le pas de la porte, perdue dans ses pensées.

Quoi qu'il arrive, songea-t-elle, personne ne pourrait lui enlever le bonheur d'avoir mis au monde ces deux petits êtres.

Et la journée lui parut subitement moins dure à affronter.

Alors qu'elle se dirigeait vers l'écurie, quelques minutes plus tard, un ronronnement de moteur lui parvint. Elle s'arrêta et vit le vieux pick-up de M. Petrie se garer à l'angle de la maison.

— Bonjour, madame Rockwell ! dit-il en descendant de l'habitacle, son éternelle chique coincée dans une joue hérissée de barbe grise.

— Monsieur Petrie ! s'écria la jeune femme avec un grand sourire. Je suis contente que vous soyez de retour, mais vous êtes sûr d'aller assez bien pour reprendre le travail ?

— Je me sens en pleine forme !

Et c'était bien l'impression qu'il donnait. La grippe ne semblait avoir en rien diminué la vigueur de son corps trapu, et ses traits burinés avaient leurs bonnes couleurs habituelles. Il était à peine plus grand qu'Abby, mais d'une robustesse et d'une agilité surprenantes pour un homme de son âge.

— Il est vrai que votre femme ne vous aurait pas permis de sortir de chez vous si vous n'étiez pas complètement guéri, observa Abby.

— Cette vieille chouette…, déclara-t-il affectueusement. Elle m'a posé des cataplasmes pendant une semaine entière ! Vous, en revanche, je vous trouve pâlichonne.

— Non, j'ai été un peu fatiguée, mais tout est rentré dans l'ordre. J'allais commencer à m'occuper des chevaux.

— Comment vont les futures mamans ?

— On ne peut mieux. Le vétérinaire est venu vendredi et les a examinées. Elles devraient pouliner vers la fin de la semaine.

— Jorgensen est venu, lui aussi ?

— Oui, et il est très intéressé.

— Ne laissez pas ce vieux filou vous embobiner. Le poulain d'Eve vaut de l'or, et il le sait, mais il essaiera sûrement de marchander.

— Ne vous inquiétez pas, je serai ferme.

Travaillant pour Abby depuis deux ans, Petrie la connaissait assez bien pour ne pas en douter. Elle semblait peut-être sortir de l'un des magazines que les médecins et les dentistes mettaient dans leur salle d'attente, mais elle avait une volonté de fer. Une veuve qui élevait deux enfants ne pouvait s'autoriser aucune défaillance.

— Vous allez emmener les chevaux au pré et les panser là-bas, dit-il. Je nettoierai les box, pendant ce temps.

— Mais…

— Il n'y a pas de mais qui tienne ! Vous avez été seule à manier la fourche pendant toute une semaine, alors c'est à moi de le faire aujourd'hui. Ça m'aidera en plus à me débarrasser des kilos que j'ai pris. Ma femme a profité de ma faiblesse pour me gaver.

Tout en parlant, ils étaient entrés dans l'écurie, et Petrie flatta l'encolure d'Eve, qui avait passé la tête par l'ouverture de son box en les entendant arriver.

— Bonjour, ma beauté ! Tu vois, je suis de retour ! déclara le vieil homme avant de sortir une carotte de sa poche et de la lui tendre.

— Vous lui avez manqué, dit Abby.

— J'en suis sûr !

Petrie se dirigea ensuite vers la stalle de Gladys, lui donna une carotte à elle aussi et reprit :

— Vous savez quoi, madame Rockwell ? Si j'en avais les moyens, je m'offrirais une jument juste comme celle-ci.

La maigre retraite qu'il touchait après toute une vie de dur labeur le lui interdisait évidemment, et le regret de ne pouvoir le payer plus transperça Abby.

— Sans votre aide, je ne les aurais achetées ni l'un ni l'autre, souligna-t-elle.

— Si, vous vous seriez débrouillée. Vous les auriez seulement payées trop cher. Vous ne connaissiez rien aux chevaux, à cette époque, mais vous avez vite appris !

Dans la bouche d'un homme aussi expérimenté, c'était un immense compliment, et la jeune femme se mit au travail avec un plaisir qu'elle n'avait pas éprouvé depuis des jours.

Posté à sa fenêtre, Dylan regardait Abby panser les chevaux dans le pré en chantonnant. Il ne l'entendait pas, mais il le devinait au mouvement de ses lèvres. Elle accomplissait sa tâche de façon extrêmement méticuleuse, et avec un entrain qu'il ne l'avait encore jamais vue manifester. C'était sûrement parce qu'elle ne se savait pas observée, et cela signifiait qu'elle n'avait pas encore assez confiance en lui pour se laisser complètement aller en sa présence.

Elle avait enlevé ses gants et bouchonnait à mains nues l'un des hongres. Le regard de Dylan se fixa sur ces mains fines, qui semblaient uniquement faites pour porter des bagues, et qui frottaient pourtant la robe du cheval comme si c'était la chose la plus naturelle du monde. Il se les représenta en train de se promener sur sa peau, d'en explorer chaque centimètre carré…

Même de loin, il se rendait compte que le grand air et l'exercice physique avaient rosi les joues de la jeune femme, mais, dans ses fantasmes, c'était la fièvre des sens qui les colorait. Emporté par son imagination, il se vit lui ôter une à une les épaisseurs de ses vêtements d'hiver et découvrir les trésors dissimulés dessous. Palpitante, elle ne le quittait pas des yeux, et il y lisait une passion égale à la sienne…

Dylan se força à redescendre sur terre. Il avait désiré nombre de femmes dans sa vie, dont certaines avaient répondu à ses avances, d'autres pas, mais dans les deux cas, son intérêt pour elles n'avait jamais duré longtemps. Les pensées érotiques qu'Abby lui inspirait en ce moment pouvaient donc avoir cette même nature éphémère. Et, si elles revenaient le hanter, il saurait les chasser, car il ne voulait pas devenir l'un de ces hommes qui se laissaient dominer par leurs pulsions – qu'il s'agisse d'une envie de pouvoir, d'une soif de richesse, ou, pire encore, de leur appétit sexuel.

Il n'en resta pas moins à sa fenêtre tout le temps qu'il fallut à Abby pour panser les chevaux, puis les ramener dans l'écurie. Il attendit même qu'elle en ressorte, sans songer un seul instant aux minutes qui passaient et au travail qu'il avait interrompu en entendant un bruit de voix, dehors.

À sa grande surprise, Abby reparut dans la cour avec l'un des hongres. Il n'était pas sellé, et pourtant elle sauta souplement sur son dos avant de presser ses flancs et de s'engager au galop dans le sentier qui menait aux vastes étendues de la campagne environnante.

Dylan faillit ouvrir la fenêtre et lui crier de revenir, faute de quoi elle allait se rompre le cou, mais le temps qu'il se décide, elle était arrivée au bout du chemin et faisait demi-tour. Ses cheveux brillaient au soleil et flottaient derrière elle comme une bannière dorée ondulant dans le vent, mais il fut surtout frappé par l'expression de pur bonheur peinte sur son visage.

Dix fois, vingt fois – Dylan était trop fasciné par ce spectacle pour compter –, elle parcourut le sentier dans les deux sens, et lorsqu'elle mit finalement pied à terre, il vit qu'elle riait aux éclats. Elle passa ensuite les bras autour du cou de l'animal, le caressa, lui parla à l'oreille, et Dylan l'envia d'inspirer une telle affection à sa cavalière.

Un homme jaloux d'un cheval n'avait plus toute sa tête, il lui restait juste assez de lucidité pour en avoir conscience, mais cela ne l'empêcha pas de continuer à regarder dehors. Quand Abby disparut de nouveau dans l'écurie, il s'exhorta à s'éloigner de la fenêtre, mais ses jambes refusèrent de lui obéir : il ne bougea pas.

La jeune femme ressortit avec Thunder, la main posée haut sur le licou. L'étalon ne se laissait pas mener facilement : il renâclait et piaffait, et ses oreilles pointées vers l'arrière traduisaient sa nervosité. Une fois dans le pré, Abby l'attacha solidement à la clôture et entreprit de le panser.

Le cheval remuait la tête, roulait des yeux et, lorsque la jeune femme lui souleva une jambe pour en nettoyer le sabot, il tenta de se dégager d'une secousse si violente qu'elle manqua tomber à la renverse. Elle tint bon, et l'animal ne lui opposa plus de résistance, mais ce calme était trompeur : dès qu'elle le lâcha, il lui lança un coup de pied qui arracha une exclamation de frayeur à Dylan. Elle l'esquiva cependant et poursuivit tranquillement sa tâche. Dylan était sûr qu'elle grondait gentiment l'étalon, comme si c'était l'un de ses fils en proie à un accès de colère.

« Mais qui êtes-vous donc ? » lui cria-t-il silencieusement, les deux paumes pressées contre le carreau comme pour l'obliger à le regarder, à l'écouter et à lui répondre.

Oui, qui était-elle ? Comment la mère dévouée de Ben et de Chris, la cavalière joyeuse et insouciante qu'il venait d'observer et la femme qui lui mentait pouvaient-elles être une seule et même personne ?

Abby lui mentait pourtant, et elle continuerait de le faire jusqu'à ce qu'il l'oblige à se découvrir. Et ce serait aujourd'hui, se dit-il tandis qu'elle brossait la robe noire et luisante de Thunder.

Fort de cette décision, il retourna s'asseoir devant son ordinateur et se remit au travail.

Il était plus de 11 heures quand Dylan entendit Abby rentrer dans la maison. Il en avait maintenant terminé avec la relation de l'enfance de Rockwell et de ses débuts sur le circuit de formule 1. Il avait aussi raconté sa rencontre avec sa future épouse – de son point de vue à elle, en citant certains de ses propos et en donnant un aperçu de l'histoire de sa famille. Cela intéresserait les lecteurs de savoir qu'elle avait pour jumelles l'une des étoiles montantes de Hollywood et la vedette d'une comédie musicale qui triomphait à Broadway.

Trois sœurs, trois actrices... Le texte que lui débitait Abby ne le satisfaisait cependant pas, et il allait la forcer à le remplacer par le récit de la vérité.

Des pas résonnèrent dans l'escalier, puis dans le vestibule. Abby se dirigea en hâte vers le réfrigérateur pour y ranger les œufs du jour, et lorsque Dylan pénétra dans la cuisine, ce fut sans se retourner qu'elle lui déclara :

— Bonjour ! J'ai fait du café, si vous en voulez.

— Oui, merci.

Elle l'entendit sortir une tasse du placard et se risqua alors à lui jeter un coup d'œil. Il n'était pas rasé, et elle éprouva un petit pincement au creux de l'estomac devant ce visage auquel une ombre de barbe noire donnait une beauté rude, presque sauvage.

— M. Petrie est revenu, annonça-t-elle. Je ne l'attendais pas avant le début de la semaine, mais il a l'air rétabli, et je crois surtout que les chevaux lui manquaient.

— Vous avez fini de vous occuper d'eux ?

— Pas vraiment. Je compte retourner voir de temps en temps comment vont Eve et Gladys.

— Mais dans l'immédiat, vous êtes disponible pour une nouvelle séance de travail ?

— Euh… oui.

— Parfait !

Dylan posa sa tasse sur la table, s'assit et alluma son dictaphone.

— Quand Chuck et vous avez-vous décidé de divorcer ?

L'œuf que tenait Abby lui échappa des mains et alla s'écraser sur le sol. Elle resta quelques secondes à le fixer d'un œil hagard, puis, sans un mot, elle entreprit de nettoyer le carrelage.

— Vous voulez que je répète la question ? demanda Dylan.

— Non, mais j'aimerais savoir d'où vous vient cette idée de divorce.

— De Lori Brewer.

— Je vois…, murmura Abby, maintenant occupée à laver l'évier des mains qui, à sa grande satisfaction, avaient cessé de trembler.

— Elle entretenait une liaison avec votre mari.

— Vous ne m'apprenez rien.

— Il en avait eu d'autres avant celle-ci.

— Là non plus, vous ne m'apprenez rien.

— C'est tout ce que vous avez à dire à ce sujet ?

Abby se tourna vers Dylan et le considéra en silence, le visage impassible.

— Votre mari vous trompait ouvertement, Lori n'était que la dernière d'une longue série de maîtresses, et cela vous laisse froide ? s'écria-t-il.

S'il espérait la faire réagir en évoquant les infidélités de Chuck, une grosse déception l'attendait, pensa la jeune femme. Il y avait longtemps qu'elles ne lui causaient plus ni chagrin, ni humiliation, ni rancœur. Tout ce qu'elle éprouvait en ce moment, c'était une vague curiosité devant la colère qu'exprimaient les yeux de Dylan.

— Puisque vous êtes déjà au courant des aventures extraconjugales de mon mari, à quoi bon en parler ? déclara-t-elle.

— Il allait vous quitter pour Lori Brewer ?

Avant de répondre, Abby se servit une tasse de café et en but une gorgée. Elle eut ainsi le temps de trouver un faux-fuyant sans mentir pour autant.

— Il est possible que Chuck ait informé Lori Brewer de son intention de divorcer, mais il n'a jamais abordé ce sujet avec moi.

C'était la vérité, son instinct le disait à Dylan, mais cela ne faisait qu'embrouiller les choses.

— Lori n'est pas du genre crédule, observa-t-il, or elle était persuadée que Chuck l'aurait épousée avant la fin de l'année... Vous pouvez m'expliquer pourquoi ?

— Non. C'est à elle qu'il faut le demander.

Le calme de son interlocutrice attisa la fureur de Dylan, et il résolut de la laisser éclater. Mieux que la patience, elle lui permettrait peut-être d'abattre les défenses d'Abby.

— Très bien ! s'exclama-t-il. Dans ce cas, je vais vous poser une question à laquelle vous seule pouvez répondre : quels sentiments vous inspiraient les infidélités de votre mari ?

Impossible de se dérober, cette fois... Abby savait depuis le début que Dylan finirait par la mettre au pied du mur, et elle s'y était préparée, mais sans doute pas assez bien, car les phrases qu'elle avait répétées lui vinrent difficilement :

— Chuck et moi, nous nous... comprenions. Il faisait un métier très stressant, et le fait d'être sans cesse par monts et par vaux...

— ... lui donnait le droit d'évacuer son stress par tout moyen de son choix ?

— Je n'ai pas dit cela, et je ne cherche même pas à l'excuser. Je me contente de vous fournir la raison de sa conduite.

— Vous considérez les contraintes de sa profession comme une raison valable pour collectionner les maîtresses et consommer de la drogue ?

Abby devint blême et, si sa stupeur était feinte, elle était en train de passer à côté d'une grande carrière d'actrice, songea Dylan.

— De... de la drogue ? balbutia-t-elle.

— Oui. De la cocaïne, plus précisément.

— Non, murmura-t-elle, je ne peux pas le croire...

L'accent de désespoir qui perçait dans sa voix, la façon dont ses mains s'agrippaient au rebord du plan de travail achevèrent de convaincre Dylan qu'elle ne jouait pas la comédie : il lui avait bel et bien appris quelque chose qu'elle ignorait, et qui la frappait d'horreur.

— Je suis navré, déclara-t-il d'un ton radouci, mais cette information m'a été donnée par quatre personnes différentes.

— Et vous allez la publier... Les enfants vont... Oh ! mon Dieu ! Qu'ai-je fait ?

La jeune femme se cacha le visage dans ses mains, et elle sursauta en sentant Dylan la prendre par le bras : elle ne l'avait pas entendu se lever.

— Asseyez-vous ! ordonna-t-il.

Puis, comme elle secouait négativement la tête, il l'installa de force sur une chaise.

— Je vous défends d'écrire dans votre livre que Chuck se droguait ! décréta-t-elle une fois surmontée sa première réaction de panique. Vous n'avez aucune preuve de ce que vous avancez, et si vous passez outre à mon interdiction, je vous intenterai un procès en diffamation.

— Calmez-vous, pour commencer, et nous pourrons ensuite...

— Me calmer, alors que vous venez de me dire que Chuck... Éteignez votre magnétophone. La suite de cette conversation doit rester entre nous, c'est bien compris ?

Dylan obéit. Le visage d'Abby exprimait maintenant une détermination farouche, et sa voix était ferme. Il se la rappela soudain en train de porter sa valise à l'étage, le jour de son arrivée, et il se fit la même réflexion qu'à ce moment-là : elle était beaucoup plus forte qu'elle n'en avait l'air.

— Entendu, répondit-il. Cela restera entre nous. Je vous écoute.

— D'après vous, Chuck se droguait… Si c'est vrai, je vous jure que je l'ignorais.

— Vous pensez que vous auriez eu les moyens de le savoir ?

Un douloureux sentiment d'échec envahit la jeune femme et lui contracta la gorge.

— Non, admit-elle.

— Je suis désolé, mais c'est vrai, et sa mère, elle, le savait. Je tiens de source sûre qu'elle a essayé de lui faire suivre une cure de désintoxication.

— Alors sa dernière course, celle où il a trouvé la mort…

— Non, l'autopsie n'a révélé aucune trace de drogue dans son organisme. Il a juste négocié le virage un peu trop vite.

Dans le silence qui suivit, Dylan crut entendre Abby pousser un soupir de soulagement.

— Écoutez, déclara-t-elle, je n'ai pas l'habitude de demander des traitements de faveur, et vous allez sans doute me reprocher d'attenter à votre liberté d'écrivain, mais permettez-moi de vous rappeler que deux enfants innocents sont directement concernés par cette affaire. Et si votre sens des responsabilités ne suffit pas à vous interdire de révéler dans votre ouvrage que Chuck consommait de la cocaïne, c'est moi qui vous en empêcherai. J'irai jusqu'à solliciter l'aide de Janice s'il le faut.

— Vous comptez censurer ainsi tout ce que je pourrai révéler de négatif sur Chuck ?

— Je ferai ce que je jugerai nécessaire pour protéger mes enfants.

Cette réponse reflétait un élan du cœur, mais elle exprimait aussi une mise en garde qui irrita Dylan.

— Pourquoi avez-vous accepté de collaborer à cette biographie, si vous n'êtes pas prête à en assumer les conséquences ? s'écria-t-il.

— Je ne vous ai pas interdit de parler des liaisons de mon mari, n'est-ce pas suffisant ?

— Vous n'avez rien à m'interdire ! Je vous ai prévenue dès le premier jour que votre rôle dans la réalisation de ce livre se limiterait à celui d'informatrice, et il est trop tard pour avoir des regrets : si vous vous opposez à sa publication, vous violerez le contrat que vous avez signé, et c'est vous que l'éditeur poursuivra en justice, alors soyez franche avec moi ! Dites-moi la vérité, et je vous promets de la rapporter en toute objectivité.

— Je n'ai pas le choix, n'est-ce pas ? Je dois vous croire sur parole ?

— Oui.

— Très bien ! Rallumez votre magnétophone !

Le temps que Dylan remette l'appareil en marche, Abby avait recouvré son calme, mais ce fut seulement après avoir bien pesé ses mots, et les yeux fixés sur ses mains, qu'elle déclara :

— Chuck ne s'est jamais drogué en ma présence. Nous avons été mariés pendant cinq ans, et pas une fois je ne l'ai vu consommer de stupéfiants. Je suis convaincue qu'il n'en a jamais fait usage. Comme tous les sportifs de haut niveau, il était astreint à des règles très strictes en matière d'hygiène de vie.

— Après votre première année de mariage, cependant, vous avez pratiquement vécu chacun de votre côté.

— C'est vrai. Nos obligations respectives nous imposaient de longues séparations.

— Vous aviez aussi des obligations communes, et il me semble que vous auriez dû, en leur nom, passer plus de temps ensemble.

Abby décida d'ignorer cette remarque. À une certaine époque, elle avait oscillé entre la mauvaise conscience et la tentation de s'apitoyer sur son sort, mais cette époque était révolue. Le moment était peut-être venu de révéler des secrets peu flatteurs pour elle, mais de deux maux, il fallait choisir le moindre.

— Ces longues séparations faisaient que mon mari se sentait souvent seul, enchaîna-t-elle comme si de rien n'était, et comme il avait beaucoup d'admiratrices, ce qui devait arriver est arrivé.

— Et vous l'avez accepté ?

— Disons que j'en ai pris mon parti. Dans les problèmes de couple, les responsabilités sont généralement partagées, et il y avait des domaines où je n'étais pas capable de donner à Chuck ce dont il avait besoin.

— De quoi parlez-vous ?

— Je me suis mariée à dix-huit ans et, malgré une vie d'artiste de music-hall constamment en tournée, j'avais eu une enfance et une adolescence très protégées. J'étais vierge quand Chuck m'a épousée, et il me reprochait souvent de l'être restée, d'une certaine façon. Je l'ai déçu sur le plan sexuel, et il est allé chercher ailleurs ce qu'il ne trouvait pas dans son mariage. C'était peut-être moralement condamnable, mais c'était aussi compréhensible.

— Cessez de vous rabaisser comme ça !

Il y avait dans la voix de Dylan une rage à peine contenue qui surprit Abby.

— Vous vouliez des réponses franches, non ? observat-elle en levant les yeux vers lui. Eh bien, je vous explique franchement ce qu'il en est : Chuck couchait avec d'autres femmes parce que la sienne ne le satisfaisait pas au lit.

— C'est ce qu'il vous a dit, et vous avez été assez naïve pour le croire ?

— Oseriez-vous prétendre en savoir plus que moi sur ma vie de couple ?

— Non, mais je vous connais maintenant assez pour être sûr que Chuck vous a mis de fausses idées dans la tête.

— Vous m'accusiez pourtant de froideur, tout à l'heure !

— J'ai eu tort, et c'est vous-même qui allez me le prouver !

Joignant le geste à la parole, Dylan prit Abby par la taille, la souleva de son siège et s'empara de ses lèvres avant qu'elle ait eu le temps de comprendre ce qui passait. Tiraillée entre l'envie de s'offrir au baiser de l'écrivain et la voix de sa raison qui lui ordonnait de le repousser, elle tenta d'abord de se dégager, mais sans grande conviction, et la vague montante du désir eut tôt fait de noyer ses velléités de résistance : elle lâcha prise et ne songea plus qu'à répondre à l'appel impérieux de ses sens.

Dylan avait fantasmé sur Abby pendant toute la nuit et toute la matinée, mais il ne s'attendait pas à ce qu'un simple baiser allume en lui un tel incendie. Et, malgré ce qu'il en avait dit, il ne s'attendait pas non plus à la trouver si fougueuse. Elle se pressait contre lui, ses mains lui couvraient le dos de caresses fiévreuses, et il sentait son cœur battre à grands coups dans sa poitrine.

Le souffle court, ils finirent par s'écarter l'un de l'autre, et Abby poussa un petit soupir de bien-être avant de poser la tête sur l'épaule de Dylan dans un geste d'abandon qui l'émut profondément. La flamme dévorante de la passion avait cédé la place à une immense tendresse, et il glissa les doigts dans les cheveux dorés de la jeune femme, puis lui chuchota à l'oreille :

— Allons dans ma chambre. Nous y serons plus à l'aise.

Abby brûlait d'accepter, mais la force même de cette pulsion lui causa un choc qui la ramena à la réalité. Dylan l'attirait, il aurait été stupide de le nier, mais de là à s'engager dans une liaison avec lui…

Non, c'était trop dangereux… Elle ne pouvait pas se permettre de se jeter une deuxième fois les yeux fermés dans les bras d'un homme.

— Non, je…, commença-t-elle.

— J'ai envie de vous, murmura Dylan en traçant une ligne de baisers le long de sa tempe.

— Je le sais, mais… je ne suis pas prête.

— Vous avez pourtant envie de moi… Je le vois. Je le sens.

— C'est vrai, mais cela ne suffit pas. Il me faut du temps.

Dylan scruta le visage d'Abby. Elle avait les joues rouges, comme il se les était représentées quelques heures plus tôt, mais ses yeux exprimaient maintenant moins de désir pour lui que de doutes sur elle-même.

— Je me demande ce que votre mari a bien pu vous dire pour vous faire ainsi perdre toute confiance en vous, remarqua-t-il.

— Ce qui s'est passé entre lui et moi n'a aucun rapport avec la situation présente.

— Bien sûr que si !

— Ce n'était pourtant pas à lui que je pensais quand je vous embrassais.

— Alors laissez-moi vous prouver que ses reproches étaient injustifiés.

— Je vous répète que j'ai besoin de temps.

— Seriez-vous en train de jouer à vous faire désirer ?

— Non, j'ignore tout de ce genre de jeu. Mon manque d'expérience dans le domaine de la séduction est la raison même de l'échec de mon mariage.

— J'en ai assez de vous entendre endosser la responsabilité des infidélités de Chuck ! s'écria Dylan, impatienté. J'ai un marché à vous proposer : racontez-moi toute l'histoire, je la rapporterai dans mon livre telle que vous me l'aurez relatée, et je suis sûr que les lecteurs parviendront à la même conclusion que moi.

Présenté de cette façon, cela paraissait simple, songea Abby, mais de son point de vue à elle, les choses étaient beaucoup plus compliquées, et les enjeux beaucoup plus élevés.

— Je ne sais pas si je peux prendre ce risque, déclara-t-elle. Il faut que je pense à mes enfants. Toutes les vérités ne sont pas bonnes à dire.

— Je ne suis pas de cet avis, et si vous refusez de me parler, je me débrouillerai d'une façon ou d'une autre pour découvrir ce que vous me cachez, alors réfléchissez ! Vous ne croyez pas que la vérité fera moins de mal à vos fils si c'est vous qui la révélez ? Moi aussi, je pense à eux, figurez-vous !

— C'est possible, mais vous n'avez pas tous les éléments pour savoir où résident leurs véritables intérêts.

Dylan se passa une main nerveuse dans les cheveux et se mit à marcher de long en large dans la pièce. Ils étaient dans une impasse et, bien qu'il déteste les compromis, il allait devoir en trouver un. Il voulait absolument connaître la vérité et il commençait à se demander si c'était vraiment le biographe en lui qui en avait besoin. N'était-ce pas plutôt pour sa satisfaction personnelle qu'il la recherchait et, peut-être aussi, pour soulager Abby du fardeau du secret ?

— Je vais vous faire une deuxième proposition, annonça-t-il. En échange du récit fidèle et complet de vos relations avec Chuck, je vous donnerai un droit de regard sur le texte de l'ouvrage. S'il y a un problème, nous en discuterons, et je n'enverrai pas le manuscrit à l'éditeur avant qu'il nous convienne parfaitement à tous les deux.

— Vous êtes réellement prêt à vous laisser dicter des modifications ? demanda Abby d'un ton dubitatif.

Son scepticisme n'étonna pas Dylan. Compte tenu de la façon dont son mari l'avait traitée, elle avait d'excellentes raisons de se méfier des hommes.

— Oui, et le fait que mes paroles aient été enregistrées constitue la preuve de ma bonne foi, répondit-il avec un geste en direction du dictaphone, qui tournait toujours. Alors, marché conclu ?

La jeune femme acquiesça de la tête et, quand Dylan la rejoignit et lui tendit la main pour sceller leur accord, elle la serra en espérant avoir pris la bonne décision. Elle n'avait pas eu le temps d'en peser toutes les conséquences, mais Dylan ne lui avait pas laissé le choix…

— Chuck vous a fait beaucoup de mal, dit-il en plongeant son regard dans le sien.

Ce n'était pas une question, mais une assertion, et prononcée avec une douceur si proche de la tendresse qu'Abby sentit des larmes lui piquer les yeux.

— Oui, murmura-t-elle.

Une rage froide envahit Dylan – contre Rockwell, cette fois –, mais comme elle risquait de nuire à son objectivité, il la maîtrisa, invita de la main Abby à se rasseoir et déclara d'une voix posée :

— Chuck et vous aviez de graves problèmes de couple, n'est-ce pas ?

— Oui.

— Ils étaient dus à ses aventures extraconjugales ?

— En partie. Chuck avait dans de nombreux domaines des besoins que je ne pouvais pas satisfaire, mais l'inverse était aussi vrai : j'attendais de lui plus qu'il ne pouvait me donner. Ce n'était peut-être pas un bon mari, mais ce n'était pas un mauvais homme pour autant, et je tiens à le souligner.

Bien que Dylan ne soit pas tout à fait du même avis, il se borna à demander :

— Pourquoi avez-vous cessé de l'accompagner dans ses déplacements au bout d'un an ?

— J'étais enceinte de Ben, et même si j'admets avoir été contente de trouver là une excuse valable pour ne plus suivre Chuck sur le circuit de formule 1, ces voyages incessants me fatiguaient réellement. Nous habitions alors chez sa mère, à Chicago, et il s'est arrangé, au début, pour venir m'y rejoindre assez souvent. Je crois que l'idée d'être père l'angoissait un peu, mais le rendait aussi heureux. Quoi qu'il en soit, il me couvrait d'attentions quand il était à la maison, et il essayait vraiment d'améliorer les rapports... difficiles que nous avions, sa mère et moi.

Les souvenirs affluaient dans l'esprit d'Abby. Elle se rappelait ces mois passés dans la luxueuse demeure des Rockwell, la douce euphorie où la plongeait la pensée de son enfant à naître, la décoration de la nursery qu'elle avait réalisée, ses tentatives – vite abandonnées – pour apprendre à tricoter...

— Les séjours de Chuck à Chicago ont cependant fini par s'espacer, poursuivit-elle, et puis, un jour, j'ai trouvé sur mon lit un tabloïd avec, en première page, une photo de Chuck au bras d'une superbe blonde, et un article rempli d'allusions perfides.

— C'était votre belle-mère qui l'avait mis là ?

— Sans doute, mais je ne peux pas l'affirmer, et c'est maintenant sans importance. J'étais alors enceinte de huit mois, et j'ai eu l'impression que tout s'écroulait autour de moi. Chuck est revenu à la maison le week-end suivant, et je lui ai montré le journal en exigeant des explications.

— Il vous en a donné ?

— Non. Il m'a reproché d'accorder foi à ces médisances, passant ainsi en une minute du statut de coupable à celui de victime, puis il a jeté le journal au feu. Il avait l'air tellement en colère que je me suis sentie obligée de m'excuser.

— C'était très habile de sa part, observa Dylan.

Malgré sa volonté de rester impassible, il avait du mal à parler calmement. La façon dont Rockwell avait manipulé une femme aussi jeune et vulnérable le faisait bouillir de rage.

— Je voyais dans ses yeux qu'il mentait, continua Abby, mais je portais son enfant, et j'étais si seule, si désemparée, que j'ai feint de le croire. Avec le recul, cependant, je pense que j'ai eu tort : si j'avais insisté pour qu'il me dise la vérité, j'aurais pu lui pardonner, et cela aurait peut-être tout changé.

— Il aurait rompu cette liaison et vous serait redevenu fidèle ?

— Je n'en suis pas certaine, mais je ne le saurai jamais, à présent.

— Toujours est-il qu'il a ensuite eu d'autres maîtresses...

— Oui, mais il ne faut pas oublier que nous ne menions pas une vie de couple normale et que, physiquement, les choses ne marchaient pas bien entre nous. Chuck était un homme avide de succès, mais dès qu'il en avait remporté un, il partait à la conquête d'un autre. C'était un trait hérité de son enfance, où il lui avait toujours été demandé d'être le premier et le meilleur en tout.

Abby secoua tristement la tête avant de reprendre :

— À cause de cela, il avait constamment besoin de prouver, aux autres comme à lui-même, qu'il était bien le meilleur dans tous les domaines, y compris celui des performances sexuelles. J'étais loin de le satisfaire sur ce plan-là, mais j'espérais que ses responsabilités de père donneraient une deuxième chance à notre couple, en persuadant Chuck de se fixer. J'aurais dû savoir qu'il n'y était pas du tout prêt...

Comme elle s'interrompait de nouveau, Dylan lui pressa la main pour l'encourager à poursuivre.

— Peu après la naissance de Ben, dit-elle tristement, l'une des admiratrices de Chuck s'est mise à me bombarder de lettres où elle menaçait de se suicider s'il ne me quittait pas pour l'épouser. Elle est allée raconter aux médias que je le rendais malheureux, et c'est à ce moment-là que nous avons acheté ce domaine. Chuck regrettait que j'aie été ainsi livrée en pâture à la presse à scandale, et c'était une façon de me dédommager des ennuis qu'il m'avait indirectement causés. Nous nous sommes installés ici, mais Chuck est reparti presque aussitôt.

— Et vous ne l'avez pas accompagné...

— Non. Ma priorité était de faire de cette maison un point d'ancrage, pour Ben, pour moi et, je l'espérais encore, pour Chuck aussi. Au bout de plusieurs mois sans pratiquement aucune nouvelle de lui, j'ai commencé à me dire que notre mariage était voué à l'échec, que rien ne pourrait le sauver. Chuck a fini par revenir, après avoir gagné le Grand Prix d'Italie. Il m'a alors annoncé son intention de revendre le domaine, et nous nous sommes violemment disputés. Le bruit a réveillé Ben, il est entré dans notre chambre, et Chuck est devenu comme fou : il a reporté sa colère sur son fils, qui s'est mis à hurler, et...

Abby laissa sa phrase en suspens. Même après tout ce temps, l'évocation de ce terrible souvenir la bouleversait, et elle attendit d'avoir recouvré son sang-froid pour reprendre son récit :

— Ben était très jeune, et devant son visage terrorisé, mon sang n'a fait qu'un tour : j'ai ordonné à Chuck de partir. Il est monté dans sa voiture et il a démarré en trombe. J'ai réussi à calmer Ben et je suis restée avec lui jusqu'à ce qu'il se rendorme, puis je suis allée me coucher. Je ne pensais pas que Chuck reviendrait, pourtant...

La voix d'Abby n'était plus qu'un murmure, et elle avait les yeux perdus dans le vague. Dylan, qui l'observait attentivement, comprit alors qu'elle se parlait maintenant à elle-même, pour exorciser ses démons.

— Chuck était ivre, continua-t-elle. Il ne buvait jamais beaucoup, parce qu'il ne tenait pas bien l'alcool, mais là, il était fin soûl, et d'humeur encore plus belliqueuse qu'avant. J'ai tenté de le persuader de se taire et de descendre dormir au rez-de-chaussée, pour ne pas réveiller Ben, mais il était trop en colère, et trop ivre, pour m'écouter. Il m'a dit que je ne valais rien en tant qu'épouse, et moins que rien en tant qu'amante, que seuls Ben et le domaine m'intéressaient... Je lui ai tenu tête, et il ne l'a pas supporté : il m'a jetée sur le lit, en hurlant qu'il était grand temps que j'apprenne à lui donner ce qu'un mari était en droit d'obtenir de sa femme, et... il m'a violée... Il est parti le lendemain à l'aube et, quelques semaines plus tard, je me suis aperçue que j'étais enceinte.

Abby se passa une main tremblante dans les cheveux, se tourna ensuite vers Dylan et déclara :

— Maintenant que vous connaissez la vérité, j'ai une question à vous poser : Chris a-t-il vraiment besoin de savoir que son père m'a violée, et qu'il est le fruit de ce viol ?

Puis, sans attendre la réponse, elle se leva et quitta la pièce.

8

Dylan n'arrivait pas à travailler. Il fixait l'écran de son ordinateur comme si son seul regard avait le pouvoir d'y faire apparaître les phrases que sa conscience l'empêchait de taper sur le clavier. Son entretien avec Abby s'était déroulé des heures plus tôt, mais les émotions qu'il avait éveillées en lui n'avaient rien perdu de leur intensité.

Une fois seul dans la cuisine, il était resté un long moment, comme tétanisé, face à un dictaphone qu'il n'avait même pas songé à éteindre.

Le récit de la jeune femme ne l'avait pas choqué : il avait cessé depuis longtemps de croire à la bonté de la nature humaine. Son expérience de journaliste et de biographe ne lui permettait plus d'ignorer que certains hommes étaient capables des pires violences, des crimes les plus sordides, des actions les plus basses. Ses enquêtes lui avaient montré les blessures, les cicatrices, les traumatismes que les victimes en gardaient… Il ne s'étonnait plus de rien, et rien ne pouvait percer la carapace qu'il s'était forgée au fil du temps.

Du moins le pensait-il, car l'histoire d'Abby l'avait profondément affecté. Dans le silence de la cuisine, il s'était rappelé chaque mot qu'elle avait prononcé, pâle mais digne, avec une douleur compréhensible, mais sans colère ni pathos. Et il avait eu mal pour elle.

Il était ensuite allé en ville, autant pour laisser à Abby la tranquillité dont elle avait sûrement besoin que pour prendre le recul nécessaire à une appréciation objective des choses.

La température s'était radoucie, et la neige n'était plus qu'un mauvais souvenir. Le printemps pointait son nez, et quand il commencerait à céder la place à l'été, la biographie de Chuck Rockwell devrait être terminée, mais Dylan se trouvait maintenant devant un terrible dilemme : fallait-il dire toute la vérité, ou en cacher une partie, pour épargner Chris ?

Quand il était rentré, les garçons étaient en train de jouer dans la cour, et il les avait regardés depuis sa voiture s'ébattre avec la gaieté et l'insouciance de leur âge. Au bout d'un moment, Chris était venu lui demander de jouer au ballon avec eux. Il avait les joues rouges, les yeux brillants, et sa petite main s'était blottie dans celle de Dylan avec une confiance qui lui était allée droit au cœur.

En passant devant la fenêtre de la cuisine, Dylan avait vu Abby, occupée à préparer le dîner. Leurs regards s'étaient croisés, puis elle avait repris sa tâche avec sa calme efficacité coutumière.

Ni alors, ni pendant le repas, ni après, il ne l'avait sentie nerveuse, et si cette sérénité n'était qu'un masque destiné à donner le change à ses fils, elle révélait une force de caractère hors du commun. Ils avaient joué aux cartes, tous ensemble, puis la jeune femme était montée coucher les garçons en annonçant qu'elle ne redescendrait pas.

Dylan avait alors décidé d'occuper le reste de la soirée à travailler mais, une fois assis devant son ordinateur, il avait été rattrapé par son dilemme. L'histoire d'Abby contenait tous les éléments susceptibles de transformer la biographie de son mari en best-seller : l'amour, le sexe, la trahison, la violence… Il avait enfin obtenu la vérité, et il lui suffisait maintenant de la relater de façon rigoureuse et objective, comme il en avait l'habitude. N'était-ce pas pour cela qu'il était venu ? Pour cela que l'éditeur le payait ?

Mais cette petite main blottie dans la sienne... Ce rire d'enfant, l'un des sons les plus merveilleux qu'il ait jamais entendus...

Non, il ne pouvait pas publier ce qu'Abby lui avait confié le matin ! Il aurait beau résister à la tentation de faire du sensationnel, les faits parlaient d'eux-mêmes, et leur divulgation bouleverserait la vie de trois innocents.

Cela n'aurait pas dû entrer en ligne de compte. La recherche et la révélation de la vérité avaient toujours été ses seuls objectifs, et il les considérait à la fois comme un droit, un devoir et un service rendu au public.

Il revoyait pourtant Chris lui tendre les bras, et Ben, seul dans sa chambre avec une armée de guerriers miniatures... Il se rappelait le sentiment de plénitude qu'il avait éprouvé le jour où Abby avait entrelacé ses doigts aux siens...

La conclusion s'imposait : ils lui avaient fait oublier la règle d'or apprise dès la première semaine de sa carrière de journaliste : ne jamais nouer de liens personnels avec les sujets d'une enquête.

Ils avaient forcé la porte de son cœur, et maintenant, il était trop tard ; même s'il le voulait, il ne pourrait pas les en chasser.

Alors, cédant à une impulsion subite et sans se laisser le temps de réfléchir, il sortit de sa chambre, traversa le couloir et alla frapper à la porte d'Abby.

— Entrez !

Il la trouva assise devant un petit bureau, en train d'écrire une lettre, mais elle n'eut l'air ni surprise ni contrariée de cette interruption. Dylan eut même l'impression qu'elle l'attendait.

— Il faut que nous parlions, déclara-t-il.

— Entendu. Fermez la porte.

Après avoir obéi, il resta un moment immobile et silencieux. Il n'y avait plus de barrière entre eux, à présent, plus de magnétophone pour les enfermer dans leurs rôles respectifs d'intervieweur et d'interviewée.

Ce qui allait se dire ne concernait qu'eux, et Dylan se demanda comment ils en étaient arrivés là, comment leurs rapports avaient pu changer de nature aussi vite, et de manière aussi radicale.

Le décor de la pièce respirait le calme et la douceur, comme son occupante, et, comme elle, il ne laissait rien transparaître des violences passées. Elle les avait occultées, pour les empêcher de briser sa vie et celle de ses enfants. En les lui révélant, elle avait remis leur destin à tous les trois entre ses mains, et il aurait pu lui en vouloir de le charger d'une telle responsabilité, mais il y voyait avant tout un témoignage de confiance, et un appel à ce qu'il y avait sans doute de meilleur en lui.

— Vous préférez rester debout ?

Brusquement tiré de ses réflexions, Dylan tressaillit, esquissa un sourire gêné, puis alla s'asseoir sur le lit.

— Je ne me sens pas en droit de rendre public ce que vous m'avez appris ce matin, annonça-t-il.

Une onde de soulagement se répandit dans les veines de la jeune femme. C'était ce qu'elle avait espéré, mais la peur d'avoir pris un risque inconsidéré l'avait torturée toute la journée.

— Merci, murmura-t-elle.

— Ne me remerciez pas ! Je vais malgré tout écrire beaucoup de choses qui ne vous plairont pas.

— Je commence à penser que cela a moins d'importance que je ne le croyais jusqu'ici. Je voulais que mes fils aient une bonne image de leur père, qu'ils soient fiers de lui, mais plus j'y réfléchis, plus je me dis qu'ils ont avant tout besoin d'être fiers d'eux-mêmes.

— Pourquoi avez-vous finalement décidé de me révéler ce que votre mari vous a fait subir ? demanda Dylan.

Abby garda le silence. Comment lui expliquer sans se mettre en danger ce qui l'avait amenée à se décharger de ce lourd secret ? Elle le savait, pourtant… Il lui avait témoigné une gentillesse à laquelle elle ne s'attendait pas. Il l'avait aidée à nettoyer les box des chevaux alors que rien ne l'y obligeait. Il s'était pris d'affection pour ses fils. Il l'avait soignée pendant sa grippe… Tout cela lui avait permis de découvrir les qualités humaines qu'il dissimulait sous des dehors brusques… et elle était tombée amoureuse de lui.

S'apercevant soudain qu'elle tripotait nerveusement son stylo, Abby le posa sur le bureau, étouffa un soupir et finit par répondre :

— Je ne peux pas vous donner toutes les raisons, mais sans doute avais-je besoin d'en parler, parce que je me suis ensuite sentie soulagée. Je n'avais encore raconté cette histoire à personne.

— Même pas à votre famille ?

— Non. Je suis passée par différentes étapes – la honte, la culpabilité, la colère… Il m'a fallu les franchir une à une avant de parvenir à me reconstruire.

— Pourquoi diable êtes-vous restée avec un mari qui vous avait traitée de façon aussi odieuse ? s'écria Dylan.

Cette question le plongeait dans un abîme de perplexité, car il se refusait maintenant à croire que c'était une affaire d'argent. La femme couverte de bijoux et de fourrures dont il avait des dizaines de photos dans son dossier n'était pas la vraie Abby, il en avait désormais la certitude.

La jeune femme fixa ses mains, qui ne portaient plus ni alliance ni bague d'aucune sorte. Elle les avait toutes vendues depuis longtemps, et sa rancœur l'avait quittée depuis plus longtemps encore.

— Après… ce qui s'est passé, déclara-t-elle, Chuck s'est excusé en pleurant. Son repentir était visiblement sincère, et j'ai pensé que nous pourrions retirer quelque chose de positif de cette nuit affreuse. J'ai même cru un moment que nous allions réussir à sauver notre mariage, mais la naissance de Chris a détruit cet espoir : Chuck ne pouvait pas le regarder sans se rappeler les circonstances de sa conception, et il lui en voulait de raviver ainsi ses remords.

— Et vous, que ressentiez-vous en regardant Chris ?

— Un immense bonheur.

— Vous êtes vraiment une femme remarquable !

— Moi ? Pas du tout ! Je me considère comme une bonne mère, mais il n'y a rien de remarquable là-dedans, et je n'ai pas été une bonne épouse. Chuck avait besoin d'une femme entreprenante et dynamique, qui aurait partagé son goût pour la vie trépidante du championnat de formule 1. J'étais trop casanière pour lui.

— Et vous, de quoi aviez-vous besoin ? demanda Dylan d'une voix grave.

Surprise, Abby se tourna vers lui. Personne, hormis les membres de sa famille, n'avait jamais songé à lui poser cette question.

— Je ne sais pas trop, répondit-elle. Je sais seulement que j'ai maintenant tout pour être heureuse.

— Vos fils et ce domaine combleraient donc tous vos besoins ? observa Dylan en se levant et en s'approchant du bureau. Je croyais que vous aviez définitivement renoncé à me mentir ?

Il était trop près…, pensa la jeune femme. Ses idées se brouillaient quand il lui suffisait de tendre le bras pour le toucher, pour l'attirer vers elle…

— Je… je ne comprends pas de quoi vous parlez, bredouilla-t-elle.

Dylan lui prit les deux mains et la mit doucement debout. Sentant ses doigts trembler, il resserra son étreinte et déclara :

— Vous avez peur de moi ?

— N… non.

— De ce qui se passe entre nous, alors ?

— Oui. Je suis désolée, mais je ne peux pas m'en empêcher. Mieux vaut nous en tenir à des relations amicales.

— Il est trop tard… Dites-moi, Abby, quelqu'un vous a-t-il déjà fait l'amour ?

— J'ai deux enfants, je vous le rappelle !

— Cela ne répond pas à ma question.

— Je ne vois pas ce que…

— Alors je vais m'exprimer plus clairement : il y a eu d'autres hommes que Chuck dans votre vie ?

— Non.

— Même pas un amant de passage, juste pour le plaisir ?

— Je n'ai aucune disposition pour l'amour physique, murmura la jeune femme en rougissant.

Son mari lui avait décidément ancré cette idée dans la tête ! songea Dylan, partagé entre la colère et la compassion.

Un troisième sentiment prit cependant très vite le dessus : la volonté de prouver à Abby que les hommes n'envisageaient pas tous l'acte sexuel en termes de performance.

— Vous devriez me laisser en juger par moi-même, dit-il avant d'entourer le visage d'Abby de ses mains.

— Non… Il ne faut pas…

— Pourquoi ? Vous n'avez pas envie de moi ?

Dylan n'était pas habitué à jouer les séducteurs. Les femmes étaient toujours venues à lui de leur plein gré ; elles étaient consentantes, expérimentées, et parfois même aguicheuses. Aucune n'avait jamais tremblé, et ce fut lui, soudain, qui eut peur : saurait-il être assez doux et attentionné avec Abby pour réparer les dégâts psychologiques causés par la cruauté de son mari ?

— Si, j'ai envie de vous, répondit-elle, mais je crains de vous décevoir.

— Ne vous inquiétez pas pour ça. Laissez-vous aller, et le reste suivra.

La bouche de Dylan se posa sur celle d'Abby, et il l'embrassa avec toute la délicatesse dont il était capable. Un long frisson la parcourut, et elle referma les mains sur ses poignets dans un geste où il voulut voir une preuve de confiance et d'acceptation.

La lampe du bureau nimbait de lumière le beau visage levé vers lui, et il sentit son pouls s'accélérer, le désir monter en lui comme une lame de fond, mais quand, involontairement, il mit plus d'insistance dans son baiser, la jeune femme se raidit, et il dut s'écarter d'elle pour lui murmurer :

— Détendez-vous ! Tout va bien.

Avec une patience qui l'étonna lui-même, il lui caressa ensuite les cheveux, la berça doucement, et les efforts qu'il déployait pour maîtriser le tumulte de ses sens furent récompensés : elle finit par s'abandonner contre sa poitrine et lui enlacer la taille, timidement, mais avec une tendresse qui lui gonfla le cœur d'une joie inattendue, proche de l'exaltation.

C'était un sentiment qu'il n'avait encore jamais éprouvé dans les bras d'une femme et qui le grisait, comme un vin capiteux.

Ses lèvres reprirent celles d'Abby et, lentement, progressivement, intensifièrent l'ardeur de leurs assauts. Attentif à chacune de ses réactions, il attendit de la sentir prête pour approfondir son baiser. Elle poussa alors un soupir de volupté dont le souffle le traversa de part en part et le fit soupirer à son tour.

Encouragé, il glissa les mains sous le chandail de la jeune femme. Elle tressaillit, mais il lui murmura de nouveau des mots apaisants, et des promesses qu'il espérait pouvoir tenir. Elle avait la peau lisse, d'une douceur satinée qui invitait les caresses, et il dut encore fournir un violent effort de volonté pour ne pas céder à la tentation de lui arracher son pull-over.

Il se contint cependant et le lui enleva avec d'infinies précautions, en guettant le moindre signe de réticence ou d'appréhension dans son comportement.

Quand Abby se retrouva à demi nue face à Dylan, les craintes qu'il avait réussi à calmer revinrent la tourmenter. Elle se sentait terriblement vulnérable, habitée par des pulsions qui l'empêchaient de réfléchir, et comment pourrait-elle satisfaire son compagnon si elle perdait toute lucidité ?

Et, lorsqu'il lui prit la main et se dirigea vers le lit, un sentiment de panique la saisit et c'est en balbutiant qu'elle murmura :

— N... non. Je... je suis désolée, mais...

— Nous allons juste nous étendre l'un près de l'autre, Abby. Je promets de ne pas vous toucher si vous ne le voulez pas.

Luttant contre sa peur, elle se laissa guider jusqu'au lit, s'allongea et tenta de se raisonner pendant que Dylan se couchait à son côté : elle n'était plus une jeune fille inexpérimentée, mais une femme à qui cinq années de mariage avaient au moins enseigné les réalités de l'amour physique.

— La lumière..., chuchota-t-elle.

— Non, déclara Dylan, les yeux dans les siens. Je veux que chacun de nous voie sur le visage de l'autre le plaisir qu'il va lui donner.

— Ne... ne surestimez pas mes capacités dans ce domaine.

— Et vous, ne les sous-estimez pas.

Le baiser qui suivit réduisit Abby au silence. D'une ardeur proche de la violence, il déchaîna en elle une tempête de sensations qui lui arrachèrent un cri de surprise et de volupté mêlées. Il lui semblait que son corps tout entier s'éveillait à un monde de jouissance encore inconnu, et pourtant Dylan ne faisait que l'embrasser...

Comment était-ce possible ? se demanda-t-elle vaguement avant de se sentir soulevée par un élan de passion si puissant qu'il balaya tous ses doutes, toutes ses interrogations et jusqu'à la peur de ne pas être à la hauteur des espérances de son compagnon.

Maintenant qu'il tenait Abby dans ses bras, Dylan mesurait dans toute son intensité la force de l'envie qu'il avait d'elle. Cela le surprenait beaucoup, l'effrayait un peu, mais il restait décidé à faire passer ses besoins à elle en premier.

Alors il mit au service de cet objectif toute son expérience, et même des trésors d'inventivité qu'il ignorait posséder. Il promena sa bouche et ses mains sur un corps qu'il trouva délicieusement réceptif à ses caresses, et ce fut Abby elle-même qui, avec des gestes fébriles, déboutonna sa chemise et la lui enleva.

Si la peau de Dylan était d'une étonnante douceur, son torse était aussi ferme et musclé que la jeune femme l'avait imaginé, et elle s'émerveilla de cette force dont un autre aurait peut-être fait usage pour la soumettre à ses exigences – mais pas lui. De la patience dont elle avait rêvé autrefois, mais qui lui avait été refusée. De la passion qu'elle avait vainement appelée de ses vœux et se découvrait soudain capable, non seulement d'éprouver, mais aussi d'inspirer.

Ses doigts explorèrent la large poitrine du jeune homme, et il dit son nom dans un soupir de plaisir qui lui donna un sentiment de pouvoir très nouveau et très agréable.

Ce fut cependant à elle de gémir quand il emprisonna entre ses lèvres la pointe durcie d'un sein et la mordilla sans pitié, lui infligeant la plus exquise des tortures. Il lui ôta ensuite son jean, finit de se déshabiller, et leurs corps fiévreux se mêlèrent dans une danse dont chacun dirigeait tour à tour le mouvement, jusqu'à ce qu'ils communient dans un même besoin de fusion.

L'éblouissement qu'éprouva Abby quand Dylan entra en elle la prit au dépourvu. Elle n'avait jamais rien ressenti d'aussi fort et d'aussi délicieux à la fois.

Y avait-il des mots pour décrire cette sensation ? À peine eut-elle le temps de formuler cette pensée que ses hanches, comme mues par une volonté indépendante de la sienne, se soulèvent et se mirent à bouger sur un rythme de plus en plus rapide.

La maîtrise de lui-même que Dylan était parvenu à garder vola en éclats lorsque Abby, ses ongles lui griffant le dos, lâcha la bride à sa passion : il laissa s'exprimer pleinement celle qui le consumait, et ce fut ensemble, dans un même cri d'extase, qu'ils atteignirent l'orgasme.

Les moments qu'Abby venait de vivre lui avaient ouvert les portes d'un univers entièrement nouveau. Personne ne lui avait encore permis de se sentir aussi importante, aussi complète, aussi vivante.

Elle avait envie de le dire à Dylan, mais la peur du ridicule l'en empêcha. Elle se contenta donc de poser la tête sur sa poitrine et d'écouter un cœur qui battait à peine moins vite que le sien.

Les moments que Dylan venait de vivre lui avaient révélé une dimension de l'union charnelle qu'il ignorait jusque-là. Jamais personne ne lui avait permis d'éprouver un tel bonheur, un tel transport, un tel sentiment d'osmose. Abby lui avait fait découvrir des émotions entièrement nouvelles, et il avait envie de le lui dire, mais, craignant qu'elle ne voie dans ces mots une simple flatterie, il se contenta de refermer les bras sur elle et d'observer :

— Je croyais que tu n'avais aucune disposition pour l'amour physique ?

— Pardon ?

— Tu as déclaré tout à l'heure que tu n'avais aucune disposition pour l'amour physique... C'était par modestie, j'imagine ?

— Non, c'est vrai : je ne suis pas très compétente en la matière.

— Quelle matière ?

— Eh bien, le côté technique de... des rapports sexuels.

— Nous venons de faire l'amour, et non d'avoir un rapport sexuel.

— C'est la même chose.

— Absolument pas ! répliqua Dylan, irrité.

Puis, comme Abby, sans doute effrayée par ce mouvement d'humeur, tentait de s'écarter de lui, il resserra son étreinte et reprit d'une voix douce mais ferme :

— Je ne suis pas Chuck, tu ne t'en es pas encore aperçue ?

— Si, mais…

— Mais quoi ? Tu attends de moi que je note tes performances ? Que je te délivre un certificat de bons et loyaux services ?

— Bien sûr que non, répondit la jeune femme en rougissant. Je voudrais juste savoir…

— … si tu ne m'as pas déçu ? Écoute-moi bien, Abby ! L'idée t'a-t-elle jamais traversé l'esprit que ton mari pouvait ne pas mériter la réputation de bête de sexe que les tabloïds lui ont faite par pur intérêt commercial ? T'es-tu jamais demandé si ce n'était pas lui le responsable de ce qui se passait ou ne se passait pas dans l'intimité de votre chambre ?

— Je n'avais pas à me le demander : toutes les femmes qui se disputaient ses faveurs étaient là pour prouver que…

— Que rien du tout ! s'écria Dylan. Il est très facile pour un homme de collectionner les aventures d'un soir. Cela lui permet de ne songer qu'à son propre plaisir. La situation est très différente avec une femme envers qui on a des devoirs – dont celui de la rendre heureuse… Là, il faut prendre le temps de la connaître, être attentif à ses besoins et apprendre à les satisfaire.

Abby leva la tête et le fixa, les yeux écarquillés.

— Mais en cet instant précis, ajouta-t-il, je n'ai pas trop envie de parler de Chuck Rockwell. C'est à nous deux que tu dois penser, et à rien d'autre.

— Tu as raison, et d'autant plus que j'ai une immense dette envers toi : tu m'as obligée à reconsidérer des choses que je tenais pour acquises, et je t'en suis infiniment reconnaissante.

— Combien de fois devrai-je te dire de ne pas me remercier ?

— C'est la dernière fois, je te le jure !

Le baiser dont Abby effleura les lèvres de Dylan pour sceller sa promesse le fit frissonner, et elle s'émerveilla de nouveau du pouvoir qu'elle possédait de lui donner du plaisir.

— Tu vas rire…, commença-t-elle.

— Je ne me sens pas exactement d'humeur à rire, coupa-t-il en suivant du doigt la courbe de ses épaules, mais je t'écoute.

— Eh bien, j'ai l'impression d'avoir maîtrisé ce soir un art très complexe et très important.

— Comme le crawl ?

— Ne te moque pas de moi !

— Je n'oserais pas, mais je te rappelle que la maîtrise d'un art exige de la pratique… Beaucoup de pratique.

— Et tu te proposes de parfaire dès maintenant mon apprentissage ?

— Tu as tout compris !

Ce badinage, auquel Abby n'était pas habituée, lui réjouit le cœur : elle y voyait la preuve d'une complicité qui allait bien au-delà de la simple entente physique.

Alors que Dylan se penchait pour l'embrasser, un cri perça le silence, et elle se redressa aussitôt.

— C'est Chris !

Sautant du lit, elle attrapa son peignoir dans la penderie et se précipita dans la chambre du petit garçon. Recroquevillé sous sa couette, il pleurait toutes les larmes de son corps.

— Que se passe-t-il, mon chéri ? dit-elle en le prenant dans ses bras.

— Il y avait… des serpents… Plein de serpents… ils me poursuivaient… Je courais, je courais… et puis je suis tombé dans un grand trou.

— Ce n'était qu'un rêve, un très mauvais rêve, mais il est fini, maintenant, et je suis là.

— Tu… vas rester… avec moi ?

— Oui, jusqu'à ce que tu te rendormes.

— Non, je veux… plus dormir, sinon ils… vont revenir !

— Ils ne reviendront pas, je te le promets.

— Il a fait un cauchemar ? demanda Dylan depuis l'embrasure de la porte.

Bien qu'il ait pris le temps de se rhabiller, là crainte de s'imposer dans un rôle qui n'était pas le sien le retenait d'entrer.

— Oui, répondit Abby sans cesser de bercer Chris. De vilains serpents le poursuivaient.

— Si je les avais vus, même en rêve, j'aurais eu peur, moi aussi, observa Dylan.

Chris lui adressa un pâle sourire, puis frotta ses yeux encore remplis de larmes et, cette fois, Dylan ne put résister : il franchit le seuil et alla s'accroupir devant le petit garçon.

— Tu sais qui est le pire ennemi des serpents ? lança-t-il.

— N... non.

— Les mangoustes ! Elles les avalent tout crus, alors si tu rêves encore de serpents, imagine que tu es une mangouste, et c'est eux qui s'enfuiront.

— Une... mangouste ? Ça existe vraiment ?

— Oui. Je t'en trouverai une photo demain sur Internet. C'est un animal qui vit en Inde.

— Oncle Trace est allé en Inde. Il nous a envoyé une carte postale.

Chris bâilla, se serra de nouveau contre sa mère et lui murmura :

— Tu restes, hein ?

— Oui, ne t'inquiète pas.

— Et Dylan aussi ?

— Moi aussi, dit l'intéressé.

Puis il s'assit sur le lit, et la jeune femme, penchée sur son fils, lui chanta ce qui ressemblait à une berceuse irlandaise. Dylan éprouvait un merveilleux sentiment de bien-être, différent de celui que lui avait apporté l'assouvissement de son désir pour Abby, mais tout aussi fort. Il avait l'impression d'avoir enfin trouvé la place qu'il avait cherchée toute sa vie.

C'était stupide, et il crut que ce bonheur ne durerait pas... Il grandit pourtant, jusqu'à le plonger dans un état d'euphorie où le temps semblait s'être arrêté, transformant en éternité ce moment d'harmonie parfaite.

Lorsque Chris se fut rendormi, Abby le recoucha doucement, lui effleura la joue d'un baiser et posa Edgar près de lui. Elle se redressa ensuite, et Dylan se pencha à son tour pour embrasser le petit garçon sur le front.

— Il est irrésistible, non ? chuchota la jeune femme.

— Oui, et quand il l'aura compris, il mènera tout le monde par le bout du nez.

— Il me fait penser à mon frère. D'après papa, Trace avait appris à tirer profit de son charme naturel avant de savoir marcher... Viens, je vais aller voir si Ben ne s'est pas découvert.

À la lueur de la lampe du couloir, elle constata qu'un désordre indescriptible régnait dans la chambre de son fils aîné. Des vêtements, des livres et des jouets jonchaient le sol, et elle se promit d'obliger Ben à ranger la pièce pendant le week-end suivant.

Pour l'instant, il était allongé sur le ventre, une jambe sous la couette et l'autre dessus. Abby posa par terre les figurines alignées sur l'oreiller et la basket qui trônait au milieu du lit avant d'installer Ben plus confortablement et de rabattre la couette sur lui.

— Il dort à poings fermés, murmura-t-elle.

— Oui, et dans son sommeil au moins, il est aussi irrésistible que son petit frère, remarqua Dylan avec une pointe de malice, mais je les aime bien tous les deux.

Touchée, Abby lui sourit, puis elle mit la main dans la sienne et l'entraîna vers la porte en observant :

— Tu es un homme foncièrement gentil.

— Il n'y a pas beaucoup de gens qui sont de cet avis.

— Sans doute, mais c'est parce que tu leur as caché des côtés de ta personnalité que tu m'as montrés à moi.

C'était vrai, songea Dylan, mais il ne pouvait lui dire pourquoi, faute de le savoir lui-même.

— Retournons nous coucher, se borna-t-il à déclarer.

La jeune femme acquiesça de la tête, et ils se dirigèrent tout naturellement vers sa chambre. Ils n'avaient pas eu besoin de se consulter pour décider de passer ensemble le reste de la nuit.

9

Comment était-il possible que tant de choses arrivent en si peu de temps ? se demanda Abby le lendemain matin avec un mélange de ravissement et d'incrédulité. En l'espace de vingt-quatre heures, elle avait découvert le plaisir et, peut-être – mais seulement peut-être –, elle avait fait un premier pas sur le chemin d'une rupture définitive avec les liens et les obligations qui l'enchaînaient au passé.

C'était à Dylan qu'elle le devait, mais il ne voulait pas en être remercié. Elle ne pouvait pas lui exprimer sa gratitude sans le mettre en colère, ni lui dire qu'elle l'aimait sans risquer de le faire fuir. Il lui fallait donc se taire et se contenter de ce qu'elle avait, en essayant de ne pas penser au jour où il partirait.

Mais ce jour lui paraissait encore très loin, et ce fut pleine d'entrain qu'elle accomplit ses tâches habituelles. Ensuite, après avoir laissé un mot pour Dylan sur la table de la cuisine, elle monta dans sa voiture.

Un mardi sur deux, elle allait nettoyer à fond la maison de Mme Cutterman, et gagner ainsi un salaire qui couvrait en partie ses dépenses d'alimentation.

La grippe ne l'avait heureusement pas clouée au lit très longtemps, car elle avait absolument besoin de ce travail pour équilibrer son budget en attendant la vente des poulains. Son jour de ménage bimensuel chez les Smith tombait le lendemain, et, en passant en revue son programme de la semaine, elle calcula qu'elle aurait juste assez de temps pour tout faire, y compris emmener les garçons acheter des chaussures le samedi suivant.

Abby s'efforça de rester concentrée sur ces réalités de la vie quotidienne et de ne pas trop réfléchir aux événements de la nuit précédente. Ils n'avaient pas eu la même importance pour elle et pour Dylan, elle devait avoir la sagesse de le comprendre. Il ne lui en avait pas moins donné ce qu'elle n'avait eu d'aucun homme avant lui – du respect, de la tendresse, de la passion –, et ce souvenir lui mettait le cœur en fête.

Elle alluma l'autoradio et s'engagea sur la nationale.

Quand Dylan entra dans la cuisine, son premier souci fut de se servir une tasse de café. Une nuit blanche ne lui posait pas de problème, d'habitude, mais elle ne produisait visiblement pas les mêmes effets s'il l'avait occupée à travailler ou à faire l'amour, puis à fixer le plafond sans arriver à trouver le sommeil – comme la veille. Abby, elle, avait dormi près de lui aussi paisiblement que ses fils, dans les chambres voisines.

Sur le plan physique, il s'était senti parfaitement détendu, mais les pensées qui se bousculaient dans sa tête l'avaient tenu éveillé. Ce qui s'était passé entre Abby et lui n'avait rien d'ordinaire, il en avait conscience, et une partie de lui-même le regrettait, tandis que l'autre – celle qu'il occultait depuis des années – s'en réjouissait.

Cette contradiction le gênait, mais ce qui le taraudait surtout, c'était l'énigme que représentait la femme allongée à son côté.

Il avait entrepris de comparer l'opinion qu'il avait d'elle avant de la rencontrer avec la façon dont elle lui apparaissait maintenant, et, là aussi, il se heurtait à une contradiction : il ne voyait aucun point commun entre la femme parée de bijoux qui avait vécu pendant une année

164

entière dans un tourbillon de plaisirs, et celle qu'il avait senti palpiter dans ses bras.

Laquelle était la vraie Abby ? La première, la seconde – ou aucune des deux ?

Les événements dramatiques qu'elle lui avait racontés le matin lui étaient ensuite revenus. Ils lui glaçaient encore le sang chaque fois qu'il y pensait. Il se croyait blasé... Les émotions qui l'agitaient prouvaient le contraire mais, pour ne pas les laisser fausser son jugement, il s'était rappelé la question qu'il avait posée à Abby, et dont la réponse ne l'avait pas entièrement satisfait : si Chuck Rockwell l'avait violentée, pourquoi était-elle restée avec lui ? Dans la mesure où il la trompait ouvertement, elle n'aurait pas eu de mal à obtenir un divorce pour faute. Elle ne l'avait pourtant pas demandé, et Dylan n'arrivait pas plus à résoudre ce mystère que celui de ses propres sentiments.

Il la désirait toujours autant – plus même, depuis qu'il savait à quel degré de plaisir elle pouvait l'amener. C'était comme une drogue dont il serait tout de suite devenu dépendant, mais il y avait autre chose : la capacité de se moquer d'elle-même qu'Abby possédait, la charge de travail qui pesait sur ses épaules et dont elle s'acquittait sans jamais se plaindre, le mélange de fermeté et d'amour avec lequel elle élevait ses fils...

C'était vraiment une femme à part..., songea Dylan.

Puis, l'expérience lui ayant appris qu'il fallait être très naïf, ou aveuglé par la passion, pour croire une femme différente des autres, il coupa court à ses réflexions et s'approcha de la fenêtre.

Sans doute Abby était-elle dans l'écurie, se dit-il, en train de nourrir les chevaux. Il pouvait monter chercher son dictaphone et attendre qu'elle revienne, mais il l'imagina en train de soulever un sac de grain ou une botte de foin... Il secoua la tête, pivota sur ses talons pour aller prendre son manteau, et son regard fut alors attiré par le mot posé sur la table :

Dylan,

Je vais passer la matinée chez Mme Cutterman. Son numéro est dans l'annuaire, au cas où tu aurais besoin de me joindre. J'irai ensuite faire quelques courses en ville. Je devrais être de retour en début d'après-midi.

Abby

Dylan se sentit brusquement abattu. Abby ne rentrerait pas avant des heures, et c'était maintenant qu'il avait besoin d'elle. Il voulait voir sur son visage l'empreinte de la nuit précédente avant que la reprise de ses activités quotidiennes ne l'ait effacée. Il voulait lui parler calmement, raisonnablement, jusqu'à résoudre la contradiction entre ce qu'il savait d'elle et ce qu'il éprouvait. Il voulait lui faire l'amour, encore et encore, dans la grande maison vide.

Elle lui manquait affreusement.

Troublé par ce constat, Dylan jugea plus prudent de l'ignorer. Il se versa une deuxième tasse de café, l'emporta dans sa chambre et essaya de se concentrer sur son travail.

Quand Abby se gara dans la cour, le ciel commençait à s'assombrir, et elle pesta contre les météorologues, qui avaient annoncé une journée ensoleillée. Sur la foi de ces prévisions, elle avait envoyé les garçons à l'école chaussés de leurs baskets et non de leurs bottes. La pluie qui allait sûrement tomber transformerait de nouveau le chemin et les abords de la maison en bourbier, et…

Mais à quoi bon se tourmenter, puisque ses fils avaient de toute façon besoin de chaussures neuves ? pensa la jeune femme en montant les marches de la véranda, un sac de courses à la main.

Elle ouvrit la porte, ramassa deux petites voitures, trois figurines et une chaussette qui traînaient dans le vestibule, puis entra dans la cuisine. Là, elle enleva son anorak, alluma la radio et mit à cuire la viande hachée qu'elle avait sortie du congélateur avant de partir.

— Bonjour !

De frayeur, Abby faillit lâcher sa spatule. Elle se retourna d'un bloc... et se trouva pratiquement nez à nez avec Dylan.

— Je... je ne t'avais pas entendu arriver, balbutia-t-elle. Tu marches aussi silencieusement qu'un chat !

— Non, tu as juste réglé la radio trop fort, comme d'habitude.

— C'est vrai, reconnut-elle en baissant le volume.

Même si elle était maintenant remise de la peur que Dylan lui avait faite, elle se sentait nerveuse – mais elle s'y attendait.

— J'ai dû aller racheter du lait, reprit-elle. Les garçons en boivent tellement que je suis tentée d'acheter une vache.

Dylan se sentait nerveux, et c'était quelque chose auquel il ne s'attendait pas du tout.

— Tu as passé une matinée agréable ? demanda-t-il.

— Agréable ?

— Oui, avec ton amie.

— Mon... Ah ! Mme Cutterman ? Oui, elle est très gentille.

La pensée des trois cents mètres carrés de sol qu'elle venait de nettoyer et des dizaines de meubles qu'elle venait de cirer traversa l'esprit de la jeune femme, mais elle la chassa, ouvrit un placard et mit beaucoup plus que les dix secondes nécessaires pour en sortir une boîte de sauce tomate.

Le bruit strident du vieil ouvre-boîte électrique lui portait d'habitude sur les nerfs, mais elle y trouva aujourd'hui une excellente excuse pour se taire le temps de chercher un sujet de conversation anodin.

— Il va pleuvoir avant que les garçons ne soient rentrés de l'école, dit-elle faute de mieux.

— Quelqu'un a téléphoné pendant ton absence.

— Qui ?

— Une certaine Betty, de l'Association des parents d'élèves.

— Elle t'a dit ce qu'elle voulait ?

— Trois douzaines de biscuits pour je ne sais quelle fête… Elle a ajouté qu'elle était sûre de pouvoir compter sur toi.

— Oui, cette bonne vieille Abby, toujours prête à rendre service…, observa la jeune femme, sans amertume et même avec une pointe d'autodérision dans la voix. Et pour quand les lui faut-il ?

— Mercredi prochain.

— C'est noté.

Un silence gêné s'installa pendant qu'Abby mélangeait la sauce tomate et des épices à la viande hachée. Les spaghettis étaient le plat préféré de Ben : il était capable d'en avaler trois pleines assiettées de suite. Abby, elle, avait l'estomac noué au point de se demander si elle arriverait jamais à manger de nouveau.

— Tu as envie de rattraper la séance de travail que je t'ai fait manquer ce matin, j'imagine ? finit-elle par déclarer. J'ai presque terminé ici, mais je dois ensuite m'occuper de la lessive. Si ça ne t'ennuie pas d'attendre que…

Les mots moururent sur ses lèvres : Dylan venait de lui poser la main sur l'épaule. Le cœur battant, elle se retourna, et il scruta son visage comme s'il y cherchait la réponse à une question d'une importance vitale, mais laquelle ? Elle aurait été bien en peine de le dire.

Et puis il l'enlaça et l'embrassa avec une douceur qui chassa d'un coup toute sa nervosité.

— Oh ! Dylan… J'avais tellement peur que tu aies des regrets…

Pourquoi ne l'avait-il pas prise plus tôt dans ses bras ? s'interrogea Dylan. Quand il la tenait serrée contre lui, tout paraissait si simple…

— Des regrets ? répéta-t-il. À propos de quoi ?

— De la nuit dernière.

— Non seulement je n'en ai aucun, mais j'en garde un souvenir ébloui.

— C'est vrai ?

— Oui, et j'ai été très déçu de trouver la maison vide en me levant : j'avais prévu d'occuper la matinée à une activité où ta présence était indispensable.

— Une nouvelle séance de travail ?

— Au contraire ! Je voulais te proposer de faire l'école buissonnière.

— L'école buissonnière ?

— Oui. Tu m'as l'air d'être le genre de personne qui ne l'a pas assez faite.

— Je ne suis jamais restée assez longtemps dans une même école pour en arriver à sécher les cours. Et d'ailleurs, il va pleuvoir. Ce n'est pas drôle de se promener sous la pluie.

— Qui t'a parlé de sortir ? Montons dans ta chambre, et tu verras que l'école buissonnière peut se pratiquer aussi à l'intérieur.

Comprenant soudain ce que Dylan avait en tête, Abby objecta :

— Mais les enfants seront là dans à peine deux heures !

— Raison de plus pour ne pas perdre de temps à discutailler !

Sur ces mots, Dylan souleva la jeune femme dans ses bras, puis il sortit de la cuisine, longea le vestibule et gravit l'escalier d'un seul élan.

Un frisson d'excitation parcourut Abby à l'idée de s'écarter pour une fois des règles établies et de s'abandonner au plaisir de l'instant. Elle posa la tête sur l'épaule de son compagnon et s'exclama en riant :

— Personne ne pourra changer de chaussettes demain matin !

— Et toi et moi serons les seuls à savoir pourquoi...

Ils firent l'amour avec une frénésie, une absence d'inhibitions qu'Abby n'avait encore jamais connues. Leurs vêtements allèrent s'entasser pêle-mêle sur le plancher et, dans la lumière incertaine qui entrait par la fenêtre, Dylan entraîna la jeune femme dans des contrées où elle aurait eu peur de s'aventurer avec qui que ce soit d'autre. Comme un enfant lors de sa première expérience des montagnes russes, elle découvrait des sensations qui lui coupaient le souffle, mais qu'elle brûlait juste après de retrouver.

Dylan se sentait transporté là où aucune femme ne l'avait jamais emmené. Parce que Abby lui appartenait et qu'il lui appartenait, se dit-il soudain, mais, curieusement, c'était un sentiment de légèreté et non de dépendance qu'il éprouvait. Il avait l'impression de voler et de monter toujours plus haut dans les sphères d'un plaisir indicible.

Et puis, une fois satisfait le besoin impérieux d'assouvir leur désir, une douce langueur remplaça la passion. Une petite pluie s'était mise à tomber, et son murmure accompagnait comme une musique leurs lentes caresses et leurs soupirs de volupté.

Ces instants de tendre complicité permirent à Dylan de se rendre compte que plus sa compagne lui révélait d'elle-même, plus elle le fascinait. Elle semblait posséder des facettes si nombreuses qu'il doutait de jamais les connaître toutes, et si contradictoires qu'il se demandait s'il arriverait un jour à la comprendre.

Tantôt il voyait en elle la jeune fille impétueuse qui avait tout quitté pour l'amour d'un homme, tantôt la victime d'un mari égoïste et violent, tantôt la femme volontaire qui avait repris son destin en main et protégeait ses enfants comme une lionne ses petits. Il était cependant résolu à assembler les pièces de ce puzzle pour en avoir une image enfin claire et complète.

Cela menaçait de tourner à l'obsession, mais quand ils étaient dans les bras l'un de l'autre, comme maintenant, la capacité de se poser des questions abandonnait vite Dylan, chassée par l'envie de caresser la peau douce d'Abby, de respirer l'odeur fraîche de ses cheveux, de se perdre jusqu'au vertige dans la chaleur de son corps offert.

Lentement mais irrésistiblement, la fièvre du désir les saisit de nouveau et leur fit tout oublier. Elle les emporta dans le monde secret des amants heureux tandis que la pluie, dehors, augmentait de violence comme pour se mettre au diapason du regain de leur passion.

Abby descendait l'escalier en fredonnant quand la porte d'entrée s'ouvrit à la volée, livrant passage à deux enfants trempés jusqu'aux os.

— Essuyez-vous les pieds ! leur ordonna-t-elle machinalement avant de courir les embrasser.

— Il pleut, annonça Chris d'un ton pénétré.

— Vraiment ?

— Oui, et mon devoir d'orthographe est tout mouillé, déclara Ben.

— Il ne le serait pas si tu l'avais rangé dans ton cartable, souligna la jeune femme.

— Je l'ai sorti dans le car pour pouvoir te le montrer tout de suite, expliqua Ben en lui tendant une feuille froissée et dégoulinante d'eau.

— Tu as eu un A ! s'exclama-t-elle, la main sur le cœur comme sous l'effet d'une émotion trop violente. Mais avec la pluie, le nom marqué en haut s'est à moitié effacé... Tu n'aurais pas pris la copie d'un autre élève, par hasard ?

— Non !

— Alors cet exercice sans une seule faute est réellement l'œuvre de Benjamin Francis Rockwell, *mon* Benjamin Francis Rockwell ?

Ben esquissa une moue de contrariété, comme chaque fois que sa mère lui rappelait son deuxième prénom.

— Ouais..., grommela-t-il.

— Ne te fâche pas, je plaisantais ! Je suis très fière de toi, et tu sais ce que je vais faire pour te récompenser ?

— Quoi ?

— Du chocolat au lait avec des marshmallows dedans.

— Je pourrai en avoir, moi aussi ? demanda Dylan depuis le haut de l'escalier.

— Bien sûr !

— Et à quoi devons-nous cette faveur ?

— À la note que Ben a obtenue en orthographe, répondit Abby. Il y avait vingt mots très difficiles, et il les a tous écrits correctement.

— Je suis impressionné, déclara Dylan.

Maintenant arrivé en bas des marches, il ébouriffa affectueusement les cheveux de Chris, puis il tendit la main à Ben en disant :

— Félicitations !

— Y a pas de quoi en faire tout un plat, marmonna le petit garçon.

La poignée de main virile que lui donna Dylan ne parut cependant pas lui déplaire, et ce fut d'une voix enjouée qu'il enchaîna :

— J'aurai droit à autant de marshmallows que je veux ?

— Tu ne perds pas le nord, toi ! s'écria Abby en riant. Mais c'est d'accord : tu l'as bien mérité.

Lorsque tout le monde fut réuni dans la cuisine, les deux enfants entreprirent de raconter leur journée dans une joyeuse cacophonie et en se coupant sans cesse la parole.

Seul le chocolat que leur mère leur servit eut le pouvoir de les réduire au silence et, un quart d'heure plus tard, ils mettaient leurs anoraks et leurs bottes pour aller nourrir les animaux.

— Je crois que je n'avais pas dégusté de chocolat aux marshmallows depuis vingt ans, observa Dylan avec un coup d'œil nostalgique en direction de sa tasse vide.

— Ça te rappelle des souvenirs ?

— Oui. Ma mère m'en faisait quand j'étais petit. C'est un vrai cordon-bleu. Ses tartes au citron sont les meilleures que j'aie jamais mangées.

— Tu vois souvent tes parents ?

Cette question éveilla en Dylan un sentiment familier de culpabilité et de résignation mêlées.

— Une ou deux fois par an, répondit-il. Je me promets toujours de leur rendre visite plus fréquemment, et puis je me laisse accaparer par mon travail.

— Je comprends, murmura Abby.

Le jour viendrait où ses fils quitteraient la maison, pensa-t-elle, et où leurs occupations les en tiendraient éloignés pendant de longs mois, mais elle l'acceptait à l'avance : c'était dans l'ordre des choses.

— Je ne vois pas mes parents très souvent, moi non plus, reprit-elle. Ils ne restent jamais assez longtemps au même endroit.

— Ils se produisent toujours dans les cabarets ?

— Oui, et ils ne sont pas près d'arrêter, dit la jeune femme avec un sourire attendri. Ils ont le spectacle dans le sang, et mon père est extrêmement fier que Chantel et Maddy perpétuent la tradition familiale de façon aussi brillante. Il en veut à Trace, en revanche, d'avoir choisi une autre voie.

— Que fait ton frère ?

— Il voyage, mais aucun de nous ne sait ce qu'il fait exactement. D'après papa, il ne le sait pas lui-même.

— Et ton père ne t'en veut pas, à toi, d'avoir abandonné ta carrière d'artiste ?

— Non. Je lui ai donné deux petits-fils, et c'est le plus beau cadeau que je pouvais lui offrir... Tes parents sont fiers de ta réussite professionnelle, j'imagine ?

— Mon père aurait préféré que je reste à la ferme pour traire les vaches, mais j'ai appris par ma mère qu'il avait lu tous mes articles et tous mes livres.

Le retour de Chris dans la cuisine, hors d'haleine et le visage bouleversé, interrompit la conversation. Abby courut à sa rencontre et lui demanda anxieusement :

— Que se passe-t-il ? Ben s'est blessé ?

— Non, c'est Eve... Elle est couchée par terre, et elle arrête pas de trembler.

Chris n'avait pas fini de parler qu'Abby avait attrapé son anorak. Elle sortit de la pièce en trombe, sans prendre le temps de troquer ses baskets contre des bottes, et se précipita vers l'écurie. Là, elle trouva Ben assis à côté d'une jument qu'il caressait, les yeux remplis de larmes.

— Elle va mourir ? s'enquit-il d'une toute petite voix.

— Bien sûr que non ! répondit la jeune femme en s'agenouillant près de lui et en lui passant un bras autour des épaules. Elle va juste avoir son bébé… Nous en avons déjà parlé, tu te souviens ?

— Oui, mais elle a vraiment pas l'air bien…

— Ne t'inquiète pas ! C'est parce qu'elle souffre, et c'est normal.

— Pourquoi c'est normal qu'elle souffre ?

— Parce que, chez les humains comme chez les animaux, une naissance est toujours un peu douloureuse, mais ça en vaut la peine, et tout ira bien, je te le promets.

Malgré ces propos rassurants, Abby avait la gorge nouée. Des gouttes de sueur coulaient sur la robe du cheval, de violents frissons le secouaient, et des plaintes s'échappaient de sa bouche tremblante.

La jeune femme lui flatta doucement l'encolure et ordonna à Ben :

— Va téléphoner au vétérinaire et dis-lui que nous avons besoin de lui, mais n'oublie pas de te présenter avant !

— D'accord.

— Tu lui expliqueras qu'Eve est en travail.

— En travail ?

— Oui, cela signifie que son poulain sera bientôt là, alors dépêche-toi de revenir, sinon tu risques de manquer quelque chose de tout à fait extraordinaire.

Stimulé par cette perspective et flatté de se voir confier une mission importante, Ben s'élança vers la porte pendant qu'Abby posait la tête de la jument sur ses genoux et lui chuchotait des mots apaisants.

— On peut aider ?

La jeune femme se retourna. Dylan se tenait sur le seuil du box, la main de Chris dans la sienne. Le petit garçon semblait à présent moins effrayé que curieux. Sans doute Dylan l'avait-il rassuré comme elle avait rassuré Ben, et elle lui adressa un sourire reconnaissant.

— Si j'en crois ma propre expérience, répondit-elle, il n'y a pas grand-chose d'autre à faire qu'encourager la future mère et laisser agir la nature. La présence d'un homme de l'art n'est vraiment nécessaire qu'en cas de complications.

Une nouvelle contraction arracha un gémissement à la jument, et Abby se pencha sur elle pour lui murmurer :

— Oui, je sais, tu as mal… J'ai connu ça, moi aussi…

— Tu as eu mal, quand je suis né ? demanda Chris.

— Un peu, et tu n'étais pas pressé de sortir de mon ventre ! J'ai même cru un moment que tu avais décidé d'y rester. Mais le médecin a mis de la musique, et en entendant *Let It Be,* tu as dû penser qu'il y avait des choses intéressantes à découvrir dehors, parce que tu es né avant la fin de la chanson.

— Eve serait peut-être contente, si on lui mettait de la musique ?

— Certainement !

Chris courut allumer la radio, puis se hâta de regagner le box et de reprendre la main de Dylan. Ben les rejoignit un instant plus tard et, bien qu'essoufflé, il annonça d'une seule traite :

— Le vétérinaire a dit qu'il allait venir le plus vite possible mais qu'il ne fallait pas s'inquiéter parce que Eve est très robuste.

— Oui, tout se passera bien, déclara Abby.

Mais au fil des minutes, alors que les contractions devenaient de plus en plus intenses, son bel optimisme commença à vaciller. L'obligation de résoudre seule les problèmes, petits et grands, que posaient la subsistance et l'éducation de deux enfants, lui avait permis d'acquérir une certaine assurance mais, s'il lui arrivait de jouer les infirmières quand ses fils étaient malades, elle n'avait pas de véritable compétence en matière médicale, aussi si les complications dont elle avait parlé survenaient...

Elle secoua la tête pour se forcer à se ressaisir. Complications ou pas, elle allait faire tout son possible pour sa jument. Eve était beaucoup plus pour elle qu'un moyen de gagner de l'argent : c'était un être de chair et de sang, dont elle s'occupait jour après jour depuis plus d'un an, et qu'il lui était très douloureux de voir souffrir.

Dylan vint s'accroupir près d'elle, lui caressa doucement le dos et murmura :

— J'ai assisté à la naissance de nombreux veaux, et les choses ne doivent pas être différentes pour un poulain... Je te prêterai main-forte si le vétérinaire n'est pas là à temps.

Reconnaissante, elle posa la tête sur son épaule – mais se hâta de s'écarter de lui en remarquant que Ben fronçait les sourcils.

Et, quand la phase de l'expulsion commença, elle oublia dans le feu de l'action la proposition de Dylan, son instinct lui dictant les gestes qu'il fallait pour aider Eve à mettre son petit au monde.

Leurs sueurs se mêlaient, le sang qui accompagnait l'apparition d'une nouvelle vie rougissait ses mains, et l'espoir qu'apportait cette nouvelle vie brillait dans ses yeux, nota Dylan avec un respect mêlé d'admiration. Il jeta un coup d'œil aux petits garçons et sourit en les voyant contempler, bouche bée, ce fascinant spectacle.

— C'est fabuleux, non ? leur dit-il.

— Moi, je trouve ça répugnant, marmonna Ben.

Mais il était manifestement captivé et, lorsque du ventre de la jument sortirent des jambes grêles, puis une tête, puis un corps trapu, il s'écria d'une voix émerveillée :

— C'est un cheval ! Un vrai cheval !

— Il est drôlement gros, observa Chris. Comment il pouvait tenir là-dedans ?

— Elle, rectifia Abby. C'est une femelle. Elle n'est pas magnifique ?

— Si, mais elle est toute sale, remarqua Ben.

Comme en écho à cette critique, Eve commença alors de lécher vigoureusement son nouveau-né.

— Bravo ! s'exclama Dylan en embrassant Abby sur la joue. Un vétérinaire n'aurait pas fait mieux !

Chris tendit une main timide vers le poulain, puis suspendit son geste et demanda :

— On peut jouer avec elle ?

— Pas encore, indiqua sa mère. Tu as le droit de la caresser, en revanche.

Le petit garçon effleura du doigt la robe encore humide du poulain, mais il se recula vivement quand celui-ci esquissa un mouvement pour se relever. Après quelques tentatives aussi touchantes que maladroites, il y parvint, et Chris s'écria, les yeux écarquillés :

— Elle s'est mise debout toute seule ! La petite sœur de Cathy Jackson, elle, y est pas arrivée avant des mois et des mois !

Cette supériorité lui apparaissait visiblement comme une victoire personnelle.

— Comment on va l'appeler ? enchaîna-t-il.

— Ce n'est pas à nous d'en décider, répondit Abby. Si M. Jorgensen l'achète, il voudra choisir lui-même son nom.

— On peut pas la garder ?

— Non, et tu le sais : nous en avons déjà parlé.

— Tu nous as pourtant gardés, Ben et moi !

— Les chevaux grandissent beaucoup plus vite que les humains, intervint Dylan. À toi, il te faudra des années pour devenir adulte, et seulement alors tu seras capable de te débrouiller tout seul dans la vie. Ce poulain, lui, n'aura plus besoin de sa mère dans très peu de temps.

— On ira lui rendre visite ! décréta Ben d'un air provocant, comme s'il défiait quiconque d'oser le contredire.

— Je suis sûre que M. Jorgensen nous le permettra, déclara Abby. Il est très gentil.

— On pourra aussi assister à la naissance du bébé de Gladys ?

— Oui, si vous n'êtes pas à l'école à ce moment-là.

Un bruit de moteur se fit entendre, et la jeune femme, regardant ses mains, nota pour la première fois qu'elles étaient maculées de sang.

— Ce doit être le vétérinaire, reprit-elle. Il faut que j'aille me laver.

L'excitation de Ben et de Chris ne retomba pas de la soirée, et Abby les autorisa à se coucher plus tard que d'habitude et à aller dire bonsoir au poulain avant.

Quand ils furent enfin dans leur lit, elle s'installa devant la cheminée du séjour, où Dylan avait allumé du feu.

— Quelle journée ! observa-t-il en venant s'asseoir près d'elle.

— Oui, je suis épuisée, mais je suis très heureuse qu'Eve ait mis bas à une heure où les garçons étaient à la maison. C'est quelque chose qu'ils n'oublieront jamais… et moi non plus.

Un sentiment de nostalgie qu'Abby n'avait pas éprouvé depuis très longtemps l'envahit. Elle gardait un merveilleux souvenir de ses grossesses, et même de ses accouchements qui, malgré la douleur, restaient les deux moments les plus forts de son existence.

Aurait-elle le bonheur de donner encore la vie ? Sans doute pas… Dylan avait pris des précautions, et il avait eu raison. Un soupir lui échappa pourtant, et seule la retint d'en pousser un deuxième la pensée qu'elle avait déjà deux beaux enfants. Non, elle n'avait vraiment pas le droit de se plaindre !

— Je te trouve bien songeuse, observa Dylan. À quoi penses-tu ?

— Je suis trop fatiguée pour penser, mentit-elle. Tu vas devoir attendre demain pour me poser des questions.

— Et tu y répondras franchement ? Parce que j'en ai encore beaucoup d'autres, et qui concernent le passé, celles-là.

— Je le sais.

— C'est pour écrire la biographie de Chuck que je suis ici, souligna Dylan comme pour se convaincre d'une chose dont il n'était plus sûr qu'elle soit toujours entièrement vraie.

L'idée que, une fois l'ouvrage terminé, ils se sépareraient pour ne plus jamais se revoir assombrit de nouveau la jeune femme. Il lui fallait néanmoins s'y résigner : Dylan ne lui avait fait aucune promesse, et mieux valait donc accepter dès maintenant le caractère éphémère de leur liaison.

— Je le sais, répéta-t-elle dans un murmure.

Dylan sentait que la nouvelle nature de leurs relations avait affaibli les défenses d'Abby, qu'il lui suffirait d'insister un peu pour qu'elle lui parle à cœur ouvert. L'écrivain en lui l'y exhortait, et pourtant il se contenta de passer un bras autour des épaules de sa compagne et de regarder avec elle les flammes danser dans l'âtre.

— Nous avions une grande cheminée de pierre, à la ferme, déclara-t-il au bout d'un moment. Ma mère disait toujours qu'on aurait pu y faire rôtir un bœuf.

— Tu as eu une enfance heureuse ? demanda Abby en se serrant contre lui.

— Oui. Je n'étais pas ravi de devoir me lever tous les matins avant l'aube pour aller traire les vaches, mais j'étais heureux. Il y avait un ruisseau, près de la maison, avec un vieux chêne, juste au bord. Je m'asseyais dessous et je passais des après-midi entiers à lire en écoutant le bruit de l'eau.

— C'est ton goût de la lecture qui t'a donné celui d'écrire ?

— Sans doute, mais si j'adorais les romans, c'est un genre auquel je n'ai jamais songé à m'essayer. J'avais pour ambition de répandre la vérité sur le monde, et c'est pour cela que j'ai d'abord choisi le journalisme. J'étais très idéaliste à l'époque – ou très naïf, comme on veut... Je ne connaissais pas le proverbe selon lequel la vérité se cache au fond d'un puits, et je mesurais encore moins la quantité de boue qu'il fallait remuer pour la découvrir.

— Cela ne t'a apparemment pas découragé, mais pourquoi as-tu abandonné un métier où tu t'étais fait un nom pour te spécialiser dans les biographies ?

— Parce que je trouve passionnant de me plonger dans la vie d'une personne et de voir combien d'autres vies elle a affectées, quelles marques elle a laissées, quelles erreurs cette personne a commises.

— Certaines erreurs ont un caractère très intime, alors imagine que quelqu'un écrive un jour ta biographie... Tu serais content d'y voir révélés tous tes secrets, même si le livre est objectif et fidèle à la vérité ?

Cette question parut amuser Dylan : il avait la joue posée sur les cheveux d'Abby, et elle sentit un rire silencieux le secouer. Il n'avait pas l'air de comprendre qu'elle parlait le plus sérieusement du monde.

— Le mieux serait que je la rédige moi-même, répondit-il, et je m'y dépeindrais sans aucune complaisance, tu peux en être sûre.

— As-tu fait des choses, dans ta vie, dont tu aies vraiment honte ?

Dylan n'eut pas à réfléchir longtemps : quel homme, passé trente ans, pouvait se vanter d'avoir toujours eu une conduite irréprochable ?

— Je ne suis pas un saint, admit-il.

— Et tu confesserais tes fautes sans te soucier de l'opinion que les gens auraient ensuite de toi ?

— Oui, parce qu'on ne peut pas transiger avec la vérité.

Se rappelant alors ce qu'Abby lui avait dit sur les circonstances où Chris avait été conçu, Dylan se sentit obligé d'ajouter :

— Mais parfois, quand c'est réellement important, on peut feindre de l'ignorer.

Les yeux fixés sur les flammes, la jeune femme ne fit pas de commentaire. Elle était trop occupée à méditer à propos de la dernière remarque de son compagnon.

Parce qu'il voulait se mettre au travail de bonne heure, Dylan descendit le lendemain matin dans la cuisine avant que les garçons aient terminé leur petit déjeuner. Comme il fallait s'y attendre, ils étaient en train de parler du poulain né la veille et de celui que Gladys allait bientôt mettre au monde.

Forts de leur expérience, ils avaient résolu de prendre une part active à cette deuxième naissance – si la jument ne les trahissait pas en poulinant pendant qu'ils étaient à l'école. En attendant, chacun d'eux emportait une photo polaroïd du petit d'Eve pour la montrer à leurs camarades de classe.

— On est mercredi, et c'est le jour où il y a des hamburgers à la cantine, annonça Ben d'un ton faussement dégagé. Ils ne coûtent que deux dollars.

Abby remit dans le placard le pot de beurre de cacahuète qu'elle venait de sortir pour préparer des sandwichs à ses fils.

— D'accord, dit-elle. Va me chercher mon sac à main.

— Je pourrai m'acheter un hamburger, moi aussi ? demanda Chris entre deux bouchées de corn-flakes.

— Bien sûr.

Quand Ben lui eut apporté son sac, Abby préféra en vider le contenu sur le plan de travail plutôt que de tâtonner à l'aveuglette pour y trouver son portefeuille.

— Tenez, déclara-t-elle en tendant deux billets de un dollar à chacun des enfants, mais faites bien attention à ne pas les perdre !

— T'inquiète pas ! s'écria joyeusement Chris avant de fourrer les billets dans la poche de son jean et de courir décrocher son anorak. M'man ?

— Oui ?

— Je sais d'où viennent les bébés… mais comment ils y sont arrivés ?

Maintenant occupée à se servir une deuxième tasse de café, la jeune femme tressaillit si violemment qu'elle renversa du café sur la table. En se tournant vers Chris, elle surprit l'expression goguenarde de Dylan. Il ne perdait rien pour attendre, mais dans l'immédiat elle devait répondre à Chris, et comment expliquer les choses de la vie à un petit garçon de six ans dans les deux minutes qui lui restaient avant de partir pour l'école ?

— C'est l'amour qui les met là, indiqua-t-elle. Un genre d'amour très spécial.

— Ah bon ! dit Chris, apparemment satisfait. Tu viens, Ben ?

Puis, voyant que son frère n'avait pas fini d'enfiler son anorak, il reprit d'une voix triomphante : « Je serai à l'arrêt de bus avant toi ! », et quitta la pièce comme un bolide, obligeant Ben à remonter sa fermeture Éclair et à courir après lui en même temps.

— Au revoir, les garçons…, marmonna Abby avec un hochement de tête désabusé.

Elle nettoya ensuite la table, sous le regard amusé d'un Dylan à qui elle s'apprêtait à lancer une remarque acerbe lorsqu'il observa :

— Je suis admiratif.

— Admiratif ?

— Oui. Chris t'a posé une question très importante, très délicate, et au lieu de l'éluder ou de lui donner une leçon de biologie comme d'autres l'auraient fait, tu lui as fourni exactement la réponse dont il avait besoin. Je regrette cependant de ne pas avoir eu le polaroïd sous la main quand il a voulu savoir comment les bébés arrivaient dans le ventre de leur mère… Si tu avais vu ta tête !

— Alors je me félicite, moi, que l'appareil soit resté dans l'écurie ! Je ne suis déjà pas vraiment à mon avantage le matin…

— Tu te trompes ! Tu es très belle le matin. Si belle, même, que j'aimerais pouvoir ne me lever qu'à midi, après t'avoir regardée dormir, te réveiller, puis te rendormir dans mes bras.

Le cœur d'Abby se mit à battre tellement fort qu'elle se demanda si Dylan ne l'entendait pas.

— Ça ne me déplairait pas à moi non plus, avoua-t-elle, mais les enfants…

— Je sais, et je comprends. C'est juste une idée que je trouve… excitante.

— Moi aussi, mais j'ai malheureusement trop de choses à faire pour traîner au lit. Je me dis toujours que je reconnaîtrai le début de l'adolescence chez mes fils au fait qu'ils dormiront au-delà de 7 heures.

Encore troublée par les pensées érotiques que son compagnon avait éveillées en elle, la jeune femme commença de débarrasser la table avec des gestes qui n'avaient pas leur précision habituelle.

— Laisse ! déclara Dylan. Je m'en occuperai.

— Non, c'est à moi de…

— Tu as déjà entendu parler de l'égalité des sexes ?

— Bien sûr ! Je suis une féministe convaincue, et c'est pour cela que les garçons sont de corvée de vaisselle à tour de rôle, emportent leur linge sale dans la buanderie – les bons jours – et savent se servir d'un aspirateur. Leurs épouses me remercieront plus tard, mais ils ne peuvent pas non plus *tout* faire, et encore moins les jours d'école.

— Oui, mais moi, je suis là, alors profites-en !

— Bon, d'accord… Tu ranges la cuisine, et moi, je vais nourrir les animaux. Ce sera autant de temps de gagné.

— Et ensuite, nous nous mettrons au travail.

— Non. Il faut que j'aille chez les Smith, et je ne serai pas rentrée avant midi.

Dylan ouvrit la bouche pour protester, mais il se retint. De quel droit aurait-il privé Abby de l'une de ses rares distractions ? Si elle avait prévu de rendre visite à des amis, il devait s'incliner…

Pendant qu'ils parlaient, elle avait entrepris de replacer une à une dans son sac les affaires éparpillées sur le plan de travail, et Dylan, qui l'observait, remarqua soudain :

— Tu emportes toujours une boîte de gants en latex avec toi ?

— Oui, pour ne pas risquer de l'oublier en partant. Mme Smith ne jure que par l'ammoniaque.

— Pardon ?

— L'ammoniaque, répéta Abby en refermant son sac et en se demandant si le reste des spaghettis de la veille suffiraient pour faire un dîner. Mme Smith exige que tous ses sols soient lessivés à l'ammoniaque pur.

— Tu veux dire que... c'est toi qui t'en charges ?

— Oui. Je vais nettoyer sa maison à fond un mercredi sur deux.

— À titre bénévole ?

L'esprit occupé par des dizaines d'autres choses, Abby alla décrocher son anorak avant de répondre :

— Bien sûr que non ! Je suis payée six dollars de l'heure... Excuse-moi, mais il faut que je me dépêche, maintenant... Ah ! ne mets pas le lave-vaisselle en route : il ne sera certainement pas assez plein pour...

— Une seconde ! Tu travailles comme femme de ménage ?

— Oui, déclara-t-elle distraitement. J'ai...

La fin de sa phrase lui resta dans la gorge : Dylan s'était levé d'un bond et s'approchait d'elle, les yeux luisant de colère.

— Et la matinée d'hier ? gronda-t-il. Tu ne l'as pas passée à prendre le thé avec cette Mme Cutterman, comme je le croyais ?

— Non, je fais aussi le ménage chez elle deux fois par mois.

— Tu ne te fatigues pas assez ici ? Il faut encore que tu ailles te mettre à quatre pattes chez les autres pour laver leurs carrelages ?

— Il n'y a pas de sot métier !

— Sans doute, mais je peux savoir pourquoi tu exerces celui-là ?

— Parce que le seul autre domaine où j'ai quelque compétence est le chant à trois voix, et que je n'ai pas la possibilité de l'exploiter ici.

— Arrête de te dérober et explique-moi pourquoi la veuve de Chuck Rockwell s'amuse à jouer les cendrillons pour six dollars de l'heure !

La jeune femme blêmit. La colère de Dylan l'avait d'abord surprise, irritée ensuite, mais le mépris qu'exprimait sa dernière remarque la blessait profondément.

— Je n'ai ni le temps ni l'envie de parler de ma situation financière avec toi ! déclara-t-elle.

Puis elle se dirigea vers la porte, mais Dylan lui barra le passage.

— Je t'ai posé une question !

— Et je t'ai donné la seule réponse que tu auras jamais ! répliqua Abby, son orgueil reprenant le dessus. Je n'ai pas de comptes à te rendre, et je n'ai pas l'intention de rester là, à me faire traiter comme une moins que rien sous prétexte que je passe l'aspirateur et que je cire les meubles chez les autres contre rémunération ! Je n'en ai pas honte, et tu peux en penser ce que tu veux, je m'en moque !

— Tu refuses donc de me dire pourquoi...

— Oui, parce que ça ne te regarde pas !

Contournant Dylan, Abby franchit les quelques mètres qui la séparaient de la porte, l'ouvrit d'un geste brusque et la claqua derrière elle.

Dylan songea à s'élancer à sa poursuite, mais il y renonça finalement. Ce fut toutefois la rage au cœur, et plus décidé que jamais à découvrir la vérité, qu'il monta travailler dans sa chambre.

10

Pour tenter d'oublier Abby et le mystère de plus en plus épais qui l'entourait, Dylan se concentra sur la figure centrale de son ouvrage et y arriva si bien – au moins dans un premier temps –, qu'il écrivit une vingtaine de pages presque d'une traite.

Depuis le début de ses investigations, il avait appris à connaître Chuck Rockwell en tant qu'homme – un homme égocentrique, excessif et inconstant –, mais il ne pouvait pas non plus ignorer les qualités qui avaient fait de lui l'un des plus grands coureurs automobiles de sa génération.

Né avec une cuillère d'argent dans la bouche, il aurait pu occuper un poste purement honorifique dans le conglomérat familial et mener ainsi la vie facile d'un riche oisif. Au lieu de cela, il avait décidé de suivre sa propre voie, et c'était tout à son honneur.

Ce choix avait été très vite récompensé par des victoires en Grand Prix qui lui avaient valu le respect de ses pairs – même si certains ne l'appréciaient guère sur le plan humain –, les louanges de la presse et une renommée internationale.

Une année de compétition en formule 1 lui avait suffi pour réaliser des objectifs que très peu de pilotes atteignaient dans leur carrière, il avait épousé une ravissante jeune femme qui lui avait donné deux beaux enfants... Tout lui souriait, et pourtant il s'était lancé dans ce qui apparaissait à Dylan comme une entreprise systématique de destruction de tout ce que la vie lui avait apporté de bon.

Sa conduite irresponsable lui avait fait perdre l'appui et le financement de son fidèle sponsor, il s'était aliéné la plupart des rares amis qui lui restaient sur le circuit, et il avait failli à tous ses devoirs envers sa famille.

Parvenu à ce point de l'histoire, Dylan fut contraint de se reposer la question qui l'obsédait depuis deux jours : pourquoi Abby n'avait-elle pas quitté un mari qui la trompait pratiquement depuis le début de leur mariage, la laissait élever seule leurs fils et avait même abusé d'elle ? Pourquoi n'avait-elle pas demandé le divorce ?

Tant qu'elle ne le lui aurait pas dit, ce qu'il écrirait sur sa vie de couple avec Chuck se réduirait à de simples hypothèses.

Tant qu'elle ne lui ferait pas assez confiance pour le lui dire, il ne pourrait pas prendre le risque de s'attacher à elle.

Cette dernière réflexion lui arracha un petit rire sans joie. À quoi bon se mentir ? se demanda-t-il en écrasant d'un geste rageur sa cigarette dans le couvercle de boîte de conserve qui lui servait de cendrier. À quoi bon nier qu'il était trop tard pour décider de s'attacher ou non à Abby ? Elle avait commencé par le rendre fou de désir, et fini par lui ravir son cœur.

Il avait toujours pensé que l'expression « tomber amoureux » était à prendre au pied de la lettre : il s'agissait bien d'une chute, due à un manque d'attention ou de prudence. Et il avait bien le sentiment d'avoir fait un faux pas. Un faux pas qui, selon toute probabilité, allait causer un tort irréparable à l'écriture de son livre, à sa liberté d'action et à sa vie tout entière.

Abby lui manquait… Il était plus de midi. Pourquoi n'était-elle pas encore rentrée à la maison ?

Cette pensée acheva de le perturber : il habitait sous ce toit depuis moins de deux semaines, et il s'y sentait déjà chez lui… Il connaissait Abby depuis moins de deux semaines, et il la considérait déjà comme sienne… Quant à Ben et Chris…

Dylan repoussa sa chaise et se mit à marcher de long en large dans la pièce. D'accord, il adorait ces enfants, et alors ? Il aurait fallu avoir un cœur de pierre pour ne pas les aimer.

Cela étant, rien ne l'empêchait de réagir. Il n'était nullement obligé de sacrifier pour une femme et deux petits garçons, aussi charmants soient-ils, une existence qui lui convenait parfaitement et dont la construction lui avait coûté tant d'efforts. Il n'était responsable que de lui-même ; la seule personne dont il voulait satisfaire les besoins et recevoir l'approbation était Dylan Crosby.

Il n'était certes pas millionnaire, mais son compte en banque était bien garni, et s'il avait envie de partir le lendemain se prélasser pendant quinze jours sous le soleil des tropiques, il n'avait à en demander l'autorisation à personne.

Était-il égoïste ? Il réfléchit un moment, puis haussa les épaules. Peut-être l'était-il, mais il avait des excuses. Il avait trait les vaches tous les jours que Dieu faisait jusqu'à l'âge de dix-huit ans… Il avait travaillé dur pour obtenir son diplôme de journaliste, puis pour réussir dans une profession où il était difficile de percer… Il avait risqué plusieurs fois sa vie au cours d'enquêtes qui avaient permis d'envoyer de dangereux criminels derrière les barreaux…

Le mariage était le seul domaine où il avait essuyé un échec, mais maintenant il était libre de toute attache, sur le plan professionnel comme personnel, alors pourquoi s'en créer de nouvelles ? Ce n'était pas parce qu'il se plaisait dans cette maison qu'il allait décider d'y rester jusqu'à la fin de ses jours ! Ni Abby ni lui n'avaient été heureux en ménage, et rien ne disait qu'ils le seraient ensemble une fois éteints les premiers feux de la passion…

Pourquoi tardait-elle tant à rentrer ?

À la seconde même où un bruit de moteur lui parvint, Dylan se précipita dans le couloir, descendit dans le séjour et regarda par la fenêtre. Ce ne fut cependant pas le break d'Abby qu'il vit s'arrêter dans la cour, mais une grosse limousine gris métallisé d'où sortirent un homme, puis une femme, puis une autre...

— Ah ! le bon air de la campagne ! s'écria Frank O'Hurley d'une voix théâtrale. Quelle fraîcheur ! Quelle pureté ! Respirez-moi ça ! Mais... c'est quoi, cette odeur ?

— Du crottin de cheval, déclara Maddy. Tu peux prendre mon sac à main, maman ? Je l'ai laissé dans la voiture.

Molly descendit lestement de la limousine, tendit le sac à sa fille, puis mit sa main en visière pour se protéger de l'éclat du soleil. Elle n'était pas spécialement frivole, mais le fait de plisser les yeux donnait des rides, et l'apparence comptait beaucoup dans son métier. Elle posa sur la maison un regard mi-satisfait, mi-déconcerté, et observa :

— J'ai toujours du mal à imaginer notre Abby en fermière.

— Oui, renchérit Frank, nous avons complètement raté son éducation.

— Arrête, papa ! s'exclama Maddy. Les enfants ont bien le droit d'être différents de leurs parents !

Dylan ouvrit la porte d'entrée juste à temps pour voir le chauffeur, visiblement subjugué, aider Chantel O'Hurley à descendre de la voiture.

— Merci, Donald, lui dit-elle d'une voix basse et sensuelle. Vous serez gentil de mettre les bagages sous la véranda, et vous pourrez ensuite disposer.

— Très bien, mademoiselle O'Hurley.

— Comment fais-tu pour avoir tous les hommes à ta botte ? murmura Maddy à sa sœur pendant que le chauffeur ouvrait le coffre.

— Je ne sais pas : c'est inné, répondit Chantel en riant.

Elle aperçut alors Dylan et enchaîna dans ce qui aurait été un ronronnement si les chats ronronnaient au moment de sortir leurs griffes :

— Tiens, tiens... Qui voilà ?

— Ce doit être l'écrivain qui prépare la biographie de Chuck. Sois gentille avec lui !

— Je te rappelle que j'ai une réputation à soutenir, et la gentillesse n'en a jamais fait partie.

Debout en haut des marches, Dylan observait les nouveaux arrivants. L'une des sœurs O'Hurley portait une veste et un pantalon trop grands pour elle, et dont les couleurs discordantes auraient dû offenser la vue, mais qui, sur elle, composaient une tenue d'une originalité aussi flatteuse et piquante que la coupe courte de ses cheveux blond vénitien. L'autre sœur était l'image même de la sophistication, depuis la racine de ses longs cheveux blond platine jusqu'au bout de ses chaussures en crocodile.

Près d'elles se tenaient une femme gracieuse et menue d'une cinquantaine d'années, et un petit homme mince qui faisait de grands gestes du bras en direction de l'écurie.

Maddy fut la première à aller saluer Dylan. Elle gravit l'escalier d'un pas vif et lui donna une poignée de main énergique en disant :

— Bonjour ! Nous sommes la famille d'Abby.

Chantel la suivit d'un pas lent, ignora la main que Dylan lui tendait et murmura :

— Monsieur Crosby... Nous nous sommes déjà rencontrés...

— Mademoiselle O'Hurley..., susurra-t-il.

S'il avait jamais vu une femme qui aurait aimé lui enfoncer un couteau dans le corps – et su exactement où frapper pour porter un coup mortel –, c'était bien celle-là.

— Et voici nos parents, déclara Maddy.

— Frank et Molly O'Hurley, précisa son père avant de serrer vigoureusement la main à Dylan.

— Non, Molly et Frank, rectifia Molly d'un ton malicieux et avec un sourire qui ressemblait beaucoup à celui d'Abby.

— Elle veut toujours figurer en tête d'affiche ! expliqua Frank en l'embrassant affectueusement sur la joue. Où est ma fille ?

— Elle est allée faire des courses, répondit Dylan.

Il se fiait toujours à ses premières impressions, et ce petit homme exubérant lui avait inspiré une sympathie immédiate.

— Des courses ! répéta Frank. Ça lui ressemble bien ! Elle a toujours eu le goût de la vie domestique.

— Contrairement au reste de sa famille, souligna Molly. Vous êtes donc l'écrivain dont Abby nous a parlé, monsieur Crosby, celui qui va réaliser la biographie de son mari ?

Bien qu'il ait perçu de la désapprobation dans sa voix, Dylan eut le sentiment qu'elle n'était pas dirigée contre lui personnellement, mais contre la décision qu'avait prise sa fille d'autoriser la rédaction de cet ouvrage.

— En effet, répondit-il. Écoutez, je ne sais pas exactement quand elle reviendra… Elle devrait déjà être là, en fait, mais…

— Pas de problème ! s'écria Frank en lui donnant une petite tape amicale sur le bras.

Il le contourna ensuite et entra dans la maison avec tant d'assurance et de naturel qu'il fallut un moment à Dylan pour s'apercevoir qu'il avait superbement ignoré les bagages entassés sous la véranda.

Cette désinvolture ne parut surprendre aucun des membres de sa famille. Maddy empoigna deux valises et déclara à Dylan avec un clin d'œil amusé :

— Il est malin, hein ? Allez, Chantel, aide-moi ! Ça te rappellera le bon vieux temps.

Sa sœur considéra les bagages, l'air de se demander lequel pesait le moins lourd, et elle finit en effet par soulever le plus petit de la pile.

— C'est bien la fille de son père, observa Molly avant de se pencher et de prendre une valise dans chaque main.

— Donnez, je vais…, commença Dylan.

— Laissez, je suis plus forte qu'il n'y paraît, et je suis habituée à porter les valises ! coupa-t-elle en riant. Occupez-vous plutôt des autres, parce que je peux vous garantir que ces deux demoiselles ne reviendront pas les chercher… Il y a du café de prêt, Frank ?

Puis elle franchit le seuil d'un pas décidé, et Dylan la suivit avec le reste des bagages.

L'après-midi promettait d'être animé, mais non dépourvu d'intérêt.

Le ressentiment d'Abby n'avait duré que le temps d'arriver chez les Smith. Il était peut-être légitime, mais il ne l'avancerait à rien, et l'honnêteté l'obligeait à admettre que les torts étaient partagés : sans lui mentir à proprement parler, elle n'avait pas tout dit à Dylan. Il le savait et, pour un homme à ce point épris de vérité, cela équivalait à un mensonge.

Sa dureté, son mépris ne l'en avaient pas moins blessée. C'était de sa compréhension qu'elle avait besoin, et elle avait cru leurs relations désormais assez intimes pour qu'il l'accepte telle qu'elle était.

Cet espoir se réaliserait-il un jour ? Tout en faisant le ménage, Abby avait poursuivi l'examen de conscience commencé dans sa voiture et découvert ainsi l'injustice de ses muettes exigences envers Dylan : elle voulait de lui une confiance qu'elle lui refusait, un soutien qu'elle avait peur de lui offrir et, surtout, un amour dont sa dissimulation la rendait indigne.

Sur le coup, sa colère avait eu quelque chose de libérateur, mais elle l'avait laissée insatisfaite et malheureuse. Peut-être le moment était-il venu de prendre un risque et de donner à Dylan ce à quoi il attachait manifestement tant d'importance : une totale franchise.

Le résultat n'était pas garanti, mais elle aurait au moins essayé, et cela lui éviterait plus tard d'avoir des regrets.

Ce fut donc décidée à lui révéler tous ses secrets qu'Abby rentra chez elle. Décidée, aussi, à le faire tout de suite, avant que sa résolution ne faiblisse.

En pénétrant dans le vestibule, elle le vit sortir de la cuisine et, rassemblant son courage, elle le héla :

— Dylan ! Il faut que je te parle.

— Moi aussi, mais ça ne va pas être possible maintenant.

— Si ! Je…

L'apparition d'une silhouette, sur le palier, l'empêcha de poursuivre, et il lui fallut plusieurs secondes pour être sûre qu'elle ne rêvait pas, que c'était bien Maddy qui s'engageait maintenant dans l'escalier, pieds nus, les mains dans les poches d'un pantalon bariolé, et sur le visage un sourire éclatant.

— Maddy !

Les deux sœurs s'étreignirent et, après force rires, embrassades et autres démonstrations de joie, elles se mirent à parler en même temps, dans un enchevêtrement de questions et de réponses où elles semblaient néanmoins se retrouver parfaitement.

— Aucune de vous deux n'a jamais su attendre la fin d'une réplique pour dire la sienne, lança Chantel du haut des marches.

Et puis, à la grande surprise de Dylan, cette beauté froide et hautaine descendit l'escalier quatre à quatre pour aller se jeter dans les bras d'Abby.

— Je n'en reviens pas ! s'exclama cette dernière en regardant ses jumelles tour à tour comme pour s'assurer qu'elles étaient bien là. Comment avez-vous réussi à vous libérer toutes les deux ?

— J'ai quitté le spectacle, répondit Maddy. Ma doublure est aux anges.

— Et moi, j'ai tourné la dernière scène de mon film il y a trois jours, indiqua Chantel. Le réalisateur voulait que je reste pour d'éventuels raccords, mais je l'ai envoyé promener !

Elle prit ensuite Abby par le menton, tourna son visage vers la lumière et marmonna, les sourcils froncés :

— C'est incroyable... Tu ne portes aucun maquillage... Je te déteste !

Abby éclata de rire, puis passa un bras autour de la taille de chacune de ses deux sœurs.

— Si vous saviez comme je suis contente de vous voir ! déclara-t-elle.

La pointe de détresse qui perçait dans sa voix aurait échappé à la plupart des gens, mais pas à Chantel : elle foudroya Dylan du regard, ses prunelles d'un bleu intense assombries par la colère.

L'atmosphère se tendit brusquement, et Maddy, qui avait toujours eu horreur des conflits, utilisa sa méthode habituelle – la diversion – pour désamorcer celui-là :

— Et tu n'as encore rien vu ! dit-elle à Abby. Allons dans la cuisine... Vous prendrez bien une tasse de café avec nous, Dylan ?

Ce dernier eut la nette impression que Maddy, malgré son ton amical et l'expression candide de ses yeux bruns, avait l'intention de le soumettre à une sorte de test. Il décida de relever le défi, acquiesça de la tête et emboîta le pas aux triplées.

— Maman ? Papa ? murmura Abby, stupéfaite, en découvrant ses parents confortablement installés dans la cuisine.

— Ah ! te voilà enfin ! s'écria Frank avant de sauter sur ses pieds et d'ouvrir des bras dans lesquels la jeune femme courut se blottir.

Sa mère vint les rejoindre, et Abby les embrassa tour à tour, respirant avec délice les odeurs familières de menthe et de parfum français qui leur étaient indissociables : Frank suçait des pastilles de menthe du matin au soir, et Molly aurait préféré se passer de chaussures que de son Chanel N° 5.

— Mais qu'est-ce que vous faites là ? leur demanda-t-elle. La salle de spectacle la plus proche est à plus de trente kilomètres d'ici !

— Nous sommes en vacances, indiqua son père. Nous avons hésité entre aller à Paris ou te rendre visite, et tu as de la chance : c'est toi que nous avons choisie.

Molly leva les yeux au ciel, se rassit, puis questionna :

— Où sont les garçons ?

— À l'école, répondit Abby. Ils rentreront vers 16 h 30.

— Toute la sainte journée le nez dans leurs cahiers et dans leurs livres…, observa Frank. Quelle tristesse !

— Je t'interdis de faire ce genre de remarque devant eux ! Ils seraient trop contents d'entendre un adulte prendre leur parti.

— Et Abby n'a pas besoin de ça, intervint Maddy. Nous lui causons déjà assez de souci en l'obligeant à nourrir quatre bouches supplémentaires pendant trois jours… Dis, comment marche ta cuisinière ? Le brûleur refuse de s'allumer.

— Il faut pousser le bouton à fond avant de le tourner… Alors, c'est vrai, maman, papa et toi êtes vraiment en vacances ?

Si cette question s'adressait à sa mère, c'était parce qu'Abby savait qui, de ses deux parents, lui donnerait la réponse la plus fiable.

— Nous sommes juste entre deux engagements, expliqua Molly, mais nous pouvons rester jusqu'à la fin de la semaine… si tu arrives à nous supporter pendant tout ce temps.

— Bien sûr ! Ce genre de réunion familiale est tellement rare… Il ne manque que Trace.

— Ah ! celui-là ! gronda Frank. Aucun sens des responsabilités, aucune ambition… Je me demande comment mon propre fils peut ne penser qu'à bourlinguer, sans se préoccuper du lendemain !

— Oui, c'est un grand mystère, intervint Chantel d'un ton sarcastique.

— Il a pourtant du talent ! poursuivit Frank, à qui la flèche de sa fille avait visiblement échappé. Je lui ai appris tout ce que je savais, et il n'est plus monté sur les planches depuis près de dix ans... Quel gâchis !

— Vous ai-je dit que Chris faisait du théâtre ? demanda Abby pour détourner la conversation. Il a tenu le rôle d'un mouton dans la représentation que son école a donnée à Noël.

— Magnifique ! s'écria son père, passant en une seconde de la colère au ravissement. Il ne devait pas avoir beaucoup de texte, mais il faut bien commencer par quelque chose.

— Bien joué, Abby ! murmura Maddy.

— J'ai l'habitude, avec les enfants...

Se rappelant soudain la présence de Dylan, la jeune femme se tourna vers lui. Il se tenait à l'écart, spectateur discret mais attentif de la scène qui se déroulait devant lui. Abby aurait aimé savoir si le sourire qui flottait sur ses lèvres exprimait de l'amusement ou du mépris.

— Un peu de café, Dylan ? proposa-t-elle.

— Oui, Dylan, venez vous asseoir ! déclara Frank, se souvenant brusquement qu'il avait un public. Je vais vous raconter la fois où nous avons dû improviser un numéro parce que nous avions oublié une valise de costumes dans le train.

— Parce que *tu* l'avais oubliée, rectifia Maddy, mais tu as pensé que Dylan pouvait ne pas s'intéresser aux dessous du show-business ?

— Tu dis des bêtises : le show-business intéresse tout le monde ! Sans compter que Dylan est écrivain, et que les écrivains adorent les histoires vécues.

— Vécues, mais narrées avec le sens de l'exagération légendaire des Irlandais, précisa Chantel.

— Un peu de respect, jeune insolente ! Asseyez-vous, Dylan, et ne faites pas attention à mes filles. J'ai réussi à leur apprendre le chant, la danse et les claquettes, mais pas les bonnes manières.

Frank attaqua son récit et enchaîna ensuite sur une nouvelle anecdote, sans reprendre son souffle ni se laisser perturber par les rires et les commentaires qui fusaient autour de lui. Il y avait sûrement une part d'invention dans ce qu'il racontait, mais Dylan aurait été bien en peine d'y démêler le vrai du faux, et peu lui importait, d'ailleurs : il s'amusait beaucoup.

Les O'Hurley composaient une tribu qu'il trouvait à la fois étrange et pittoresque. Ils parlaient fort, se moquaient les uns des autres et se coupaient sans cesse la parole, chacun occupant le devant de la scène à son tour, puis cédant la place à quelqu'un d'autre. Ils avaient visiblement tous des personnalités très dissemblables mais, quand ils étaient ensemble, leurs disparités semblaient s'emboîter comme les pièces d'un puzzle.

Sans doute parce que c'était Abby qu'il connaissait le mieux, Dylan était particulièrement frappé par le changement qu'il avait vu s'opérer en elle : très tendue lorsqu'elle était rentrée tout à l'heure, elle plaisantait et riait maintenant avec autant d'entrain que ses sœurs.

Individuellement ou collectivement, les O'Hurley étaient des gens à part, songea Dylan, et leur histoire pourrait faire l'objet d'un livre aussi intéressant sur le plan humain que documentaire.

Ce n'était pas le genre d'ouvrage qu'il écrivait, bien sûr, mais il n'en continua pas moins d'écouter, d'observer et de ranger dans un coin de sa mémoire toutes les informations ainsi recueillies.

Quand les garçons revinrent de l'école, le bruit et la confusion qui régnaient déjà dans la cuisine montèrent encore de plusieurs crans. Un simple observateur aurait pu penser que les O'Hurley se disputaient l'attention d'un nouveau public, mais Dylan, lui, y perçut tout autre chose : l'expression de l'immense amour qui les liait les uns aux autres.

Ben et Chris furent embrassés, admirés, interrogés. Certains enfants se seraient peut-être sentis agressés par ces témoignages d'intérêt quelque peu exubérants... Ben et Chris, eux, semblaient les trouver tout à fait naturels. Ils ne devaient pas voir souvent leurs tantes et leurs grands-parents, et pourtant ils étaient parfaitement à l'aise avec eux : ils répondaient à leurs questions sans gêne ni timidité et, quand elles cessèrent, Chris grimpa sur les genoux de Dylan et entreprit de raconter à son grand-père le déroulement complet de sa journée à l'école.

D'un geste machinal, Dylan lui passa un bras autour de la taille, et ils restèrent ainsi pendant près d'une heure, avec le feu qui crépitait dans la cheminée, l'odeur de café qui flottait encore dans l'air et la joyeuse cacophonie des voix excitées qui se répercutait sur les murs de la pièce.

À la minute même où Abby commença de préparer le dîner, Frank se leva d'un bond, prit ses petits-fils par la main et leur demanda de lui montrer les jouets qu'ils avaient eus pour Noël.

— Toujours le même..., déclara Maddy d'un ton désabusé.

— Oui, dit Molly en riant, mais il est féministe, à sa manière : il ne fait aucune différence entre les tâches traditionnellement réservées aux femmes, comme la cuisine, et celles dont les hommes sont censés se charger, comme porter les valises ou changer une roue. C'est du travail manuel dans les deux cas – quelque chose qu'il fuit comme la peste... Je peux t'aider, Abby ?

— Non, laisse Chantel et Maddy s'en charger. Je ne vais d'ailleurs rien faire de compliqué ce soir, juste un hachis parmentier.

— Tu ne comptes tout de même pas me demander de peler des pommes de terre ? protesta Chantel.

Abby regarda les mains aux ongles manucurés et aux doigts chargés de bagues de sa jumelle...

— Si, c'est exactement ce que je compte te demander, répondit-elle avec un sourire goguenard.

— Je t'ai donné une idée que tu n'aurais jamais eue autrement…, soupira Chantel. J'aurais dû me taire !

Elle alla néanmoins s'asseoir et prit le couteau que lui tendait sa sœur.

Bien que tenté de rester pour savourer le spectacle réjouissant de la nouvelle reine de Hollywood en train d'éplucher des pommes de terre, Dylan se leva et annonça :

— Je vais nourrir les animaux.

— Non, c'est aux garçons de…, commença Abby.

— Ils ont droit à une dérogation, compte tenu des circonstances, coupa Dylan en décrochant son manteau.

— Je vous accompagne ! s'écria Maddy. Vous avez sûrement besoin d'aide, et je préfère m'occuper des chevaux que de peler des pommes de terre.

Puis elle se dirigea d'autorité vers la porte et l'ouvrit, mais elle marqua un temps d'arrêt en s'apercevant que la nuit était tombée et la température extérieure proche de zéro.

— Allons-y, dit-elle cependant à Dylan qui l'avait rejointe, mais j'espère que vous arriverez à trouver votre chemin jusqu'à l'écurie dans le noir, parce que moi, je ne connais pas assez bien les lieux… Et je n'ai encore jamais donné à manger à aucun animal, sauf à un poisson rouge qu'une amie m'avait confié pendant ses vacances.

— Je peux me débrouiller tout seul, indiqua Dylan.

À peine avaient-ils franchi deux mètres que Sigmund bondit sur Maddy, pattes en avant et langue pendante. Elle évita la collision avec l'agilité d'une femme habituée à slalomer entre les passants sur les trottoirs encombrés de New York, puis elle s'accroupit et frotta vigoureusement des deux mains le pelage du chien.

— Ma proposition d'aide était en fait un simple prétexte pour vous parler seul à seul, expliqua-t-elle en levant la tête vers Dylan. Je ne sais pas quoi penser de vous… J'étais presque décidée à ne pas vous aimer, jusqu'à ce que je vous voie avec Chris. Pour moi, il n'y a pas meilleur juge qu'un enfant, et celui-là vous adore manifestement.

Dylan gardant le silence, elle se redressa et ajouta, les yeux dans les siens :

— Si je suis ici, c'est en grande partie à cause de vous.

Les animaux pouvaient attendre, songea Dylan. Il alluma une cigarette et déclara d'une voix calme :

— À cause de moi ? Je ne comprends pas.

— J'ai eu Abby au téléphone, la semaine dernière, et je l'ai trouvée bizarre. Or il en faut beaucoup pour la perturber. Elle a vécu des moments très difficiles, à une époque où ni Chantel ni moi n'étions là pour lui apporter notre soutien. Il me semble qu'elle en a de nouveau besoin aujourd'hui, et c'est pour cela que nous sommes venues.

— Abby m'apparaît à moi comme une personne énergique et autonome.

— Elle l'est, et cet endroit est là pour le prouver. Je ne sais pas si elle vous l'a dit, mais c'est elle qui a tout fait ici. Son mari n'a pas levé le petit doigt pour l'aider.

— Vous ne l'aimiez pas.

— Non, mais Abby l'aimait, elle, et il a piétiné ses sentiments. Comme je ne veux pas voir l'histoire se répéter, j'étais prête à vous chasser de chez elle, par la force s'il le fallait, mais je pense que ce ne sera pas nécessaire, finalement.

— Pourquoi ? Vous ne me connaissez pas.

— C'est vrai, mais Chris vous connaît, lui, et il a l'air de trouver aussi naturel de s'asseoir sur vos genoux que vous de l'y garder pendant des heures... Un homme qui aime les enfants ne peut pas être entièrement mauvais.

Un sourire satisfait ponctua cette conclusion, puis Maddy prit le bras de Dylan, et ils se remirent en marche serrés l'un contre l'autre comme de vieux amis.

Le dîner se déroula dans une ambiance agitée mais joyeuse. Lorsque le moment arriva de débarrasser la table,

Frank offrit à ses petits-fils de leur jouer du banjo et, devant l'accueil enthousiaste que reçut cette proposition, Abby n'eut pas le cœur de protester : elle commença de desservir tout en écoutant son père entonner une ballade irlandaise dans le séjour.

— Laisse, lui dit sa mère. Je vais m'en occuper.

— Non, maman ! Pour une fois que tu es en vacances…

— Ça me rappellera ma jeunesse, quand j'étais serveuse. Je trouvais reposant de faire la vaisselle, parce que c'était beaucoup moins fatigant que de courir sans arrêt des cuisines à la salle.

— Tu devrais venir te reposer chez moi, déclara Maddy en se dirigeant, avec un seul verre et sans hâte excessive, vers l'évier. Allez, Chantel, aide-nous !

— J'ai déjà épluché les pommes de terre, souligna l'interpellée, et regardez mes mains : elles sont tout abîmées.

— Ce sera parti le temps que tu rentres à Los Angeles, indiqua Molly.

— Oui, mais mademoiselle ne vit que pour les apparences, grommela Maddy. Même ici où tout le monde s'en moque, elle ne supporte pas le moindre outrage à sa précieuse beauté !

Ignorant cette pique, Chantel se leva d'un air digne et annonça :

— Je vais rejoindre papa et les garçons.

Dylan se leva à son tour, s'approcha d'Abby, occupée à mettre des assiettes dans le lave-vaisselle, et lui dit à voix basse :

— Va rejoindre ton père, toi aussi. Tu as fait suffisamment de tâches ménagères pour aujourd'hui.

Cette remarque suffit à rappeler à la jeune femme leur dispute du matin et, pour prévenir le déclenchement d'une scène devant sa famille, elle renonça à discuter.

— D'accord, je te laisse faire, murmura-t-elle.

Puis elle ajouta plus fort, à l'adresse de sa mère et de sa sœur :

— Dylan a gentiment proposé de me remplacer. Je serai dans le séjour, si quelqu'un a besoin de savoir où se range tel ou tel objet.

— Accompagne-la, Maddy ! déclara Molly. Je finirai ici avec Dylan... Frank meurt sûrement d'envie de donner un petit concert avec ses filles.

Maddy ne se fit pas prier et, quelques secondes plus tard, débutait ce qui s'annonçait comme une reprise intégrale de l'ancien répertoire des « Triplées O'Hurley ».

Tout en passant une éponge humide sur le plan de travail, Molly se mit à chanter à l'unisson, mais elle s'arrêta soudain pour observer, avec cette touche d'autodérision qui, comme son sourire, rappela Abby à Dylan :

— Je dois devenir sentimentale, sur mes vieux jours, parce que je suis tout émue de les entendre.

— Vous avez une famille dont vous pouvez être fière, madame O'Hurley.

— Par pitié, ne m'appelez pas comme ça ! Je n'ai déjà que trop conscience de ne plus avoir l'âge d'exécuter des numéros de claquettes dans les cabarets. La couche de fond de teint de plus en plus épaisse que je suis obligée de mettre pour cacher mes rides m'interdit de l'oublier.

Dylan referma la porte du lave-vaisselle et considéra attentivement son interlocutrice. Elle avait des traits délicats, un regard expressif, une bouche généreuse, et non seulement les rides dont elle avait parlé étaient très peu marquées, mais elles n'enlevaient rien à sa beauté.

— Vous paraissez à peine plus âgée que vos filles, déclara-t-il en toute sincérité.

— Vous êtes un charmeur ! s'écria-t-elle en éclatant d'un rire sonore qui surprenait chez une personne aussi petite et menue. J'ai lu votre dernière biographie dans le train, celle de cette actrice qui s'est suicidée...

— Et ? insista Dylan, curieux de connaître l'opinion de Molly sur son livre même s'il n'était pas du tout certain qu'elle serait flatteuse pour lui.

— Votre perspicacité vous a permis de découvrir sur cette femme des choses qui, à mon humble avis, n'avaient pas besoin d'être révélées, mais vous les exposez de façon honnête, et sans porter de jugement.

Molly s'interrompit le temps de rincer l'éponge, puis elle plongea les yeux dans ceux de Dylan et reprit d'une voix grave :

— Ne faites pas de mal à Abby, c'est tout ce que je vous demande. Elle est forte… si forte, même, que cela m'effraie. Elle panse seule ses blessures, mais il lui en reste des cicatrices, et je ne veux pas que d'autres viennent s'ajouter aux anciennes.

— Je n'ai jamais eu l'intention de lui faire du mal.

— Sans doute, mais il se peut que vous lui en fassiez involontairement… Vous savez chanter ?

Déconcerté par ce brusque changement de sujet, Dylan mit quelques secondes à rassembler ses idées, puis il répondit en riant :

— Non, je n'ai pas l'oreille musicale.

— Avec les O'Hurley, vous l'aurez acquise avant la fin de la soirée…

Sur ces mots, Molly prit Dylan par le bras et l'entraîna dans le séjour.

Il était plus de minuit quand le silence revint dans la maison, même si Abby soupçonnait ses jumelles d'être encore en train de chuchoter et de pouffer de rire dans la chambre qu'elles partageaient. Ses parents, eux, dormaient sûrement, aussi à l'aise dans ce lit inconnu qu'ils l'avaient été dans des centaines d'autres au cours de leur existence vagabonde.

Abby se sentant trop agitée, et pour se coucher tout de suite, et pour aller rejoindre ses sœurs, elle décida de se rendre dans l'écurie. Là, elle trouva le poulain dont la vue avait enchanté Maddy, endormi sur la litière de son box et veillé par sa mère.

Peut-être trop proche du terme de sa gestation pour se reposer, Gladys était réveillée, et la jeune femme la caressa, espérant ainsi calmer leur nervosité à toutes les deux.

— Tu devrais être dans ton lit !

Les doigts d'Abby se crispèrent sur la crinière du cheval, et elle attendit d'avoir recouvré un semblant de sang-froid pour se tourner vers Dylan.

— Je ne t'ai pas entendu arriver. Je croyais que tout le monde était couché.

— Je t'ai vue sortir par la fenêtre de ma chambre. Que fais-tu ici au milieu de la nuit ?

— Je suis venue m'assurer que Gladys allait bien, répondit Abby en posant la tête sur l'encolure de la jument.

La dispute du matin lui paraissait très loin, et beaucoup plus loin encore les moments de passion qu'elle avait connus avec Dylan.

— La visite de mes parents et de mes sœurs va nous empêcher de travailler ensemble pendant quelques jours, reprit-elle.

— Ce n'est pas grave. Écoute…

Dylan laissa sa phrase en suspens. Il aurait voulu attirer Abby dans ses bras et lui exprimer ainsi, sans l'aide des mots, son désir de lui apporter le même soutien inconditionnel que sa famille, mais un mur semblait les séparer, que seule une franche explication pouvait abattre.

— J'aimerais que nous parlions de ce matin, finit-il par annoncer.

— D'accord. Tu préfères discuter ici, ou dans la maison ?

— Ici, parce que personne ne risque de nous déranger. J'ai des questions à te poser, et j'entends obtenir des réponses. Tu me rends fou à te dérober sans cesse, à me dire des demi-vérités… quand ce ne sont pas des mensonges purs et simples.

— Alors tu vas être content, car j'ai justement décidé, en revenant de chez les Smith, de ne plus rien te cacher.

— C'est tout ce que je te demande, indiqua Dylan en essayant de se persuader que c'était bien vrai, mais pourquoi maintenant ?

Un moment tentée de recourir à une échappatoire, la jeune femme se raisonna. Elle s'était promis d'être honnête et elle le serait, quelles qu'en soient les conséquences.

— Parce que je suis tombée amoureuse de toi, murmura-t-elle.

Si Dylan ne s'enfuit pas à toutes jambes, cette déclaration d'amour ne parut pas non plus le ravir. Il demeura silencieux, et Abby, le cœur lourd, ajouta :

— Tu m'as posé une question et je t'ai donné une réponse qui te déplaît peut-être, mais qui a le mérite d'être franche, comme tu le voulais.

Malgré le choc que lui avait causé Abby, Dylan voyait que son mutisme la blessait, et il s'écria :

— Une seconde ! Tu ne peux pas me révéler quelque chose d'aussi… inattendu, et refuser de comprendre que j'en sois surpris !

— Et maintenant que tu as recouvré l'usage de la parole ?

— Je… je ne sais pas quoi dire, avoua-t-il piteusement.

— Alors ne dis rien, répondit la jeune femme d'une voix radoucie. Il y a longtemps que j'ai appris à assumer seule la responsabilité de mes sentiments… Revenons-en à ce qui s'est passé ce matin…

— Je me moque de ce qui s'est passé ce matin ! coupa Dylan.

Puis il s'approcha d'Abby, lui entoura le visage de ses mains et la regarda comme s'il la voyait pour la première fois.

— Je ne sais pas quoi faire de toi, marmonna-t-il, et je sais encore moins quoi faire pour toi.

Maintenant tentée de l'enlacer et de chercher dans ses bras un réconfort qu'il aurait accepté de lui donner, elle en était sûre, la jeune femme surmonta encore ce moment de faiblesse.

— C'est un problème que je ne peux pas t'aider à résoudre, déclara-t-elle.

— Je ne veux pas m'engager dans une relation durable…, poursuivit Dylan, comme s'il pensait tout haut. L'échec de mon premier mariage ne m'a pas donné envie de renouveler l'expérience, et j'exerce de toute façon une profession qui requiert une bonne dose d'égoïsme…

— Je ne te demande pas de m'épouser. Je ne te demande même rien du tout.

— Et je le regrette, parce que je pourrais alors te dire non et trouver une demi-douzaine d'autres raisons pour te convaincre que nous n'avons aucune chance de construire un avenir ensemble ! s'exclama Dylan. Les choses seraient ainsi beaucoup plus simples !

Abby le considérait en silence. Elle était à présent parfaitement calme, et une lueur d'amusement brillait même dans son regard. Furieux contre elle, furieux contre lui-même, il la fixa un instant d'un œil noir, avant de capituler et de la prendre dans ses bras.

— J'ai envie de toi, murmura-t-il, et j'aurai beau faire, je ne pourrai pas m'en empêcher.

— Pourquoi devrais-tu t'en empêcher ?

Il n'en fallut pas plus pour que Dylan s'empare des lèvres d'Abby, et ce fut comme si les événements de la journée n'avaient jamais eu lieu : la passion qui l'animait était aussi forte qu'avant, et Abby répondait à son baiser avec une égale ardeur. Dans la pénombre de l'écurie, il voyait son visage s'enfiévrer et la flamme d'un désir grandissant brûler dans ses yeux.

Une odeur pénétrante d'animaux, de foin et de cuir emplissait l'air, mais il ne sentait plus que le léger parfum de savon qui s'exhalait de la peau de sa compagne.

— Je ne suis plus du tout d'humeur à parler, lui chuchota-t-il à l'oreille.

— Moi non plus. Pas ce soir. Mais tu sauras bientôt toute la vérité, je te le promets.

Dylan hocha la tête en se demandant s'il ne venait pas d'apprendre une vérité plus importante que toutes celles dont il cherchait à obtenir la révélation depuis le début de son séjour en Virginie.

11

Les événements se précipitèrent quand Gladys entra en travail. Abby était alors en train d'effectuer ses tâches quotidiennes en compagnie de son père. Le soleil avait maintenant asséché la cour, et la brise légère qui soufflait apportait avec elle un parfum de printemps.

Frank se gardait bien évidemment de proposer de l'aide à sa fille – il avait trop peur qu'elle le prenne au mot –, mais il la distrayait en lui racontant des anecdotes de ses dernières tournées, et elle ne se lassait pas de l'écouter.

Bien qu'elle ait elle-même passé plus de la moitié de son existence sur les planches, il arrivait encore à lui faire croire que la vie d'artiste n'était que glamour et griserie du succès. Il ne parlait jamais des fins de mois difficiles, ni des heures de dur travail qu'exigeait la mise au point d'un numéro, ni des bars enfumés où les représentations se déroulaient devant un public indifférent ou abruti par l'alcool.

Cet éternel optimiste ne voyait que le bon côté des choses et, à plus de cinquante ans, il avait gardé intacts l'enthousiasme et les rêves de sa jeunesse.

— Ah ! Las Vegas ! s'écria-t-il pendant qu'Abby ramassait les œufs. Le scintillement des néons, le cliquetis des machines à sous, les gens qui dansent jusqu'à l'aube... J'aimerais tellement y redonner un spectacle !

— Je suis sûre que tu en auras l'occasion, déclara la jeune femme.

Peut-être pas sur le Strip, ajouta-t-elle intérieurement, peut-être pas avec son nom écrit en grosses lettres sur le fronton d'un grand music-hall, mais il se produirait de nouveau à Las Vegas et dans des dizaines d'autres villes. Un homme comme lui avait autant besoin de la scène que d'oxygène pour vivre.

Seul l'amour de sa famille l'emportait sur celui de son métier, et c'était pour cela qu'il s'était levé ce matin à 7 h 30 et se promenait maintenant dans une cour de ferme avec sa fille, alors qu'il ne se levait généralement pas avant midi. Abby le sachant, elle appréciait cet effort à sa juste valeur.

— Toi, tu te plais ici, n'est-ce pas ? observa Frank. Tu dois tenir ça de ta grand-mère, qui n'a jamais voulu quitter son coin de campagne irlandaise… Chacun ses goûts, mais es-tu vraiment heureuse, ma chérie ?

La jeune femme prit le temps de réfléchir : le ton soudain grave de son père lui interdisait de répondre à la légère.

Alors, était-elle heureuse ? L'exploitation de son domaine garantissait son indépendance et lui apportait beaucoup de satisfactions. Ses enfants… Elle sourit en se rappelant leur réticence à partir pour l'école, tout à l'heure, alors qu'il se passait tant de choses intéressantes à la maison… Ses enfants lui donnaient des joies, un sentiment de fierté et d'accomplissement qu'elle n'aurait pas connus sans eux.

Et puis il y avait Dylan, grâce à qui son existence avait encore pris une nouvelle dimension, celle de la passion, d'un amour inconditionnel. Il ne le partageait peut-être pas, il partirait sans doute bientôt, mais le souvenir du bonheur qu'il lui avait permis d'éprouver resterait à jamais gravé dans sa mémoire et dans son cœur.

— Il y avait très longtemps que je ne m'étais sentie aussi bien, finit-elle par déclarer. J'ai trouvé ici tout ce que j'étais venue y chercher, et je suis contente de ce que j'y ai accompli.

La vie calme et régulière que menait sa fille était aux antipodes de l'idée que Frank se faisait du bonheur, mais il avait toujours voulu que ses enfants réalisent leurs rêves, quels qu'ils soient, et il lui suffisait de les savoir heureux pour l'être aussi. La réponse d'Abby ne le satisfaisait cependant pas entièrement et, bien qu'il ait conscience d'aborder là un sujet délicat, il se risqua à observer :

— J'ai l'impression que ce Dylan Crosby ne te laisse pas indifférente… Je me trompe ?

— Non. Je suis amoureuse de lui.

La jeune femme fut surprise de la facilité avec laquelle ces mots lui étaient venus – sans la moindre peur, sans l'ombre d'un regret.

— Je vois…, marmonna son père. Il faut que j'aille lui parler ?

Interloquée, Abby le fixa un instant en silence, puis elle éclata de rire.

— Non, surtout pas ! Je t'adore, papa…

— J'espère bien, mais j'avoue que je me fais du souci pour toi : je n'aime pas te savoir seule ici, à trimer toute la journée pour essayer de joindre les deux bouts. Ta mère prétend que j'ai tort de m'inquiéter, mais je ne peux pas m'en empêcher.

— C'est maman qui a raison : je ne voudrais pas d'une autre vie, ni pour moi, ni pour les garçons.

Frank ne jugea pas nécessaire de dire à sa fille qu'il avait passé des nuits entières à se ronger les sangs, à l'époque où elle était mariée avec Chuck Rockwell. Il ne supportait pas l'idée qu'elle soit malheureuse et, bien qu'il n'y ait pas une once de méchanceté en lui, la mort de son gendre ne l'avait pas spécialement ému. Il s'était contenté de prier pour qu'Abby retrouve la paix de l'esprit.

— Un père a toujours à cœur de protéger ses filles, déclara-t-il. Chantel m'a donné des angoisses quand elle était adolescente, mais elle a appris depuis à se défendre toute seule. Maddy, elle, n'a jamais eu besoin de personne : c'est une battante, capable de soulever des montagnes…

Et maintenant que tu vas épouser un homme visiblement intègre et sérieux, je vais enfin pouvoir dormir sur mes deux oreilles.

— Dylan et moi n'allons pas nous marier, papa.

— Mais tu viens de me dire…

— … que j'étais amoureuse de lui, rien de plus. Nous ne sommes pas faits l'un pour l'autre : ma vie est ici, et la sienne est à New York.

— Tu racontes des bêtises !

Abby ouvrit la porte de l'écurie, et Frank, qui s'était pourtant juré de ne pas s'approcher des chevaux, fut obligé de la suivre. Les odeurs animales avaient beau l'écœurer, cette conversation était trop importante pour être interrompue. Pendant des années, il avait emmené sa famille de ville en ville, il l'avait guidée dans des pérégrinations incessantes et compliquées… Il devait être beaucoup plus simple de persuader sa fille de prendre un chemin où elle avait déjà envie de s'engager.

— Quand on est amoureux, continua-t-il, on fait des compromis. Attention ! Je ne parle pas de sacrifices, mais de concessions mutuelles, et cela demande de la bonne volonté de la part des deux personnes concernées. Si tous les efforts viennent d'une seule d'entre elles, leur relation est comme un élastique trop tendu : elle finit par casser.

Même si son père n'avait pas prononcé le nom de Chuck – il l'évitait dans toute la mesure du possible –, c'était à lui qu'il pensait, Abby le savait. Elle le considéra un moment en silence. Sans être beau, il ne manquait ni de charme ni de charisme. Il faisait souvent le pitre, parce qu'il aimait répandre la joie autour de lui, mais c'était un homme extrêmement sensible et perspicace.

— Rassure-toi, lui dit-elle en l'embrassant sur la joue. Dylan n'est pas Chuck, et je ne suis plus la jeune fille naïve d'autrefois qui croyait aux contes de fées.

— Dylan partage tes sentiments ?

— Je l'ignore, et je ne suis pas sûre d'avoir envie de le savoir parce que, dans l'affirmative comme dans la négative, cela compliquerait la situation. Mais ne t'inquiète pas : ma vie actuelle me convient telle qu'elle est. Je ne cherche pas un homme pour s'occuper de moi. Mon mariage m'aura au moins appris une chose : que des rapports d'égalité sont nécessaires pour qu'un couple fonctionne. J'aurais dû le comprendre bien avant, rien qu'en observant celui que vous formez, maman et toi.

— Tes fils ont besoin d'un père.

— C'est le seul manque que je ne peux pas combler à moi toute seule.

Percevant dans la voix d'Abby une pointe de remords, et beaucoup de regret, Frank l'attira contre lui et déclara fougueusement :

— Peu de femmes élèvent leurs enfants aussi bien que toi, et si quelqu'un ose dire le contraire, il aura affaire à moi !

Abby éclata de rire. Son père avait le sang chaud, comme tous les Irlandais, et elle se souvenait de bagarres qui l'avaient opposé à des adversaires d'une taille et d'un poids nettement supérieurs aux siens.

— Si tu m'aidais à m'occuper des chevaux, maintenant ? suggéra-t-elle.

— Euh… je n'ai aucune compétence dans ce domaine, marmonna Frank en reculant d'un pas. Je suis un homme des villes.

— Viens au moins voir le poulain !

Le box le plus proche était celui d'Eve, mais Abby, poussée par une sorte de prémonition, le dépassa pour aller jeter un coup d'œil à Gladys… et un cri lui échappa : la jument était couchée sur le sol, visiblement en proie à une violente contraction.

— Quoi ? Qu'y a-t-il ? s'exclama Frank en rejoignant Abby devant le box – mais sans la suivre quand elle y entra. Cet animal est malade ? Méfie-toi ! Il est peut-être contagieux !

— « Cet animal » est une jument, papa, et *elle* va mettre bas, ce qui exclut tout risque de contagion.

Après avoir lâché quelques-uns des plus beaux jurons de son répertoire, Frank se ressaisit juste assez pour proposer :

— Tu veux que j'aille te chercher de l'eau chaude ?

— Non. Contente-toi d'appeler le cabinet du vétérinaire. Tu trouveras le numéro dans un carnet posé sur la table du téléphone du séjour.

— Tu n'as pas peur de rester seule avec… elle ?

— Ne te tracasse pas ! J'ai l'habitude.

Frank partit en courant et, comme Abby s'y attendait, il ne revint pas. Ce fut Dylan qu'elle vit apparaître quelques instants plus tard et, à sa grande surprise, Chantel l'accompagnait.

— Tout se passe bien ? demanda-t-il.

— Oui. Papa a appelé le cabinet du vétérinaire ?

— C'est moi qui m'en suis chargé. Frank a surgi dans la cuisine, complètement affolé, en réclamant de l'eau chaude. C'était tout ce qu'il semblait capable de dire, mais cela m'a suffi pour comprendre… Molly avait presque réussi à le calmer quand je suis sorti de la maison.

Abby se tourna vers sa sœur, plus élégante que jamais en pantalon beige et chemisier de soie blanche.

— Tu es bien matinale, observa-t-elle.

Les journées d'une actrice en tournage commençaient à l'aube, mais Chantel ne se donna pas la peine de le préciser et déclara avec un haussement d'épaules :

— Les gens sont censés se lever tôt, à la campagne, non ? Je peux te prêter main-forte ?

— C'est gentil, mais tu ne portes pas vraiment la tenue adéquate, sans compter que Gladys a déjà fait l'essentiel du travail. Son petit devrait être là dans moins d'un quart d'heure.

Dylan alla s'agenouiller près d'Abby, et ils aidèrent le poulain à venir au monde dans une atmosphère d'entente tacite qui donna à Chantel matière à réfléchir : se serait-elle trompée sur Dylan Crosby ? L'expérience lui ayant appris à juger les hommes, elle se croyait pourtant à l'abri de ce genre d'erreur.

Un bruit de pas retentit soudain dans l'allée, puis Maddy s'arrêta sur le seuil du box, les yeux bouffis de sommeil et vêtue, par-dessus un T-shirt froissé qui avait dû lui servir de chemise de nuit, d'une salopette dont une bretelle, mal attachée, pendait sur son épaule.

— Les cris que poussait papa m'ont réveillée en sursaut, expliqua-t-elle, et je suis chargée d'un message : le cabinet du vétérinaire a rappelé pour dire qu'il avait eu une urgence et ne serait pas là avant un bon moment. Papa a mis de l'eau à chauffer sur les quatre brûleurs de la cuisinière, et il menace de téléphoner au SAMU si le vétérinaire n'est pas arrivé quand elle sera en train de bouillir… Je n'ai même pas pu me faire du café !

— Tu sais tricoter ? lui demanda Chantel.

— Moi ? Tu plaisantes !

— Dommage, parce que nous allons avoir besoin de quatre petits chaussons roses… Entre, et tu verras quelque chose qui t'enlèvera tout regret d'être sortie de ton lit avant le milieu de l'après-midi.

Maddy obéit et s'écria d'une voix excitée :

— Le poulain est né ! Mon Dieu qu'il est mignon ! Il faut que j'aille chercher mon appareil photo, sinon mes camarades du cours de danse ne voudront jamais me croire… Ne bougez pas ! Je reviens tout de suite !

Puis elle partit comme une flèche, et Chantel annonça froidement :

— Bon, maintenant que le spectacle est terminé, je vais rentrer et essayer de convaincre papa de retirer au moins une casserole du feu. Je me damnerais pour une tasse de café.

Elle s'éloigna ensuite sans se presser, laissant derrière elle les effluves d'un parfum capiteux, et Dylan murmura à Abby :

— Je ne pense pas qu'il existe deux familles comme la tienne.

— Moi non plus, déclara la jeune femme en essuyant du revers de sa manche la sueur qui coulait sur son visage.

Quand Maddy suggéra une promenade à cheval, Abby changea son programme de la matinée et sella Judd. Leurs parents préféraient rester à l'intérieur et Dylan travaillait, si bien que les triplées allaient se retrouver entre elles, comme si souvent autrefois.

Après avoir réglé la hauteur de ses étriers, Maddy se tourna vers Chantel pour lui demander :

— Tu as besoin d'aide ?

— Non, ça ira, répondit Chantel en attachant la sous-ventrière de sa jument.

— Je ne savais pas que tu montais, observa Abby, qui vérifiait derrière sa sœur la fixation de chaque pièce de harnachement. Je t'ai donné Matilda, parce qu'elle est très douce, mais tu es sûre que…

— Ne t'inquiète pas ! À condition d'aller lentement, je ne devrais pas tomber.

Une fois dehors, Maddy sauta souplement sur le dos de son cheval, tandis que Chantel avait quelque peine à se mettre en selle. Pour ménager l'amour-propre de cette dernière, Abby décida de maintenir Judd au pas et elle annonça au moment où elles s'engageaient sur le sentier :

— Je vais vous emmener visiter la partie est du domaine, là où je planterai de l'herbe à fourrage dans quelques semaines.

— De l'herbe à fourrage…, répéta Chantel. Je ne sais même pas à quoi ça ressemble.

— Arrête de bêcher, miss Hollywood, lui lança Maddy, et accélère un peu l'allure, sinon cette promenade sera mortellement ennuyeuse !

— J'ai encore mieux à te proposer, miss New York : faisons la course ! répliqua Chantel.

Puis, sous le regard stupéfait de ses sœurs, elle pressa les flancs de sa jument et partit au galop. Abby ouvrit la bouche pour lui crier une mise en garde, mais elle la referma en s'apercevant que Chantel était en réalité une excellente cavalière.

— Elle nous a bien eues ! s'exclama Maddy.

— Oui, mais ne perdons pas de temps à discuter : il faut la rattraper.

Abby éperonna son cheval, Maddy l'imita, et elles s'élancèrent à la poursuite de leur jumelle. Ce jeu leur rappelait une enfance où, malgré les contraintes que leur imposait la préparation de leurs numéros de chant et de danse, elles avaient réussi à s'amuser, à se défier, à se disputer et à se réconcilier comme toutes les autres sœurs. Et s'il arrivait souvent que ce genre de complicité disparaisse avec l'âge adulte, les triplées savaient, elles, que rien ne pourrait jamais les séparer : déjà unies dans le ventre de leur mère, elles le resteraient toujours.

Essoufflées et riant aux éclats, Abby et Maddy s'arrêtèrent en haut de la côte où Chantel les attendait, un sourire joyeux sur les lèvres. La star hautaine avait cédé la place à une jeune femme pleine d'humour et d'entrain.

— Où as-tu appris à monter comme ça ? lui demanda Maddy.

— Tu te bourres de vitamines et tu t'imposes dix kilomètres de jogging par jour, mais cela ne veut pas dire que tu es la plus sportive de la famille... Le film que je viens de tourner est un western dont l'action se situe dans les années 1870, et j'ai passé plus de temps en selle pendant ces dernières semaines qu'un cow-boy professionnel.

— Ainsi, la vie d'une vedette de Hollywood n'est pas juste une longue suite de brunchs dans des restaurants chic, de cocktails et de réceptions au bord de piscines de rêve ? observa ironiquement Abby.

— C'est cela aussi, répondit Chantel, mais je suis comme toi : j'exerce l'activité pour laquelle j'ai le plus de dispositions, et je donne le meilleur de moi-même en toutes circonstances.

— Élever des enfants et planter de l'herbe à fourrage…
Oui, tu as raison : c'est sans doute ce pour quoi je suis
le plus douée.

— Je n'irais pas jusqu'à t'envier, mais je t'admire.

Les trois sœurs repartirent au pas, Chantel au milieu,
Abby à sa gauche et Maddy à sa droite, comme à l'époque
où elles se produisaient sur scène.

— Vous vous rappelez ce bar miteux, près de Memphis,
où on a joué un soir ? lança Maddy.

— Le Mitzie's Place ? s'écria Abby. Comment l'oublier ? Tous les clients étaient ivres, et une dispute entre
deux d'entre eux a tourné à la bagarre générale… Le
spectacle était dans la salle !

— Oui, les bouteilles volaient, et c'est un vrai miracle
qu'aucune de nous n'ait été blessée. J'y repense avant
chaque première, et je me dis que, quoi qu'il arrive, ça
ne pourra pas être pire.

— Que vas-tu faire une fois de retour à New York ?
demanda Abby. Tu n'as pas pris un risque inconsidéré, en
te retirant d'une production qui remporte un tel succès ?

— Au bout d'un an, j'en avais assez de chanter les
mêmes chansons et d'exécuter les mêmes numéros jour
après jour… Je voulais passer à autre chose, et il y a
justement une comédie musicale actuellement en préparation. Le metteur en scène est encore à la recherche d'un
commanditaire, mais les répétitions pourront commencer dès
qu'il l'aura trouvé. J'y jouerai le rôle d'une strip-teaseuse.

— Pardon ? s'exclamèrent Abby et Chantel d'une
même voix.

— Vous m'avez très bien entendue : j'y jouerai le
rôle d'une strip-teaseuse. C'est un personnage formidable, une femme libre qui rencontre l'homme de sa
vie et prétend être bibliothécaire avant de comprendre
qu'elle doit se faire aimer pour elle-même… Et je vous
rassure : je ne me déshabillerai pas sur scène. Ce sera
un spectacle tous publics.

— Et toi, Chantel ? demanda Abby. Tu as des projets ?

— Bien sûr ! Je commence dans une dizaine de jours le tournage d'un feuilleton télévisé… Vous avez lu *Strangers* ?

— Oui, et j'ai adoré, déclara Maddy. Attends… Ne me dis pas que tu vas jouer Hailey ?

Le sourire éclatant de Chantel lui fournit la réponse, et elle enchaîna :

— Tu as de la chance : c'est un rôle génial ! Tu as lu le livre, Abby ?

— Non, je n'ai plus le temps de lire.

— C'est l'histoire de…

— Ne lui raconte pas, coupa Chantel, sinon tu lui gâcheras le plaisir de la découverte ! De toute façon, elle n'aura pas longtemps à attendre : la diffusion débute dans quelques mois.

— Je ne pensais pas que tu travaillerais de nouveau pour la télévision, observa Abby.

— Moi non plus, mais je ne pouvais pas refuser. Le scénario est trop bon, et mes dernières apparitions sur le petit écran ont été des publicités pour du shampooing et du dentifrice… Je veux montrer aux gens qui ne vont pas au cinéma que je suis capable de faire autre chose.

Elles étaient maintenant loin de la maison, et, Abby paraissant détendue, ses jumelles échangèrent un regard complice, puis Chantel tira sur les rênes de son cheval de façon à ce qu'il aille se placer à la gauche d'Abby.

— À ton tour de nous parler de toi, Abby ! décréta-t-elle. Comment se passe ta collaboration avec Crosby ? Il ne te pose pas trop de questions indiscrètes ?

— Si, mais je m'y attendais.

— Est-ce que le fait d'être amoureuse de lui te facilite les choses ?

Abby ne fut pas surprise que Maddy considère ses sentiments pour Dylan comme un point acquis. Ses sœurs les connaissaient sans qu'elle ait eu besoin de les en informer.

— Oui et non, répondit-elle. Mon intention, au départ, était de tricher un peu avec la vérité, mais ça ne marche pas avec lui : il arrive à savoir, rien qu'en me regardant, si je travestis ou non la réalité.

— Tu lui as parlé de la terrible injustice que cette garce de Janice Rockwell a commise contre toi, après la mort de Chuck ? s'exclama Chantel dans une brusque bouffée de colère.

— Cela n'a pas vraiment de rapport avec l'ouvrage qu'il est en train de rédiger.

— Peut-être, mais moi, j'aimerais bien voir ça écrit noir sur blanc, grommela Maddy. Ta belle-mère mérite d'être dénoncée publiquement.

— « Dénoncée » n'est pas le terme juste : ce qu'elle a fait est condamnable sur le plan moral, mais parfaitement régulier sur le plan légal. C'est un mal pour un bien, d'ailleurs : cela m'a appris à ne compter que sur moi-même.

— Je pense cependant que Dylan devrait connaître toute l'histoire, insista Chantel. C'est l'occasion ou jamais de montrer cette horrible femme sous son vrai jour, celui de la mère richissime d'un célèbre pilote de course qui a laissé dans la misère la veuve et les enfants de son fils.

— Il ne faut rien exagérer ! protesta Abby. Nous n'étions pas complètement démunis.

— Janice vous a malgré tout spoliés, et tu devrais le dire à Dylan. Si tu as suffisamment confiance en lui pour lui révéler une partie de la vérité, pourquoi taire le reste ?

— Je suis du même avis, indiqua Maddy. J'étais contre ce projet de biographie, mais maintenant qu'elle est en chantier, autant faire les choses à fond. Je sais que tu ne nous as pas tout raconté, Abby, et c'était ton droit le plus absolu, mais je suis sûre que cela te soulagerait de lever enfin le voile sur la façon dont Chuck et sa mère t'ont traitée.

— Si j'étais seule en cause, je n'hésiterais pas, mais je dois penser à mes fils.

— Tu crois vraiment qu'ils ont gardé de Chuck l'image d'un père et d'un mari parfaits ? remarqua Chantel d'une voix douce.

Poussée dans ses derniers retranchements, Abby fut contrainte d'admettre ce qu'elle occultait depuis si longtemps.

— Non, répondit-elle. Même si les garçons étaient trop petits pour comprendre ce qui se passait exactement, ils ont perçu la tension qui régnait dans la maison quand Chuck était là, et ce qu'ils ignorent, ils l'apprendront tôt ou tard. Je veux juste que Dylan écrive cette biographie avec suffisamment de compassion pour qu'ils puissent, une fois grands, pardonner ses fautes à leur père.

— Dylan en a ? demanda Chantel.

— De quoi ?

— De la compassion.

— Oui, et même beaucoup plus que je n'aurais osé l'espérer.

— Il partage tes sentiments ?

— Je n'en sais rien. La seule chose dont je sois sûre, c'est qu'il tient à moi… et même à un point qui l'étonne lui-même, je crois. Il s'est aussi pris d'affection pour les garçons, mais je doute que cela l'empêche de partir une fois son livre terminé.

— Alors il faut que tu l'obliges à rester ! décréta Maddy.

— Comment ? Je n'ai ni ta capacité à te jouer des difficultés, ni le machiavélisme de Chantel.

— Je te remercie ! s'exclama cette dernière, mi-figue, mi-raisin.

— Ne te fâche pas ! Je voulais juste dire que nous sommes différentes. Maddy a une telle foi en son destin qu'il se réalise presque sans intervention de sa part, toi, tu arrives à plier les gens et les événements à ta volonté, et moi, je me contente de battre les cartes que la vie me distribue jusqu'à obtenir la meilleure main possible. Celle que j'ai actuellement me rend très heureuse, mais je ne me sens pas en droit de demander à Dylan de rester parce que, s'il me demandait de partir avec lui, je devrais refuser. Je ne peux plus me permettre, comme à dix-huit ans, de céder à mes impulsions : j'ai deux fils, et leurs intérêts passent avant les miens.

Sans se concerter, les triplées choisirent ce moment pour prendre le chemin du retour, et Chantel ferma un instant les yeux pour mieux savourer la sensation du vent dans ses cheveux. Elle éprouvait un sentiment de complète liberté qu'il ne lui était pas souvent donné de goûter.

— Je ne vois pas pourquoi tu demanderais à Dylan de rester, remarqua-t-elle. Trop de femmes pensent qu'il leur faut absolument un homme pour atteindre leur plein épanouissement... Je pense, moi, qu'elles peuvent et doivent l'atteindre toutes seules, et laisser ensuite éventuellement un homme entrer dans leur vie, mais comme une simple cerise sur le gâteau.

— Je comprends, maintenant, pourquoi tu as brisé tant de cœurs ! s'écria Maddy.

— Je ne brise pas les cœurs. Je ne fais que les meurtrir un peu.

— Admettons, mais de toute façon, ce n'est pas parce que ni toi ni moi ne sommes prêtes à nous fixer qu'Abby n'a pas le droit d'occuper ses journées à laver et repasser des chemises, et d'avoir quelqu'un pour lui sortir ses poubelles le soir.

— Intéressante description d'une relation riche et profonde..., commenta ironiquement l'intéressée. Mais comme je suis la seule de nous trois à avoir connu l'expérience du mariage, je m'estime qualifiée pour vous dire qu'il ne se limite pas à ça.

Chantel fronça les sourcils et observa :

— Qui te parle de mariage ? Je veux bien que tu prennes du bon temps avec Dylan, mais tu ne songes tout de même pas sérieusement à t'enchaîner de nouveau ?

— Voilà une description de la vie de couple aussi intéressante que la mienne ! nota Maddy en riant.

— Oui, déclara Abby avec un hochement de tête désabusé, et pourtant, si je pensais pouvoir trouver un compromis acceptable pour Dylan comme pour moi, je n'hésiterais pas à le demander en mariage.

— Fais-le, et tu verras bien ce qui se passera ensuite, suggéra Maddy. Si tu l'aimes, si tu es sûre que c'est l'homme de ta vie, ne te laisse pas arrêter par des problèmes qui se résoudront peut-être d'eux-mêmes !

— Ne l'écoute pas, Abby ! décréta Chantel. Elle ignore tout de la psychologie masculine, et pour cause : les seuls hommes qu'elle fréquente sont des danseurs qui s'admirent devant une glace du matin au soir.

— Tu peux parler ! répliqua Maddy. Les acteurs que tu fréquentes ne savent plus, eux, qui ils sont quand ils se regardent dans une glace après une journée de tournage.

— Bref, mieux vaut que nous restions toutes les trois célibataires, conclut Abby.

— Absolument ! renchérit Chantel.

Chacune demeura ensuite un moment plongée dans ses propres réflexions, et puis, alors qu'elles arrivaient en vue de la maison, Maddy observa :

— Moi, même si j'en avais envie, je ne pourrais pas caser un homme dans mon emploi du temps.

— Tu n'es pas obligée de passer tes journées avec lui, souligna Chantel. Une nuit par-ci par-là suffit largement à satisfaire les besoins d'une femme.

— Tu ne penses pas ce que tu dis, lui déclara Abby.

Pour éviter de répondre, Chantel éperonna son cheval et partit au galop.

— Il n'est pas question qu'elle me batte une deuxième fois ! s'écria Maddy en piquant des deux.

Abby les considéra un instant d'un air amusé avant de presser les flancs de Judd : elle savait que les longues et puissantes foulées du hongre lui permettraient de coiffer ses sœurs sur le poteau.

12

Les rayons de la lune baignaient la chambre d'une lumière douce et apaisante. Bien que silencieuse, la maison semblait encore habitée par l'écho des voix et des rires dont elle avait résonné pendant la journée, de celui de la musique qui l'avait emplie pendant la soirée : Molly avait joué du banjo pendant que Frank dansait, puis Frank avait pris le banjo, et tout le monde s'était mis à chanter.

Ses parents et ses sœurs seraient partis le lendemain, songea Abby, mais la joie qu'ils avaient apportée chez elle s'y attarderait encore longtemps.

La tête posée sur l'épaule de Dylan, la jeune femme gardait les yeux ouverts pour ne pas risquer de s'endormir. Elle ne voulait pas que le sommeil lui fasse perdre une seule minute des moments où elle pouvait le toucher, l'embrasser… La présence de sa famille les obligeait à conserver leurs distances : depuis trois jours, Dylan ne venait la rejoindre dans sa chambre qu'une fois le reste de la maisonnée endormi et il la quittait ensuite à l'aube.

Ils n'en avaient pas discuté, mais il avait eu l'air de comprendre qu'elle aurait été gênée de se livrer à de grandes démonstrations de tendresse devant ses parents. Elle avait beau être adulte, veuve et mère de deux enfants, elle redevenait avant tout leur fille quand ils étaient sous le même toit.

Dylan ne s'offusquait pas de la réserve qu'Abby lui témoignait durant la journée. Leurs nuits n'en étaient que plus douces, et il trouvait même excitant de les passer avec elle en cachette de ses parents et de ses sœurs, à l'affût du moindre bruit qui aurait annoncé l'arrivée de l'un d'entre eux.

Peut-être Abby et lui riraient-ils plus tard de ces rendez-vous clandestins, mais pour l'instant il repensait aux coups de téléphone qu'il avait donnés ces derniers jours.

Sa famille occupait beaucoup Abby, et il en avait profité pour mener de son côté une enquête dont les résultats l'avaient surpris. Lorsqu'ils seraient de nouveau seuls dans la maison, leurs séances de travail reprendraient, mais quelques pièces du puzzle s'étaient déjà assemblées, certaines questions avaient déjà trouvé leur réponse. Il les poserait malgré tout, car ces secrets qu'il connaissait maintenant, il avait besoin de les entendre de la bouche d'Abby. Si elle les lui révélait, il serait sûr d'avoir gagné sa confiance, et peut-être pourraient-ils alors tirer un trait sur le passé et songer à l'avenir.

— Tu dors ? murmura-t-il.

— Non.

— À quoi penses-tu ?

— À mes parents.

— Je n'avais encore jamais rencontré de gens comme eux.

— C'est normal : ils sont uniques en leur genre.

— Je les aime beaucoup, mais j'ai vraiment eu peur, quand ton père a insisté pour m'apprendre à faire des claquettes… Si je n'étais pas arrivé à l'en dissuader, je me serais complètement ridiculisé !

— Tu aurais dû accepter : il est capable d'apprendre n'importe quelle danse à n'importe qui. J'en suis la preuve vivante.

— La limousine de Chantel emmènera tes parents à la gare routière où ils prendront le bus pour Chicago, si j'ai bien compris ?

— Oui. Un cabaret les a engagés pour trois soirs. Chantel voulait leur acheter des billets d'avion en première classe, mais ils ont refusé. Maman a déclaré qu'elle se débrouillait depuis cinquante ans pour aller d'un endroit à un autre sans quitter le sol, et qu'elle ne voyait pas pourquoi elle changerait d'habitude maintenant.

— Ta mère est une femme sensée.

— Disons qu'elle a sa propre logique et qu'elle s'y tient, même si ce n'est pas celle de tout le monde. Installe-la dans un pavillon de banlieue entouré d'un joli jardin avec tout le confort moderne, par exemple, et elle devient folle au bout d'une semaine… Elle a trouvé en papa un compagnon idéal.

— Depuis combien de temps se connaissent-ils ?

— Environ trente-cinq ans.

Dylan resta un moment silencieux, puis il observa :

— Voilà qui redonne confiance dans l'institution du mariage.

— Oui, et si je me suis mariée si vite, c'est en partie parce que mes parents m'avaient offert l'image d'un bonheur conjugal indestructible. J'ai eu tort de croire que c'était le cas de tous les couples, mais raison en ce qui les concernait, puisqu'ils s'entendent toujours aussi bien… Ils vont beaucoup me manquer.

— Leur départ laissera un grand vide, en effet : on ne s'ennuie jamais, avec eux ! J'ai eu peur pour tes lampes, hier soir, quand ton père a décidé d'apprendre aux garçons à jongler avec des pommes.

— Et je continuerai à craindre pour mes lampes tant qu'ils ne se seront pas lassés de ce petit jeu, dit Abby avec un sourire désabusé.

— Ou que tes réserves de pommes seront épuisées, mais ils s'exerceront alors peut-être avec des assiettes.

— Je préfère ne pas y penser !

Abby se redressa et, bien qu'elle sourie toujours, le regard qu'elle posa sur Dylan était grave.

— Je suis contente que tu aies fait la connaissance de mes parents. Il se peut qu'un jour, en traversant une petite ville perdue au fin fond de la province, tu voies leur nom sur une affiche… Tu te souviendras alors de moi.

— Je n'aurai pas besoin de ça pour me souvenir de toi.

— Qui sait ?

— Non, j'ai une excellente mémoire, et il y a des choses qui ne s'oublient pas.

— Comme ceci ? demanda Abby en effleurant d'un baiser la bouche de Dylan.

— Oui.

— Et comme cela ? susurra-t-elle, sa bouche lui mordillant à présent l'oreille.

— Ou… oui, murmura-t-il d'une voix rauque.

Puis il allongea la jeune femme sur le dos, la recouvrit de son corps et acheva de l'immobiliser en refermant les mains sur ses poignets. Si elle le touchait maintenant, il ne pourrait plus répondre de rien : la force de son désir l'amènerait à chercher trop vite une jouissance dont il voulait au contraire qu'ils savourent tous les deux la délicieuse attente, avant de connaître un plaisir d'autant plus intense qu'il aurait été retardé.

Ils avaient toute la nuit devant eux. Il lui suffisait même de dire un mot pour qu'ils aient toute la vie, puisqu'elle l'aimait…

Cette idée le terrifiait, et plus encore le fait qu'Abby ne lui demande rien, car elle lui demandait ainsi plus qu'il ne se croyait capable de donner.

Alors il noya sa peur dans la volupté du moment présent et fit courir ses lèvres sur un corps qui vibrait et frissonnait sous lui. Il sentait le cœur d'Abby battre de plus en plus fort, son pouls à lui s'accélérer, mais cette montée du désir s'accompagnait d'un étrange sentiment de paix, comme si une partie de lui-même que n'attei-gnait pas la fièvre des sens trouvait dans les bras de sa compagne l'assouvissement d'une faim jusque-là ignorée.

Abby laissait Dylan lui infliger le délicieux tourment de baisers qu'elle ne pouvait pas lui rendre. Le mélange de passion et de douceur avec lequel il lui faisait l'amour ne cessait de l'émerveiller. Jamais, même en rêve, elle n'avait imaginé qu'il existait un homme capable de désirer autant une femme tout en la respectant.

Lorsque Dylan libéra ses poignets, et malgré l'impatience qui la possédait, elle commença par prendre son visage dans ses mains pour l'embrasser tendrement, et il but à ses lèvres avec une telle avidité qu'elle se demanda s'il avait conscience du besoin qu'il avait d'elle.

Dans le cas contraire, leur relation s'achèverait au moment où il aurait eu les réponses qu'il voulait obtenir. Et elle avait déjà promis de les lui fournir, compromettant ainsi ses chances de le garder plus longtemps…

Les ruses, les artifices dont usaient certaines femmes pour retenir les hommes lui étaient totalement étrangers. Elle n'avait que son cœur à lui offrir, mais cela ne suffirait sans doute pas.

— Dylan…, murmura-t-elle.

Percevant une étrange gravité dans la voix d'Abby, Dylan se redressa, et il lut dans ses yeux toute la force et la vulnérabilité d'une femme amoureuse qui n'attendait rien, et qui donnait tout.

Touché jusqu'au fond de son être, il la reprit dans ses bras, mais cet instant où elle avait mis son cœur à nu s'était gravé en lui, et il savait qu'il aurait désormais beaucoup plus de mal à accepter l'idée de vivre sans elle.

Entre les bagages à faire, les détails de dernière minute à régler et les émissions télévisées pour enfants du samedi, tous les membres de la maisonnée eurent un début de matinée occupé.

Chantel, qui attendait son heure, sortit discrètement de la cuisine cinq minutes après que Dylan fut allé aider les garçons à nourrir les animaux. Bien que la température soit douce pour un mois de mars sur la côte Est, elle frissonna et se réjouit à l'idée de retrouver bientôt la chaleur du sud de la Californie.

Mais avant de partir elle devait parler à Dylan.

Il était en train de sortir deux chevaux de l'écurie pour les emmener rejoindre ceux qui étaient déjà dans le pré. Chantel s'accouda à la clôture et le regarda s'approcher du coin de l'œil.

En voyant Chantel s'arrêter devant le pré, Dylan comprit tout de suite la raison de sa présence. Il savait qu'elle avait quelque chose à lui dire, et le moment était visiblement venu. Il ouvrit la barrière aux deux hongres, la referma soigneusement, puis il rejoignit la jeune femme et lui tendit une cigarette qu'elle accepta.

Chantel fumait rarement, mais là, elle en éprouvait le besoin. Après avoir tiré quelques bouffées, elle déclara, les yeux fixés sur les chevaux :

— Je me demande si je vais ou non finir par vous aimer, mais ça n'a pas vraiment d'importance. Les sentiments d'Abby en ont, en revanche.

Ces paroles ressemblaient tant à celles de Maddy sur le même sujet que Dylan sourit intérieurement. Cette communauté de pensée entre jumeaux était un phénomène très surprenant, mais comme les personnes concernées devaient, elles, le considérer comme une chose toute naturelle, il ne le releva pas.

Le poulain d'Eve se mit à téter sa mère, et ils la regardèrent en silence se camper solidement sur ses jambes, puis attendre patiemment que son petit soit rassasié.

— Je vous ai trouvé très antipathique quand vous m'avez interrogée à propos de Millicent Driscoll, reprit Chantel au bout d'un moment. Certaines de vos questions, et la froideur avec laquelle vous les avez posées, m'ont profondément déplu. Cela m'a dissuadée de vous répondre aussi franchement que je l'aurais pu, et c'est dommage, parce que votre livre y aurait peut-être gagné en humanité. Je veux cependant éviter que la même chose se produise avec la biographie de Chuck. Abby est ma sœur, et ce que vous raconterez sur son mariage a le pouvoir de lui faire beaucoup de mal.

Ensuite, et pour la première fois, elle se tourna vers Dylan et le regarda droit dans les yeux. Même dans la lumière crue du soleil matinal, elle était d'une beauté resplendissante, avec son visage à l'ovale parfait, ses pommettes hautes, son teint de porcelaine... Il était tentant de ne voir en elle que cette femme divinement belle, et d'oublier qu'elle était aussi une redoutable mangeuse d'hommes.

— Je pense que vous tenez à Abby, poursuivit-elle, mais j'ignore si vous vous autoriserez à laisser cela entrer en ligne de compte dans la rédaction de votre ouvrage. Quoi qu'il en soit, je suis venue vous donner des éclaircissements sur ce qui s'est passé entre Chuck et elle. Si Abby est d'accord, vous pourrez utiliser ce que je vous aurai dit, mais si elle ne l'est pas, vous le garderez pour vous. C'est bien clair ?

— Oui. Je vous écoute.

— Quand Chuck est entré dans ce cabaret de Miami, Abby l'a tout de suite subjugué. Peut-être même est-il tombé d'amoureux d'elle et l'est-il resté pendant quelque temps. Je ne sais pas quel genre de femme il fréquentait avant, mais il est évident qu'Abby ne leur ressemblait pas du tout. Même avec ses costumes à paillettes et son maquillage de scène, elle respirait la pureté et la candeur. Il n'est généralement pas flatteur de qualifier quelqu'un d'innocent, mais dans son cas, cela n'a rien de péjoratif : elle était innocente, et elle l'est toujours.

Chantel sourit, mais pas du sourire mécanique qu'elle plaquait sur son visage devant les photographes : celui-là venait du cœur, et il la transfigurait.

— Abby croyait alors que l'amour durait toujours, que la fidélité en était indissociable, et c'est avec ce type d'illusion qu'elle s'est mariée.

— Et Chuck ? demanda Dylan sans juger utile de relever la dernière remarque de Chantel.

— Comme je vous l'ai déjà dit, peut-être l'a-t-il aimée… autant et aussi longtemps qu'il était capable d'aimer quelqu'un. Certaines personnes lui trouveraient des excuses : une mère tyrannique, la mort prématurée d'un père qui, de son vivant, était déjà trop obsédé par son travail pour s'occuper de lui… Chuck était un handicapé des sentiments, mais son enfance de pauvre petit garçon riche ne constitue pas une excuse à mes yeux.

Chantel marqua une pause, l'air d'attendre que Dylan fasse un commentaire, mais il connaissait déjà l'histoire familiale de Rockwell et il n'était pas loin de partager l'avis de son interlocutrice.

— Continuez ! se borna-t-il à déclarer.

— Les relations entre Abby et Chuck ont commencé de se dégrader très peu de temps après leur mariage. Elle ne l'a confié à personne, mais Maddy et moi nous en sommes tout de suite rendu compte. Elle a accompagné Chuck en Europe et ailleurs, elle a accepté pour lui de porter des fourrures et des vêtements de grands couturiers… De nombreuses femmes auraient aimé mener ce genre de vie, mais pas elle. Je ne dis pas qu'il ne lui a pas plu, au début, mais, contrairement aux autres O'Hurley, son plus cher désir a toujours été de se créer des racines.

— D'où son installation ici.

— Oui. Chuck a acheté ce domaine après le scandale qu'avait causé l'une de ses admiratrices, et qui avait rejailli sur Abby, expliqua Chantel en laissant tomber sa cigarette sur le sol et l'écrasant du bout de sa chaussure. Il s'en est cependant très vite lassé, et il a fait clairement comprendre à Abby que, si elle voulait le garder, il lui faudrait s'en occuper toute seule.

— C'est elle qui vous l'a dit ?

— Non, Chuck lui-même, le jour où il est venu me voir à Los Angeles, fermement décidé à avoir une aventure avec moi… Charmant, n'est-ce pas ? Donnez-moi une autre cigarette !

Le temps que Dylan la lui allume, Chantel avait maîtrisé la fureur dont la remplissait toujours l'évocation de ce souvenir.

— Chuck n'était pas mon type, enchaîna-t-elle, et même si je n'ai pas la réputation d'être un modèle de vertu, les quelques principes qui me restent m'auraient de toute façon interdit de coucher avec le mari de ma sœur. Je ne suis pourtant pas arrivée à le chasser de chez moi. Il était à moitié ivre, potentiellement violent, et j'ai dû l'écouter me raconter les « problèmes » que lui posait sa femme : elle était ennuyeuse, casanière, elle ne s'intéressait qu'à sa ferme, et lui, il n'avait pas l'intention de dépenser un sou pour remettre en état une vieille bâtisse perdue au milieu de nulle part… Alors si elle voulait réparer le toit ou refaire la plomberie, elle n'avait qu'à se débrouiller pour trouver l'argent…

« Il a ensuite parlé du projet que nourrissait Abby d'élever des chevaux, et il s'est moqué d'elle. Je crois que je l'aurais étranglé, à ce moment-là, s'il ne s'était justement levé pour partir. J'étais contente d'être débarrassée de lui, mais j'avais aussi mauvaise conscience : pendant que ma sœur se débattait au milieu des pires difficultés, je ne pensais qu'à ma carrière. Mon instinct m'avait dit qu'Abby était malheureuse, et je n'avais pas pris le temps de lui tendre la main. »

Et lui, avait-il vraiment mieux traité Abby durant ces deux dernières semaines ? songea Dylan. Dès son arrivée, il avait senti que ses préjugés contre elle étaient mal fondés. Cette impression s'était confirmée au fil des jours, et pourtant qu'avait-il fait, à part lui poser des questions, encore et encore ?

— Pourquoi Chuck vous a-t-il raconté tout cela ? déclara-t-il d'un ton qui se voulait détaché.

— Il croyait sans doute que ses « déboires conjugaux » lui vaudraient ma sympathie et que je me rangerais dans son camp. Au lieu de ça, il n'était pas plus tôt parti que j'ai appelé Maddy et que nous sommes venues ici. La maison était alors en très mauvais état, et comme Chuck ne lui donnait pas un centime, Abby travaillait par-ci par-là, en emmenant Ben avec elle. Notre visite lui a fait plaisir, mais elle a refusé de nous écouter quand nous lui avons conseillé de divorcer.

— Pourquoi est-elle restée avec un mari qui ne se contentait pas de la négliger, mais qui la trompait aussi ?

— C'est à elle qu'il faut le demander, mais je peux vous dire ceci : Abby est d'un naturel confiant, et elle pensait que Chuck changerait. En attendant, il était urgent de rendre la maison habitable, et nous sommes allées vendre ses bijoux à Richmond. Chuck lui en avait offert beaucoup pendant les six ou sept premiers mois de leur mariage, et la somme qu'elle en a obtenue lui a permis de parer au plus pressé. Moi, je lui ai acheté son vison, et elle m'a dit plus tard, pour plaisanter, m'avoir vue en photo avec son toit sur le dos.

Chantel ne précisa pas qu'à cette époque elle n'avait pas vraiment les moyens de s'offrir des fourrures.

— Abby a donc vendu son vison pour réparer le toit…, murmura Dylan.

— Oui, et il y avait de nombreux autres travaux à effectuer, mais Abby ne s'est jamais découragée. Cette rentrée d'argent lui a donné une bouffée d'oxygène, et les choses se sont un peu arrangées. Elle est ensuite tombée enceinte de Chris, et même si j'ai ma petite idée là-dessus, c'est un sujet dont je préfère ne pas parler.

Cette remarque montra à Dylan que Chantel avait deviné la vérité et, sachant qu'elle le comprendrait à demi-mot, il déclara d'une voix douce :

— Je n'ai pas l'intention d'en parler, moi non plus.

— Je vais finir par bien vous aimer, alors ! observa Chantel avec l'ombre d'un sourire. Mais pour en revenir à ma sœur, la naissance de Chris n'a pas résolu ses problèmes de couple, au contraire. Chuck était de plus en plus absent, il affichait ses maîtresses, et bien que ce ne soit pas une excuse, peut-être cherchait-il ainsi à pousser Abby au divorce… dans son intérêt à elle. Et ce n'est qu'au moment où elle s'y est finalement résolue qu'il a mesuré ce qu'il allait perdre.

— Abby a donc engagé une procédure de divorce ?

— Oui. Tous les torts étant du côté de son mari, elle aurait pu s'en prévaloir pour réclamer une grosse pension alimentaire – c'est ce que j'aurais fait, moi –, mais elle voulait juste le domaine et une petite contribution financière à l'éducation de ses fils. Chuck entretenait alors une liaison torride avec Lori Brewer, et ils menaient la grande vie, mais je crois que la décision d'Abby lui a ouvert les yeux : il a brusquement eu conscience d'avoir lâché la proie pour l'ombre. Il avait la meilleure des épouses, deux beaux enfants, et non seulement il manquait à tous ses devoirs envers eux, mais il avait sacrifié le bonheur qu'ils pouvaient lui apporter à un mode de vie destructeur.

« Je sais qu'il le regrettait, parce qu'il m'a téléphoné quelques jours avant sa dernière course. Il avait appelé Abby pour lui demander de revenir sur sa décision, elle avait refusé, et il m'a suppliée d'essayer de la faire changer d'avis. Je l'ai envoyé promener, naturellement… Il est mort moins d'une semaine plus tard. »

— Et Abby ne s'est jamais pardonné de ne pas lui avoir offert une deuxième chance, observa Dylan.

— Exactement. Maddy et moi ne cessons de lui répéter qu'elle n'a aucune raison de se sentir coupable, mais sans résultat.

— Et le fait que la mort de son mari lui ait permis de résoudre ses problèmes financiers doit aussi lui donner mauvaise conscience. Ce n'est pourtant que just…

L'expression de colère qui s'était peinte sur les traits de Chantel avait interrompu Dylan au milieu de sa phrase, et, perplexe, il reprit :

— Pourquoi me regardez-vous comme ça ? Qu'est-ce que j'ai dit ?

— Excusez-moi, j'avais oublié qu'Abby ne vous en avait pas parlé… C'était pourtant l'une des choses que je comptais vous révéler.

— Je ne comprends pas. Rockwell était riche, non ? et elle a forcément hérité de ses biens.

— Pas du tout. Janice Rockwell a fait en sorte que ni Abby ni les garçons ne touchent un centime de l'argent que son mari avait légué à Chuck. Chaque fois que j'y pense, je vois rouge !

Dylan, lui, sentit son sang se glacer dans ses veines. Il se rappela toutes les accusations, toutes les remarques blessantes qu'il avait lancées à Abby depuis le jour de son arrivée…

— C'est pour cela qu'elle continue de travailler comme femme de ménage ? s'enquit-il, embarrassé.

— Oui. Pour subsister, et aussi pour rembourser l'emprunt contracté au moment de l'achat du domaine.

Un tumulte de pensées et d'émotions agitait Dylan. Pourquoi avait-il douté d'Abby ? Elle était seulement trop fière pour lui dire ce qu'il apprenait maintenant par Chantel…

Mais c'était de l'orgueil mal placé, et elle aurait dû le faire taire ! songea-t-il pour tenter de se justifier à ses propres yeux. Il avait le droit de savoir… Il avait le droit de…

Non, admit-il finalement, il n'avait aucun droit, et si ses idées préconçues ne l'avaient pas aveuglé, il aurait compris tout seul qu'Abby ne « s'amusait » pas à aller lessiver le carrelage des autres, qu'elle ne « jouait » pas les martyres en nettoyant l'écurie tous les matins et que l'élevage des chevaux n'était pas pour elle un simple passe-temps, mais une question de survie.

— Pourquoi êtes-vous venue me parler de tout cela ? demanda-t-il.

— Parce que quelqu'un doit persuader ma sœur qu'elle n'a rien à se reprocher.

— Et vous m'en croyez capable ?

— Oui, et je vous crois également capable de la rendre heureuse... si vous avez le courage de lui sacrifier un peu de votre précieuse liberté.

Les yeux de Chantel luisaient de défi, et Dylan ne put réprimer un sourire.

— Je crains de vous avoir mal jugée, lors de notre première rencontre, déclara-t-il.

— Ce n'est pas grave, répondit-elle en lui donnant une petite tape amicale sur le bras. Je vous avais mal jugé, moi aussi.

Maddy passa alors la tête par la porte de la cuisine et cria :

— Chantel ! La limousine est là !

— J'arrive ! Une dernière chose, Dylan... N'allez pas vous imaginer qu'après cette conversation, je me désintéresserai du sort d'Abby... Si vous lui faites le moindre mal, vous aurez affaire à moi !

— J'avais compris.

— Alors il ne me reste plus qu'à vous souhaiter bonne chance.

— Merci.

Les adieux furent longs et démonstratifs, comme Dylan s'y attendait, mais Maddy l'embrassa avec une chaleur et une affection qui, elles, le surprirent, avant de lui murmurer à l'oreille :

— Vous êtes l'homme qu'il faut à Abby... Bienvenue dans la famille !

Pendant que les adultes échangeaient baisers, accolades et promesses de se téléphoner bientôt, Ben et Chris avaient grimpé dans la limousine et en découvraient avec ravissement les équipements de luxe. Ils actionnèrent une demi-douzaine de fois la commande électrique de la vitre teintée qui séparait le chauffeur et les passagers, explorèrent le minibar, allumèrent la télévision… Abby dut les tirer par le bras pour qu'ils sortent du véhicule.

Lorsque la voiture eut disparu au détour du chemin, Chris annonça :

— Je conduirai une limousine, quand je serai grand. Comme ça, je porterai une belle casquette et je pourrai monter à l'avant, comme M. Donald.

— Moi, je préfère être à l'arrière, pour regarder la télé, dit Ben.

— On voit que le sang des O'Hurley coule dans tes veines ! s'exclama Abby en riant. Faites ce que vous voulez, maintenant, mais moi, je rentre boire un grand verre de jus de fruits. J'ai besoin de reprendre des forces, avant de m'attaquer au désordre qui règne dans la cuisine !

— On peut aller jouer avec les poulains ? demanda Ben.

— Oui, mais n'oubliez pas qu'ils sont encore fragiles, alors ne les…

La jeune femme ne termina pas sa phrase : les garçons étaient déjà partis. Elle soupira, puis se rendit dans la cuisine et proposa à Dylan, qui l'avait suivie :

— Je te sers quelque chose ?

— Non, merci.

Trop agité pour s'asseoir, Dylan se mit à marcher de long en large dans la pièce. Les révélations de Chantel, et tout ce qu'il avait appris au cours des derniers jours, le taraudaient. Il n'arrivait pas à se pardonner d'avoir si mal jugé Abby, de s'être montré si dur avec elle.

— Tu es très attachée à ce domaine, n'est-ce pas ? finit-il par déclarer.

— Oui. C'est, après mes fils, ce qui compte le plus pour moi.

— Et tu as du caractère.

Il y avait tant de véhémence dans la voix de Dylan qu'Abby, surprise, se tourna vers lui.

— Oui, je crois, répondit-elle.

— Pourquoi as-tu laissé ton mari te traiter comme quantité négligeable, dans ce cas ? Pourquoi as-tu laissé ta belle-mère te déposséder de ton héritage ?

— Une seconde ! s'écria la jeune femme, qui aurait préféré attendre au moins quelques heures avant de se replonger dans ses douloureux souvenirs. Ce dont tu accuses Janice s'est passé après la mort de Chuck, et n'a donc aucun rapport avec sa biographie.

— Je me moque de la biographie de Chuck ! répliqua Dylan.

Et il se rendit brusquement compte, pour la toute première fois, que c'était vrai : il n'accordait plus la moindre importance à ce livre. Seule Abby l'intéressait – qui elle était, ce qu'elle avait fait et ce qui lui avait été fait. Le ressentiment, l'amertume, la révolte qu'elle semblait ne pas éprouver, il les éprouvait pour elle.

— Janice Rockwell s'est débrouillée pour que tu ne touches pas un centime de l'argent légué à Chuck par son père, reprit-il. Cet argent t'aurait permis de rembourser l'emprunt contracté pour l'achat du domaine... Pourquoi n'as-tu pas défendu tes droits et ceux de tes enfants ?

Abby s'exhorta au calme. Elle avait surmonté depuis longtemps sa rancœur et n'avait aucune envie de la voir se raviver.

— Je ne sais pas de qui tu tiens tes informations, déclara-t-elle froidement, mais elles sont incomplètes. Ce qui revenait à Chuck de la succession de son père était placé sur un compte administré par Janice. Chuck devait en obtenir la jouissance à l'âge de trente-cinq ans, mais il est mort avant, et c'est donc sa mère qui en a hérité.

— Tu aurais dû lui intenter un procès, et je suis sûr que tu l'aurais gagné.

— Je ne voulais pas causer un scandale, et Chuck nous avait laissé de l'argent, de toute façon.

— Le peu qu'il n'avait pas encore eu le temps de dépenser...

— Mais assez pour financer les études supérieures des garçons, et c'est déjà bien.

— Non, parce que toi, dans l'intervalle, tu te débats dans des problèmes financiers qui t'obligent à aller faire le ménage chez les uns et chez les autres !

— Et alors ? Cela n'a rien de déshonorant !

— Sans doute, mais je ne supporte pas l'idée que tu te tues au travail… Et pourquoi ne m'as-tu pas mis au courant de ces problèmes financiers, peut-être pas tout de suite, mais plus tard, quand nos relations sont devenues plus… confiantes ?

Plus confiantes ? répéta intérieurement Abby. Dylan semblait avoir oublié le déséquilibre qui subsistait entre eux sur le plan affectif, car elle, au moins, elle n'avait pas hésité à lui avouer ses sentiments.

Pour se donner le temps de recouvrer son calme, elle alla prendre la cafetière sur la cuisinière et la rinça sous le robinet de l'évier.

— J'ai été aussi honnête avec toi que je pouvais l'être, finit-elle par répondre. S'il ne s'était agi que de moi, je t'aurais probablement tout dit, mais je devais penser à mes fils.

— Tu sais très bien que je les aime trop pour leur faire du mal.

Malgré tous ses efforts, la jeune femme n'arrivait pas à dominer sa colère. Elle la sentait monter irrésistiblement en elle, se rapprocher dangereusement de la surface…

— Je ne comprends pas pourquoi tu accordes autant d'importance à cette histoire d'héritage, marmonna-t-elle. Ce n'est que de l'argent !

— Non, c'est beaucoup plus que ça, sinon tu m'en aurais parlé !

L'image d'Abby enveloppée dans un somptueux manteau de fourrure blanche traversa l'esprit de Dylan, apportant avec elle toute sa frustration, sa honte et sa mauvaise conscience. Il était furieux contre lui-même, mais cela ne le rendit que plus agressif envers Abby.

— Tu as vendu ton vison pour réparer le toit ! s'écria-t-il d'un ton accusateur.

— C'est vrai, mais je ne vois pas ce qu'il y a d'extraordinaire là-dedans : je n'ai pas besoin d'un vison pour aller ramasser les œufs et m'occuper des animaux.

— Mais tu savais que je te soupçonnais de vénalité, et tu n'as pas jugé utile de me détromper ! Même quand nous avons commencé à nous attacher l'un à l'autre, tu as continué à user de faux-fuyants et de mensonges par omission... Tu m'as caché que tu te battais depuis des années pour nourrir ta famille et garder le domaine, tu m'as caché que tu avais demandé le divorce... J'ai obtenu ces informations par une tierce personne, et cela m'a profondément blessé.

— Et moi, tu crois que ça ne me fait rien de remuer tous ces souvenirs, de me rappeler que je n'ai pas été à la hauteur des espérances que Chuck avait placées en moi ?

— Tu dis des bêtises !

— Non. C'est la stricte vérité.

Agacé de l'entendre s'adresser des reproches aussi injustifiés, Dylan s'approcha d'Abby, la prit par les épaules et s'exclama en la secouant légèrement pour mieux la convaincre de son erreur :

— Pourquoi t'accuses-tu de fautes que tu n'as pas commises ? C'est toi la victime, toi qui as été trahie, délaissée...

— Arrête de crier après maman !

Le visage livide, Ben se tenait sur le seuil de la cuisine, et Abby, déjà bouleversée, ne parvint qu'à murmurer :

— Ben...

— Lâche maman ! ordonna le petit garçon, le menton un peu tremblant, mais les poings serrés et les yeux lançant des éclairs. Lâche-la, et va-t'en ! On veut pas de toi dans cette maison !

Honteux de s'être laissé emporter par la colère, Dylan s'écarta d'Abby et se tourna vers Ben en disant :

— Tu sais bien que jamais je ne ferais de mal à ta mère.

— Tu mens ! Je t'ai vu !

— Tu n'as pas compris ce qui se passait, Ben, intervint Abby. Dylan et moi nous disputions un peu, rien de plus.

— Je ne veux pas qu'il te crie après, et je ne veux pas qu'il te brutalise !

— Moi aussi, j'ai crié, et il ne me brutalisait pas.

— Si tu le défends, c'est que tu l'aimes plus que moi !

— Non, mon bébé…

— Je suis pas un bébé ! Et je vais te le prouver !

Puis, avant que sa mère ou Dylan aient pu esquisser un geste, Ben courut vers la porte de derrière, l'ouvrit toute grande et la claqua derrière lui.

— Je m'y suis mal prise…, murmura la jeune femme, accablée.

— Ce n'est pas ta faute mais la mienne, déclara Dylan. Je vais lui parler.

— Je ne sais pas… Je devrais peut-être… Oh ! mon Dieu ! Il a sorti Thunder !

Le temps qu'Abby traverse la cuisine et se précipite dehors, le petit garçon avait sauté sur le dos de l'étalon, qui se mit aussitôt à encenser et à lancer des ruades.

La peur nouait la gorge d'Abby au point de la rendre muette. L'espace d'un instant, elle crut que Ben allait réussir à maîtriser le cheval, mais celui-ci se cabra soudain, et son cavalier eut beau se cramponner à sa crinière, il fut projeté dans les airs, y demeura une seconde comme suspendu, puis retomba lourdement sur le sol.

Glacée d'horreur, Abby resta quelques secondes à regarder Thunder piaffer, ses sabots évitant par miracle le petit corps inerte allongé par terre, puis elle courut s'agenouiller près de son fils tandis que Dylan immobilisait l'étalon.

— Ben est blessé ? demanda-t-il.

— Il est inconscient, et j'ai l'impression qu'il s'est cassé le bras gauche.

— Va chercher la voiture pendant que je ramène Thunder dans son box !

En se redressant, la jeune femme vit que Chris les avait rejoints. Il était presque aussi pâle que son frère et il tremblait de tous ses membres.

— Viens, lui dit-elle en lui tendant la main. Il faut emmener Ben aux urgences.

— C'est... c'est grave ?

— J'espère que non.

Dylan l'attendait, Ben dans les bras, quand elle revint au volant de son break.

— Tu es en état de conduire ? s'enquit-il.

— Oui, répondit-elle avant de l'aider à s'installer sur le siège du passager.

Serrant les dents pour contenir ses larmes, elle s'engagea ensuite lentement dans le chemin afin d'éviter les secousses mais, une fois sur la nationale, elle ne pensa plus qu'à arriver le plus vite possible à destination et appuya sur l'accélérateur.

Quelques plaintes s'échappèrent soudain des lèvres de Ben, puis il ouvrit les yeux, et ses gémissements se transformèrent en sanglots lorsqu'il eut complètement repris connaissance. Pour le distraire de sa douleur, Abby se mit à lui parler ; elle avait conscience de tenir des propos incohérents, mais le ton apaisant de sa voix parut rassurer le petit garçon.

Assis sur la banquette arrière, Chris se pencha et posa une main timide sur la jambe de son frère, tandis que Dylan, faute de mieux, caressait doucement les cheveux de Ben.

— On sera bientôt à l'hôpital, lui murmura-t-il. Tiens bon !

— J'ai mal...

— Oui, je sais.

Pour la première fois de sa vie, Dylan comprenait ce que voulait dire souffrir pour quelqu'un et il lui sembla que le trajet avait duré une éternité quand Abby se gara enfin sur le parking des urgences.

La jeune femme manqua s'emporter lorsque l'autorisation d'accompagner son fils dans le service de radiologie lui fut refusée. Elle s'obligea cependant à garder son sang-froid et alla donner au bureau des admissions toutes les informations nécessaires sur la couverture sociale et les antécédents médicaux de Ben.

Son petit garçon avait tenté de prouver qu'il était un homme, il s'était blessé, et elle ne pouvait rien faire pour le soulager… Cette impuissance lui déchirait le cœur et, comme toujours quand son attention n'était plus sollicitée par une activité ou par une autre, ses émotions finirent par la rattraper : une fois dans la salle d'attente, les larmes qu'elle contenait depuis une heure commencèrent de couler silencieusement sur ses joues.

Assis près d'elle, Chris sur ses genoux, Dylan lui prit la main et la serra fort dans la sienne.

— Il est si petit…, chuchota-t-elle. Il devait vraiment beaucoup m'en vouloir, pour commettre une telle imprudence !

— Les garçons sont toujours un peu casse-cou, déclara Dylan avec autant de conviction que le lui permettaient ses propres remords.

— Qu'est-ce qui va arriver à Ben ? demanda Chris.

Ses larmes le bouleversaient visiblement, et Abby les essuya du revers de sa main libre avant de répondre :

— Il a fait une mauvaise chute, mais il sera très bien soigné ici, et il guérira vite.

— Il aura sans doute un plâtre, précisa Dylan, et tu pourras écrire quelque chose dessus quand il sera sec.

— Et je signerai après, comme les gens célèbres qui donnent des augo… des autro…

— Des autographes. Oui, bien sûr !

— Cool !

Abby avait envie de chercher un exutoire à sa nervosité en arpentant la pièce, mais elle se força à rester assise. Lorsque Chris quitta les genoux de Dylan pour venir s'installer sur les siens, elle faillit l'écraser entre ses bras, mais elle se maîtrisa de peur de l'effrayer.

Les pires hypothèses se succédaient dans son esprit. Et si Ben ne s'était pas juste cassé un bras ? S'il avait en plus des lésions internes ? Il était tombé sur le dos, et si la moelle épinière avait été touchée, le laissant paralysé à vie ?

L'apparition du médecin qui avait pris le petit garçon en charge à son arrivée la tira de ses sombres réflexions.

— Alors ? demanda-t-elle anxieusement.

— Fracture du cubitus franche et nette, qui ne nécessite pas d'opération et dont votre fils ne gardera aucune séquelle. Je viens de lui poser un plâtre qui rendra sûrement jaloux tous ses camarades de classe.

— C'est… c'est tout ? bredouilla la jeune femme avec un sentiment de soulagement à la mesure de ses récentes angoisses.

— Oui, à part quelques beaux bleus, qui passeront par toutes les couleurs de l'arc-en-ciel avant de disparaître complètement. Ben est un enfant robuste et, à son âge, les os se ressoudent vite. Je l'ai placé en observation pour plus de sûreté, mais ne vous inquiétez pas : vous devriez pouvoir le ramener chez vous dans quelques heures. Je vous rédigerai une ordonnance et je vous donnerai les règles à suivre pendant sa convalescence, mais je lui ai déjà interdit de remonter sur un cheval avant un bon moment.

— Merci… Je peux le voir ?

— Suivez-moi !

Abby trouva Ben encore allongé sur la table où le médecin l'avait soigné. Il était si pâle, il paraissait si petit sous le drap blanc qui le recouvrait, qu'elle eut beaucoup de peine à retenir de nouvelles larmes en allant l'embrasser.

— Mon chéri…, murmura-t-elle. Tu m'as fait tellement peur !

— Je me suis cassé le bras ! s'écria-t-il en montrant fièrement son plâtre.

À son regard, à la façon dont ses doigts se refermèrent sur les siens quand elle lui prit la main, Abby comprit qu'il lui avait pardonné.

— Tu as toujours mal ? questionna-t-elle.

— Un peu moins.

Chris s'approcha alors et examina le plâtre avec intérêt avant d'annoncer :

— Dylan a dit que je pourrais mettre mon autographe dessus.

— D'accord, déclara Ben.

Puis, regardant Dylan pour la première fois depuis l'arrivée de ses visiteurs, il ajouta :

— Vous écrirez tous quelque chose dessus... Thunder s'est échappé ?

— Non, répondit Abby. Dylan l'a ramené dans son box.

— J'ai fait une bêtise, avoua-t-il d'un air penaud. Je suis désolé...

— Tu n'as pas à l'être. Tu as voulu me défendre, et c'était très courageux de ta part. Même si tu t'es exagéré la gravité de la situation, je suis contente de savoir que j'ai chez moi un petit homme toujours prêt à me protéger.

— C'est normal, dit Ben en rougissant de plaisir.

— Le médecin a décidé de te garder quelques heures en observation. Pour gagner du temps, je vais lui demander tout de suite l'ordonnance et aller chercher les médicaments à la pharmacie de l'hôpital.

— Emmène Chris, intervint Dylan. Moi, je reste avec Ben : j'aimerais lui parler seul à seul.

Lisant de la gêne plutôt que de la colère sur le visage de son fils, Abby acquiesça de la tête.

— J'ai soif, indiqua Ben. Je peux boire quelque chose ?

— Je poserai la question au médecin. À tout à l'heure !

La jeune femme se pencha pour l'embrasser de nouveau, et il lui rendit son baiser, mais quand, avant de quitter la pièce, elle se retourna pour lui adresser un dernier sourire, il avait les yeux fixés sur Dylan.

— Tu étais furieux contre moi, n'est-ce pas ? remarqua Dylan lorsque Chris et Abby furent partis.

— Ouais.

— Et tu avais raison. C'est moi qui ai fait la première bêtise, en me mettant en colère pour quelque chose qui n'en valait pas la peine. Les adultes se conduisent parfois de façon stupide.

Bien qu'il soit du même avis, Ben préféra se tenir sur la réserve.

— Je sais pas…, marmonna-t-il. Peut-être…

Comment gagner sa confiance ? songea Dylan. La réponse ne tarda pas à venir : en lui disant la vérité. C'était son idée fixe, son cheval de bataille, et s'il l'exigeait des autres, ne la leur devait-il pas aussi ?

— J'ai un problème, déclara-t-il, et j'espère que tu vas pouvoir m'aider à le résoudre.

Le petit garçon haussa les épaules et se mit à tripoter le bord du drap, mais Dylan sentit qu'il avait capté son intérêt.

La nuit commençait à tomber quand Abby arrêta la voiture devant la maison. Elle installa Ben dans son lit avec l'aide de Dylan et lui mit des livres et des jouets à portée de la main pour le distraire. Elle lui monta ensuite son dîner, mais les antalgiques qui lui avaient été administrés à l'hôpital l'avaient abruti, et il s'endormit avant de l'avoir terminé.

Alors qu'Abby était en train de le border, Dylan apparut dans l'embrasure de la porte, avec dans les bras un Chris que les événements de la journée avaient lui aussi épuisé.

— Même la pizza n'a pas pu le tenir éveillé, observa-t-il avec un sourire attendri. Il a piqué du nez au milieu de son deuxième morceau.

— J'irai le coucher dès que j'aurai fini ici.

— Non, je m'en occupe. Descends dîner, pendant ce temps.

Il restait une bouteille de vin dans la caisse que Chantel avait achetée au début de son séjour, et Abby, une fois dans la cuisine, la déboucha et remplit deux verres. Elle se servit ensuite une part de pizza et se rendit alors compte qu'elle n'avait rien mangé depuis le petit déjeuner.

Son appétit s'envola cependant entre deux bouchées, chassé par une brusque vague d'émotion. Repoussant son assiette, elle posa la tête dans le creux de ses bras repliés et fondit en larmes.

Ce fut ainsi que Dylan la trouva, et il n'eut pas une seconde d'hésitation : il la souleva doucement de sa chaise, la serra contre lui et la berça jusqu'à ce que ses pleurs se calment.

— C'est… c'est idiot…, bredouilla-t-elle. Ben n'a rien de grave, mais… je ne cesse de revivre cette seconde horrible où il est resté comme suspendu dans les airs…

Dylan s'écarta d'elle juste assez pour pouvoir essuyer les larmes qui tremblaient encore au bord de ses paupières.

— Je comprends, dit-il. J'ai eu très peur, moi aussi.

— Heureusement que tu étais là, murmura-t-elle en l'embrassant sur la joue. Je ne sais pas ce que j'aurais fait sans toi.

— Tu te serais très bien débrouillée toute seule. C'est l'une des choses qui m'intimident le plus chez toi.

— Moi, je t'intimide ? s'écria-t-elle.

Et cette idée lui parut si saugrenue qu'elle en oublia ses craintes rétrospectives et se mit à rire.

— Oui, répondit gravement Dylan. Il n'est pas facile, pour un homme, d'entretenir une relation avec une femme qui n'a besoin de personne pour élever ses enfants, gérer un domaine et vaincre n'importe quelle difficulté. Une femme qui, non seulement est capable de faire tout cela, mais le fait sans se plaindre ni s'en vanter.

— Je ne te suis pas…

— Non, tu es bien trop modeste pour t'estimer à ta juste valeur. Tu trouves naturel d'assumer seule des responsabilités qui se partagent normalement à deux... Tu es une femme remarquable, Abby !

— Si je n'avais débouché moi-même notre dernière bouteille de vin, je te soupçonnerais de l'avoir vidée pendant que j'étais là-haut avec Ben !

— Je ne suis pas ivre, au contraire : j'ai les idées plus claires que je ne les ai eues depuis mon arrivée ici.

Déconcertée, Abby tendit l'un des verres à Dylan et but une gorgée de l'autre pour se donner une contenance.

— Tu étais pourtant furieux contre moi, ce matin, remarqua-t-elle.

— Oui, je sais... Excuse-moi.

— Tu n'as pas à t'excuser. Tu as dit des choses très pertinentes, et je me rappelle en particulier la question que tu m'as posée juste avant l'irruption de Ben : tu m'as demandé pourquoi je m'accusais de fautes que je n'avais pas commises. Eh bien, je vais te répondre maintenant : parce que ma décision de divorcer rompait la promesse que j'avais faite à Chuck de rester toujours à ses côtés. C'est pour cela que je ne l'avais pas quitté plus tôt, mais je m'étais finalement dédite d'un engagement que je considérais comme sacré, et je me suis punie en endossant l'entière responsabilité de l'échec de notre mariage.

La jeune femme but une autre gorgée de vin – pour se donner du courage, cette fois –, avant de poursuivre :

— Ta colère m'a ouvert les yeux. Je regretterai toujours que Chuck ait gâché sa vie, car il avait toutes les cartes en main pour la réussir, mais il a fait de mauvais choix, et il est temps que je me reconnaisse le mérite d'avoir fait les bons. C'est à toi que je dois cette prise de conscience, et je t'en remercie.

— J'accepte ta gratitude, mais j'attends beaucoup plus de toi... Tu n'as pas envie de savoir de quoi nous avons parlé, Ben et moi, pendant que tu étais partie chercher ses médicaments ?

— Si, mais j'ai pensé que tu me le dirais de toi-même si tu voulais que je le sache.

— J'admire ta discrétion !

— J'ai également pensé que je pourrais toujours le demander à Ben, ajouta Abby, une lueur de malice dans les yeux.

— Ce ne sera pas utile, mais je retire mon compliment.

— Ça m'apprendra à être honnête, mais je t'écoute !

— Je vais te répéter ce que j'ai expliqué à Ben tout à l'heure. Je lui ai dit que j'étais follement amoureux de sa mère, que c'était un sentiment nouveau pour moi et que j'avais du mal à le gérer. Je lui ai dit que j'avais conscience d'avoir commis des erreurs et que j'avais besoin de lui pour les réparer.

Dylan s'interrompit, enleva son verre à Abby et le posa avec le sien sur la table. Il brûlait de la prendre dans ses bras, mais ne s'en sentait pas le droit avant de savoir si elle accepterait sa proposition.

— J'ai dit à Ben que je m'y connaissais un peu en agriculture, continua-t-il, que je n'étais pas sûr, en revanche, de faire un bon mari et un bon père, mais que sa mère, son frère et lui m'avaient donné très envie d'essayer.

Un tel mélange d'espoir et de vulnérabilité se lisait maintenant dans les yeux d'Abby que Dylan marqua une nouvelle pause. Il aurait voulu lui promettre de l'aimer, de la protéger et de lui être fidèle jusqu'à ce que la mort les sépare, mais elle avait déjà entendu ces promesses, pour les voir ensuite trahies…

— Tu me permets d'essayer ? se borna-t-il donc à déclarer.

Le cœur d'Abby battait la chamade, et ce fut d'une voix étranglée qu'elle demanda :

— Que t'a répondu Ben ?

— Qu'il trouvait mon idée excellente.

— Moi aussi ! s'écria-t-elle en se jetant dans ses bras. Moi aussi !

Immensément soulagé, et plus heureux qu'il n'aurait cru possible de l'être, Dylan s'autorisa enfin à la serrer contre lui.

— Mais ne t'avise pas d'acheter des vaches..., observa-t-il avec un grand sourire.

— Non, pas de vaches, c'est juré !

Rejetant la tête en arrière, la jeune femme éclata de rire, et Dylan contempla un instant son beau visage rayonnant de bonheur avant d'unir leurs lèvres pour un baiser où s'exprimaient tout leur amour, toute la confiance qu'ils avaient maintenant l'un dans l'autre, et toute leur foi en l'avenir.

— Abby ? murmura Dylan.

— Oui ?

— Tu penses que j'arriverai à convaincre ton père de danser à notre mariage ?

— Le « convaincre » de danser ? répéta Abby, prise d'un nouvel accès de gaieté. Même si tu le voulais, tu ne pourrais pas l'en empêcher !

Édité par HarperCollins France.
Composition et mise en pages
Nord Compo à Villeneuve-d'Ascq

Imprimé en juillet 2024
par CPI Black Print (Barcelone)
en utilisant 100 % d'électricité renouvelable.
Dépôt légal : août 2024.

Pour limiter l'empreinte environnementale
de ses livres, HarperCollins France s'engage
à n'utiliser que du papier fabriqué à partir de
bois provenant de forêts gérées durablement
et de manière responsable.

Imprimé en Espagne.